Mörderisches Schwerin – Späte Rache

Foto: ©privat

Diana Salow, geboren 1965 in
Schwerin, ist studierte Management-
assistentin. Sie arbeitet hauptberuflich im Schweriner Schloss, ist verheiratet und hat einen erwachsenen
Sohn. Seit 2013 schreibt sie Krimis.

Diana Salow

MÖRDERISCHES SCHWERIN
SPÄTE RACHE

HINSTORFF

»Willst du den Charakter eines Menschen erkennen,
so gib ihm Macht.«
(Abraham Lincoln)

Für meinen lieben Mann Steffen
und die vielen Polizistinnen und Polizisten,
die uns täglich schützen.

Liebe Leserin, lieber Leser, wir freuen uns über Ihre Bewertung im Internet!

Die Deutsche Nationalbibliothek verzeichnet diese Publikation in der Deutschen Nationalbibliografie; detaillierte bibliografische Daten sind im Internet über http://dnb.de abrufbar.

© Hinstorff Verlag GmbH, Rostock 2023

1. Auflage 2023
Herstellung: Hinstorff Verlag GmbH
Lektorat: Andrea Struck
Titelbild: Timm Allrich
Druck: GGP Media GmbH, Pößneck
Printed in Germany
ISBN 978-3-356-02477-7

Eins

»Lea. Lea! Lea, wach doch endlich auf!« Kriminalhauptkommissar Thomas Berger hatte die dunklen Vorhänge im Schlafzimmer aufgezogen. Die Sonne schien seiner Frau jetzt direkt ins Gesicht. Sie rührte sich nicht. Berger liebte seine Frau, besonders, wenn sie unschuldig wie eine Diva im Bett lag. ›Wie in einem blühenden Mohnblumenfeld‹, dachte er. Die weiße Bettwäsche mit den übergroßen roten Mohnblumen mochte seine Frau. Selbst das kornblumenfarbene Baumwollnachthemd passte perfekt in diese Szenerie. So war sie eben, eine attraktive Frau, die auch ungeschminkt und mit zerzaustem Haar sein Herz schneller schlagen ließ.

Sie weigerte sich, die Augen zu öffnen. Das helle Licht blendete sie. »Wie spät ist es denn?«

»Sieben Uhr!« Berger gab ihr einen sanften Kuss auf den Mund.

»Das ist jetzt nicht dein Ernst, dass ich am Samstagmorgen um sieben Uhr aufstehen soll. Lass mich noch ein Stündchen schlafen, Thomas.«

Berger streichelte ihre Wange. »Bitte, steh auf Lea. Ich muss los!«

Sie öffnete die Augen. »Es ist Sonnabend. Warum musst du schon wieder los?«

Berger wollte sie eigentlich nicht mit schlechten Nachrichten am frühen Morgen wecken. »Komm, steh erst einmal auf. Ich habe schon Frühstück fertig. Ich sage dir dann, warum ich sofort zum Dienst muss.«

Lea streckte sich im Bett, richtete sich langsam auf und ließ dann die Beine aus dem Bett baumeln. Schnelles Aufstehen vertrug ihr Kreislauf nicht und schon gar nicht nach dem letzten Abend. Sie gähnte kräftig. Irgendetwas Schlimmes musste passiert sein. Ihr Mann hätte sonst gleich losgelegt und ihr mitgeteilt, warum er zum Dienst gerufen wurde.

Bekleidet mit einem leichten Bademantel und kuscheligen Hausschuhen schlurfte sie langsam in die Küche.

»Ich bin hier draußen. Auf der Terrasse, Schatz!«

»Ja, ja ich komme schon.« Sie trottete langsam nach draußen. Es war schon herrlich warm draußen. Blauer Himmel, nicht eine Wolke und die Amseln zwitscherten laut. Ein Sperling nahm genüsslich ein Sandbad im trockenen Beet am Rand der Terrasse.

»Möchtest du Kaffee oder erst einmal einen Orangensaft?«

»Bitte ganz viel Kaffee. Ich bin noch gar nicht richtig wach. Du weißt, dass ich morgens immer viel Ruhe brauche.«,

»Ist mir bewusst. Deshalb habe ich auch unseren Sohn noch nicht geweckt und auch noch nicht das Radio eingeschaltet.«

»Sehr gut.« Lea goss sich etwas Milch in den Kaffee und rührte ihn um. »Nun sag schon! Warum musst du los? Was ist passiert? Du bist doch schon ganz unruhig, das sehe ich doch.« Vorsichtig trank sie den ersten heißen Schluck ihres Kaffees.

»Ich muss mich selbst erst einmal gedanklich sammeln. Kann es gar nicht in Worte fassen. Also, Lars hat mich gerade angerufen.«

»Lars hat angerufen? Wieso? Ist etwas mit seiner Familie oder mit Kirsten? Gestern Nacht ging es ihr richtig gut!« Lea starrte ihren Mann mit weit aufgerissenen Augen an.

»Nein. Er hat einen Anruf aus dem Innenministerium erhalten. Unser Polizeipräsident ist tot!«

»Was? Der Lenz ist tot? Der war doch noch gar nicht so alt. Unfall oder Krankheit?«

»Lea, ich kann es noch gar nicht glauben. Aber er wurde Opfer einer Straftat. Mehr weiß ich im Moment auch nicht. Deshalb muss ich gleich in die Dienststelle fahren!«

»Mein Gott, das ist ja schlimm. Er war doch so beliebt und hatte doch auch Familie, oder?«

»Ja. Eine Frau und einen Sohn, glaube ich. Mehr weiß ich über ihn nicht.« Thomas Berger war nicht in der Lage etwas zu essen. Er schob das halbe Käsebrötchen, das vor ihm auf dem Teller lag, beiseite. Vor seinem inneren Auge hatte er das Bild des Polizeipräsidenten. »Ich bin fassungslos. Einer der ranghöchsten Polizeibeamten unseres Bundeslandes ist Opfer eines Verbrechens geworden.«

Bergers Telefon klingelte.

»Es ist Lars«, erklärte Berger seiner Frau. Er nahm das Smartphone ans Ohr und lauschte.

Lea sah ihren Mann traurig und mitfühlend an. Sie trank einen großen Schluck Kaffee und hörte, wie ihr Thomas sagte: »Das glaube ich nicht. Das kann doch nicht wahr sein. Ich bin unterwegs.«

Mit starrem Blick fragte Lea: »Was ist, Thomas?«

»Weißt du, wo man Lenz gefunden hat?«

»Nein, sag schon und lass dir nicht alles aus der Nase ziehen!« Für den Satz, der ihr so rausgerutscht war, entschuldigte sich Lea sofort. Jetzt war auch ihr der Appetit auf das fertig geschmierte Marmeladenbrötchen vergangen.

»Man hat seine Leiche auf dem kleinen Touristendampfer auf dem Pfaffenteich am Innenministerium gefunden!«

»Nein, das ist ein Scherz! Das glaube ich nicht!«

»Es ist kein Scherz. Sie haben ihn tot auf dem kleinen Boot gefunden. Auf demselben Boot, auf dem du gestern Abend mit Kirsten und weiteren Damen ausgiebig und mit viel Alkohol und Lärm – so wurde es von den Einwohnern rund um den Pfaffenteich berichtet – den Junggesellinnenabschied von Lars künftiger Frau gefeiert hast.«

»Das glaube ich nicht! Will dich Lars veralbern oder was soll das Ganze? Gib mir mal dein Telefon. Dieser üble Scherz kann uns die Freundschaft mit Lars und Kirsten kosten!«, drohte Lea. Sie war wütend und wollte die Geschichte einfach nicht glauben. »Er ist bestimmt sauer, weil Kirsten so spät und ganz schön angetrunken nach Hause kam. Oder haben wir heute den ersten April?«

»Haben wir nicht, Lea. Ich muss jetzt los!«, versuchte er sachlich und ruhig zu antworten. Sein rotes Gesicht und den zornigen Blick konnte er nicht verstecken.

»Das ist doch alles nicht wahr! Sag jetzt bloß nicht, Kirsten, die Mädels und ich zählen nun zum Kreis der Verdächtigen?«

»Ich will es nicht hoffen. Spuren habt ihr aber sicher ausreichend hinterlassen.«

»Mach mich nicht noch wütender, Thomas. Am liebsten möchte ich gleich mitkommen und mich vor Ort rechtfertigen!«

»Das musst du nicht. Vielleicht zu einem späteren Zeitpunkt, falls ich in dem Fall die Ermittlungen übernehmen sollte, sofern er mir nicht wegen Befangenheit wieder entzogen wird. Für Lars und erst recht für mich ist die Situation echt fatal!«

»Du willst doch nicht im Ernst glauben, dass wir den Polizeipräsidenten ermordet haben?«

Die Frage verstand Kriminalhauptkommissar Berger von der Polizeiinspektion Schwerin akustisch bereits nicht mehr, da er die Haustür laut hinter sich zuschlug und davonfuhr.

Zwei

›Auch der finsterste Tag hat nur vierundzwanzig Stunden‹, dachte Thomas Berger, als er mit seinem Kollegen Lars Paulsen von der Polizeiinspektion Schwerin in die Innenstadt zum Pfaffenteich fuhr. Aber dieses dramatische Ereignis würde in die Polizeigeschichte der Stadt und des Landes eingehen. Bergers Chef, der Leiter der Polizeiinspektion, Lutz Hesse, war im Urlaub in den USA und hatte Berger den Fall sofort übertragen. Wer, wenn nicht er, würde den Fall aufklären, so die Worte seines Chefs, die Berger noch stolz im Hinterkopf hatte.

»Es ist doch eigenartig«, begann Berger, »da feiert Kirsten mit ihren Freundinnen Junggesellinnenabschied und jetzt ist der Partyort vermutlich der Tatort des Mordes an unserem Polizeipräsidenten.«

»Hör bloß auf. Ich kann das alles überhaupt nicht verstehen«, erwiderte Lars Paulsen. »Kirsten war so betrunken, als sie weit nach Mitternacht mit einem Taxi nach Hause kam, das ich dachte, sie hat eine Alkoholvergiftung. Sonst trinkt sie gar nicht so viel. Aber gestern Abend waren es wohl doch ein paar Aperol-Spritz zu viel. So ein neumodischer Kram mit dem Junggesellinnenabschied.«

»Das kannst du den Damen aber nicht sagen. Hast du mit Kirsten schon über den toten Lenz gesprochen?«

»Nein, sie schlief ja noch wie ein Murmeltier. Ich habe sie nicht geweckt.«

»Ich habe Lea geweckt. War mir egal. Dass unsere Frauen und die anderen Damen in den Kreis der Tatverdächtigen gelangen, ist dir klar, oder?«

»Aber warum sollten sie verdächtigt werden? Siehst du irgendeinen Bezug der Frauen zu Lenz?«

»Ich nicht. Aber sicher andere, die auch mit dem Fall beschäftigt sein werden.«

»Die Damen waren ja nicht allein auf dem kleinen Boot. Der Fahrer des Bootes war doch auch den ganzen Abend dabei.«

»Kennst du die Frauen, die mitgefeiert haben? Wurden etwa so eigenartige Mutproben und peinliche Spielchen veranstaltet?«

»Ich weiß nicht, wie der Abend genau verlaufen ist. Kirsten hat mir die Namen der Freundinnen, die sie einladen wollte, vor einer Woche genannt. Ich habe allerdings nicht so richtig zugehört. Ich weiß nur, dass Lea dabei war. Die anderen kenne ich eh nur flüchtig. Es sah jedenfalls nach toller Stimmung aus. Kirsten hatte mir über WhatsApp einige Fotos geschickt. Kennt Lea unseren Präsidenten?«

»Nur flüchtig von meinen Erzählungen. Aber persönlich kennt sie ihn nicht. Warum?«

»Wir müssen uns bestimmt unangenehmen Fragen stellen, wenn herauskommt, dass unsere Frauen auf dem Boot gefeiert haben.«

»Dann müssen wir mit der Party ganz offensiv umgehen. Der Bootsführer wird ja wissen, wer auf seinem kleinen Kahn war. Die Namen sind sicher längst bekannt.«

»Als ehemaliger Hamburger muss ich gestehen, noch nie auf dem Pfaffenteich gewesen zu sein«, entschuldigte Paulsen sich fast. »Erzähl mal bisschen was über den Teich!«, bat er seinen Kollegen, Thomas Berger. »Ich möchte nicht so dämlich dastehen, zumal der Teich nur einen Steinwurf vom Innenministerium und dem grandiosen Dom entfernt ist.«

»Der Pfaffenteich wurde von den Domherren, die sogenannten Pfaffen, damals für ihre angelegten Gärten genutzt. Er ist auch nur etwas über vier Meter tief. Man darf dort nur einmal im Jahr angeln. Ein öffentliches Wettangeln für jedermann. Die geangelten Fische werden dem Schweriner Zoo zur Tierfütterung übergeben. Essen kann man die fetten Brachsen jedenfalls nicht. Auf dem Pfaffenteich fährt seit Urzeiten eine Fähre. Die heißt Petermännchen, so wie unser Schlossgeist. Es gibt auf dem circa 12 Hektar großen Teich vier Anlegestellen. Die Haltestellen heißen Zum Bahnhof, E-Werk, Schelfmarkt und Arsenal. Unser kleiner Pfaffenteichkreuzer fährt nur von Juni bis Ende September täglich von zehn bis achtzehn Uhr. Eine Fahrt kostet zwei Euro. Als kleiner Junge habe ich nur 50 Pfennig bezahlt. Ich fand das mit meinen Kumpels immer toll, einmal quer über den Pfaffenteich zu schippern. Für mich war der Teich damals riesig groß. Der alte Kapitän, so nannten wir den Bootsführer, kannte uns und wenn er gute Laune hatte, sagte er immer auf Plattdeutsch »Lasst eurer Geld stecken, Jungs!«

»Dann ist das ja die preiswerteste Kreuzfahrt, die Kirsten auf dieser Welt bisher unternommen hat«, unterbrach Paulsen seinen Kollegen. Er schmunzelte und wollte von den fatalen Geschehnissen, die gleich auf sie einwirken würden, etwas ablenken.

»Und man kann die kleine Fähre als Partyboot mieten?«

»Nein, das war eine echte Ausnahme, erzählte Lea. Eine der Freundinnen arbeitet beim Nahverkehr Schwerin, dem die kleine Fähre nachgeordnet ist. Das Ganze hat nur über Beziehungen geklappt.«

»Ach so. Jetzt verstehe ich auch, warum Kirsten so happy war, dass sie dort alle feiern durften.«

»Oh Gott«, unterbrach ihn Berger. »Schau mal, was dort vorne los ist. Jede Menge Schaulustige, Presse, Polizeiwagen. Ganz schönes Aufgebot.« Mit diesen Sätzen parkte Berger den Dienstwagen direkt vor dem Innenministerium mit Sicht auf die kleine Fähre.

Schweigend stiegen die beiden Hauptkommissare aus dem Fahrzeug. Ein Beamter ließ sie durch die Absperrung. Einen kleinen Hang liefen sie zum Teich herunter. Das Boot war schon mit Stoffwänden von der Uferseite umstellt, sodass Schaulustige und Pressevertreter keinen Einblick auf das Geschehen hatten.

Ein Bürger rief aufgeregt: »Wären Sie mal gestern Abend gekommen. Das war so höllisch laut auf dem Boot. Seit wann darf man denn auf dem Petermännchen feiern? Der Lärm und die Musik hat über den ganzen Teich geschallt. Nicht mal um zweiundzwanzig Uhr war mit dem Gegröle Schluss. Unglaublich!«, echauffierte sich der Mann und bekam einen hochroten Kopf.

Berger und Paulsen schauten sich an, wechselten aber kein Wort.

»Guten Morgen, ihr beiden!«, begrüßte Rechtsmediziner Dr. Karsten Brandenburg Berger und Paulsen vor dem Boot.

»Moin«, antwortete Paulsen.

Berger gab Dr. Brandenburg die Hand. »Der Morgen wird definitiv nicht gut. Nachdem ich gehört habe, wer der Tote ist«, antwortete Berger.

»Jungs, macht euch auf das Schlimmste gefasst. Zieht die weißen Anzüge über und geht aufs Boot.«

Berger und Paulsen bestiegen das Boot und sahen ein Bild, das sie niemals vergessen würden. Blutüberströmt lag Polizeipräsident Lenz vor ihnen. Berger wurde blass. Paulsen zitterten die Knie. Der Schock saß beiden tief in den Knochen. Immerhin war es ein Mensch, den sie beide kannten. Und was erschwerend hinzukam, es handelte sich um einen Polizeibeamten und ihrer aller Vorgesetzten. Den beiden ansonsten so robusten und taffen Männern fehlten für einen Moment die Worte. Ein tragisches Schicksal, was momentan nicht in Worte zu fassen war, hatte sich in den letzten Stunden in der beschaulichen Landeshauptstadt Schwerin abgespielt.

Drei

Zwischenzeitlich war es neun Uhr am Vormittag. In der Innenstadt um den Pfaffenteich begann das Leben. Jogger liefen trotz der morgendlichen Hitze um den Teich, Hundebesitzer führten ihre Lieblinge aus und ließen sie auf der Uferbegrenzung um den Teich ihr Geschäft erledigen. Beim Bäcker am Ende der Mecklenburgstraße am Südufer des Teichs bildete sich eine kleine Schlange. Frische knackige Brötchen waren beliebt und schnell ausverkauft. Menschen, die es eilig hatten, holten sich einen Kaffee to go aus der Backfiliale und gingen ihrer Wege.

Berger und Paulsen waren jetzt schon eine Weile auf dem Boot. Die Spurensicherung hatte ihre Arbeit schon vor ihnen aufgenommen. Dichtes Gedränge auf dem Boot. Jeder Beamte wollte so schnell wie möglich den Tatort mit wichtigen Informationen und Beweisstücken verlassen und ins wohlverdiente Wochenende.

Als die Kollegen der Spurensicherung abrückten, blieben Berger, Paulsen und Rechtsmediziner Brandenburg noch auf der kleinen Fähre. Gemeinsam suchten sie weiter nach kleinen Details, die ihre Kollegen womöglich übersehen hatten.

Dr. Brandenburg brach das Schweigen der hochkonzentrierten Kommissare. »Hier muss ja mächtig was auf dem kleinen Boot abgegangen sein. Schaut mal die Reste von einem geplatzten Luftballon und ein Stück von einer zerknüllten rosafarbenen Girlande. Das wird leicht sein, hier Spuren von Personen nachzuweisen. Wenn die Partygäste nicht in eurer Datenbank sind, dann wird es jedoch schwierig. Wer hat denn hier gefeiert und dann euren Boss getötet?« Da die Beamten und Brandenburg einander schon lange Jahre beruflich kannten, konnte er in seinem lockeren Jargon mit ihnen sprechen. So ernst ihre Arbeit auch oft war, versuchten die drei mit Humor ihre psychische Belastung in Balance zu halten. Eins passierte jedoch niemals: Sie machten sich nicht über Opfer oder kriminelle Umstände lustig.

»Karsten, wir müssen dir etwas sagen«, ging Berger gleich in die Offensive.

Dr. Brandenburg sah Berger fragend an. »Ich bin gespannt. Sag nicht, ihr …«

»Nein«, schnitt Paulsen ihm das Wort ab. »Natürlich haben wir nichts mit dem Fall zu tun. Aber unsere Frauen haben gestern hier den Junggesellinnenabschied meiner künftigen Ehefrau Kirsten gefeiert.«

»Ah, ein Junggesellinnenabschied. Es war wohl eine richtige Sause. Ich habe mitbekommen, wie vorhin darüber diskutiert wurde, dass es hier zu einer nächtlichen Ruhestörung gekommen ist«, erwiderte der Rechtsmediziner. »Den Lärm haben viele gehört, aber etwas gesehen, das uns weiterhelfen könnte, hat natürlich niemand.«

»Unsere Frauen haben definitiv nichts mit dem Mord zu tun.«

»Das will ich doch hoffen. Doch da eure Frauen an Bord waren, wird man ihre DNA und vielleicht sogar eure hier finden. Kannten die beiden euren Präsidenten näher?«

»Nein. Natürlich nicht. Die DANN-Situation ist uns klar. Deshalb werden wir ganz offensiv alles darlegen: wann die Frauen an Bord waren und wann sie das Boot verlassen haben. Du wirst uns ja bald etwas zum Todeszeitpunkt sagen können. Dann können wir unsere beiden Damen sicherlich schon ausschließen«, mutmaßte Berger und sah den Rechtsmediziner mit hoffnungsvollem Blick an.

»Meint ihr zwei, dass ihr den Fall behaltet, wenn sich herausstellt, dass eure besseren Hälften hier gefeiert haben und im Nachgang der Partyort zum Auffindeort eures toten Polizeipräsidenten wurde?«

Berger war verunsichert. Der Fall gewann mit diesem prekären Hintergrund nicht nur bei der Polizei, sondern auch in der Schweriner Bevölkerung ein öffentliches Interesse und enorme Brisanz. Er würde beide dermaßen unter Druck setzen, dass sie vielleicht gar nicht objektiv ermitteln konnten. Berger wollte später unbedingt seinen Vorgesetzen Lutz Hesse anrufen und ihm die Lage schildern. Etwas Zeit verblieb ihm noch, um darüber nachzudenken. Durch die Zeitverschiebung war es in den USA erst drei Uhr morgens. Die folgenden Stunden wollte er nutzen, um seine Frau Lea genauestens nach dem Abend zu befragen. Die Befragung von Kirsten überließ er Paulsen. Viel Hoffnung machte er sich bei Kirsten nicht, da sie sehr stark alkoholisiert war. Auch musste der Fahrer des Bootes ausfindig gemacht und ebenfalls schnellstens verhört werden.

Die vordergründigste Frage stellte Berger jetzt Karsten Brandenburg: »Wie lautet deiner Einschätzung nach die Todesursache und was schätzt du, wie lange er schon tot ist?«

Der Rechtsmediziner antwortete: »Den Todeszeitpunkt kann ich noch nicht sagen. Das geht erst nach der Obduktion. Ich möchte in diesem Fall keine Vermutung abgeben, die ich später wieder revidieren muss. Zur Todesursache kann ich euch nach meinem ersten Eindruck sagen, dass das Opfer vermutlich erstochen wurde. Genaueres auch hier nach meiner Obduktion. Ich beeile mich, Jungs. Denn sicherlich hängen die Presse und der Innenminister bald wie Kletten an euch.«

»Davon kannst du ausgehen. Die Presse steht schon reichlich hinter der Absperrung an der Straße. Wir müssen eine offizielle Pressemitteilung über unseren Pressesprecher herausgegeben. Nur Tatsachen und keine Details, das ist wichtig. Gerüchte werden schon reichlich laufen, nachdem die Party hier gestern so laut von den Anwohnern wahrgenommen wurde.« Berger machte noch ein paar Fotos von der Leiche und vom Boot.

Dr. Brandenburg ließ die Leiche in einem Kunststoffsack in das Fahrzeug bringen und zum Institut für Rechtsmedizin fahren. Er selbst fuhr gleich hinterher, um umgehend mit der Obduktion zu beginnen. Er rief eine Kollegin an, die Bereitschaft hatte, und ihm assistieren sollte.

Berger und Paulsen setzten sich auf eine Holzbank im Innern des Fahrgastschiffes. Sie schwitzen in den weißen Anzügen und ließen das Gesagte des Mediziners erst einmal sacken. Keiner sagte ein Wort. Beide überlegten, wie sie jetzt vorgehen sollten. Was sonst Routine für die beiden Kommissare war, geriet ins Stocken. Lea und Kirsten waren auf dem Boot, das vermutlich zum Tatort eines grausamen Verbrechens wurde.

»Wir knüpfen uns sofort den Bootsführer vor. Er muss ja als letztes von Bord gegangen sein. Nur er kann unsere beiden Damen zeitnah entlasten. Oder was meinst du?«, fragte Berger seinen Kollegen, der nachdenklich zum Dom blickte.

»So machen wir das. Aber meine künftige Hochzeit wird jetzt immer einen bitteren Beigeschmack von diesem Verbrechen haben. Die Trauung sollte im Dom dort drüben stattfinden. Das hier ist nicht schön, Thomas. Das haben Kirsten und ich nicht verdient.« Paulsen wirkte niedergeschlagen.

»Das können wir verhindern«, widersprach Berger seinem Kollegen und langjährigen Freund.

»Wie denn?«

»Indem wir auch einen Junggesellenabschied feiern!«

»Das ist nicht dein Ernst! Noch einen draufsetzen auf das Ganze hier?«

»Genau. Das ist mein Ansinnen. Ein Junggesellenabschied ganz anderer Art. Viel ruhiger und nicht so laut und auffallend. Das passt nicht zu uns.«

Paulsen schaute ihn fragend an. »Was meinst du denn genau?«

»Lars, lass nicht den Kopf hängen. Das ist alles tragisch, was hier passiert ist. Aber es ist unser Job. Blende aus, dass es unser Polizeipräsident war. Wir werden den Fall schon lösen. Wir haben doch schon ganz andere Dinge gewuppt. Denk doch mal daran, wie du vom Dienst suspendiert warst, weil Henriette Weber behauptet hat, du hättest sie sexuell belästigt. Das war schon eine schwere Zeit für dich und auch für mich. Wir zwei schaffen doch alles gemeinsam! Oder?«

»Stimmt, da hast du absolut recht. Was wollen wir zwei denn auf die Beine stellen, bevor ich heirate?«

»Wir fahren auf die kleine Insel Lieps im Schweriner See und übernachten dort im Zelt. Ein Lagerfeuer, paar Bierchen, von Lea gebratene Klopse und du nimmst deine alte Gitarre mit. Die hast du doch noch?«

»Na klar. Das hört sich gut an. Abenteuer pur. Aber wir nehmen zwei kleine Zelte mit. Dein Schnarchen ertrage ich nicht«, lachte Paulsen.

»Ich möchte auch nicht eng an eng mit dir schlafen. Dafür sind wir zu alt!«, stimmte ihm Berger schmunzelnd zu.

Bis zu dem kleinen Abenteuer auf der Insel Lieps lag vor den beiden Kommissaren viel Ermittlungsarbeit. Das war beiden bewusst.

Vier

Die spurentechnischen Untersuchungen auf dem Pfaffenteichkreuzer waren abgeschlossen.

Lars Paulsen machte sich auf den Weg zum Nahverkehrsbetrieb Schwerin, um zu ermitteln, wer das Boot die letzte Nacht gesteuert hatte. Kirsten war noch immer nicht erreichbar. Sie schlief.

Hauptkommissar Berger stand nunmehr eine schwierige Aufgabe bevor. Er musste die Ehefrau von Peter Lenz aufsuchen und ihr die Todesnachricht überbringen. Trotz langjähriger Erfahrung, war es jedes Mal eine Gratwanderung für den routinierten Berger. Er überlegte kurz, ob er einen Seelsorger mitnehmen oder der Ehefrau allein gegenübertreten sollte. Er entschloss sich, allein in die Schlossgartenallee zu fahren. Vielleicht wusste sie auch schon, was in der vergangenen Nacht passiert war.

Das große Einfamilienhaus lag etwas hinter der Straße und machte einen sehr gepflegten Eindruck. Die Fassade sah frisch gestrichen aus. Gelbe Rosen blühten auf der Zuwegung zur Haustür. Zwei kleine Stufen, dann stand er direkt vor der Eingangstür. Er sammelte seine Gedanken einen Moment lang und klingelte dann.

»Hast du deinen Hausschlüssel schon wieder nicht mit?«, hörte er schon eine laute und aufgebrachte Stimme hinter der Tür.

Kurz darauf wurde die Tür geöffnet.

»Oh, Entschuldigung. Ich dachte, mein Mann hat seinen Schlüssel vergessen!«, antwortete eine schlanke und großgewachsene Frau. Sie war bestimmt fast einen Meter achtzig, schätzte Berger. Hochgesteckte dunkle Haare, sportlich angezogen und für Mitte fünfzig sehr attraktiv.

»Guten Tag, mein Name ist Kriminalhauptkommissar Thomas Berger. Ich komme von der Polizeiinspektion Schwerin.«

»Mein Mann ist nicht da, falls Sie ihn dienstlich sprechen oder abholen wollen!«

»Frau Lenz, ich bin hier, um mit Ihnen zu sprechen. Darf ich kurz reinkommen?«

»Gern.« Sie öffnete die Tür noch weiter und ließ Berger eintreten.

»Was gibt es denn Dringendes? Kommen Sie wegen des toten Polizisten, der auf dem Pfaffenteich gefunden wurde? Schrecklich. Meine Nachbarin hat mir gerade davon erzählt, als ich eben den Müll herausgebracht hatte.«

Berger stockte kurz der Atem, er schluckte. »Können wir uns vielleicht hinsetzen, Frau Lenz?«

Sie stutzte einen kurzen Moment, bat Berger aber dann in das Wohnzimmer, wo er in einem bequemen Sessel Platz nahm. Sie ließ sich gegenüber auf der Couch nieder.

»Frau Lenz, ich muss Ihnen leider die traurige Mitteilung überbringen, dass der tot aufgefundene Polizist Ihr Mann ist.« Berger sprach ruhig und beobachtete die Frau ganz genau. »Mein tief empfundenes Beileid.«

»Neeeeiiiiiiiiin, das kann nicht sein!« Sie sackte auf der Couch zusammen. Ihr Gesicht war kreidebleich. Ihre Hände zitterten. Er überlegte kurz, ob er einen Notarzt rufen sollte.

Berger stand sofort auf und setzte sich neben sie auf die Couch. Er hielt sie einen Moment in seinen Armen.

Sie löste sofort die Umarmung. Die Nähe war ihr unangenehm. »Ich kann das nicht glauben. Wer hat denn meinen Mann umgebracht? Der hat doch niemandem etwas getan?«

Berger hob fragend die Schultern. »Darf ich Ihnen ein paar Fragen stellen oder soll ich ein anderes Mal wiederkommen? Haben Sie Kinder, Verwandte, die Sie in dieser schweren Zeit auffangen und Ihnen beiseitestehen?«, fragte Berger behutsam.

»Ich habe nur einen Sohn, aber zu ihm haben wir keinen Kontakt. Ich kann meine Schwester anrufen. Sie wohnt in Berlin. Bestimmt kommt sie ein paar Tage zu mir. Herr Berger, ich möchte kurz in den Garten gehen und einen Moment für mich haben. Haben Sie Zeit? Ich wäre Ihnen zutiefst dankbar, wenn Sie etwas bleiben. Dann versuche ich auch, Ihre Fragen zu beantworten.« Sie kramte ein paar Tempotaschentücher aus einer hellen Handtasche, die nahe der Couch lag.

»Selbstverständlich. Nehmen Sie sich die Zeit, die Sie brauchen. Ich warte hier oder kann auch draußen in meinem Wagen bleiben. Wir können auch einen neuen Termin vereinbaren.« Berger war überrascht, wie gefasst Frau Lenz den Tod ihres Mannes aufnahm. In seiner langjährigen Polizeitätigkeit hatte er schon ganz andere dramatische Szenen miterleben müssen.

»Nein, nein. Bleiben Sie! Es geht gleich. Nur ein paar Minuten und ich bin wieder hier.« Jetzt liefen ihr doch die Tränen über das Gesicht. Sie verließ das Wohnzimmer.

Berger nutzte den Moment, als er sah, dass sie langsam durch den Garten hinter dem Haus ging und sich auf eine Holzbank in den Schatten setzte, um seinen Chef Lutz Hesse in New York anzurufen. Er erreichte ihn tatsächlich und schilderte ihm kurz die Sachlage. Er erwähnte auch, dass seine und die künftige Frau von Paulsen auf dem Pfaffenteichkreuzer waren, auf dem Lenz tot aufgefunden wurde.

Lutz Hesse hatte überhaupt keine Bedenken, Hauptkommissar Berger mit den Ermittlungen zur Aufklärung des Falls zu betrauen.

»Wenn sich die Sachlage akut ändern sollte, dann entscheide ich neu. Ich bin eh in zwei Tagen wieder im Dienst«, ließ er ihn wissen. Bis dahin wollte er jedoch über jedes Detail informiert und auf dem Laufenden gehalten werden.

Frau Lenz saß doch etwas länger auf der Bank.

Nach einer Viertelstunde ging Berger zu ihr nach draußen und wollte sich verabschieden.

Sie schniefte kräftig ins Taschentuch.

»Ich denke, dass es wohl doch besser ist, wenn ich jetzt gehe«, sprach Berger sie ruhig an.

»Wann darf ich meinen Mann sehen und mich von ihm verabschieden?«, kam es ihr mit weinerlicher Stimme über die Lippen.

»Im Moment noch nicht. Die rechtsmedizinischen Untersuchungen laufen noch. Ich gebe Ihnen sofort Bescheid, wenn die Staatsanwaltschaft die Untersuchungen für beendet betrachtet.« Berger wollte absichtlich nicht die Worte »wenn die Leiche freigegeben ist« benutzen. Es hörte sich einfach schmerzhaft an, wenn man von einem Moment zum anderen über den Verlust eines geliebten Menschen und dann im gleichen Atemzug als Leiche von ihm spricht.

»Sehr geehrte Frau Lenz, ich verspreche Ihnen, dass ich persönlich alles daransetzen werde, den Mord an Ihrem Mann aufzuklären.«

»Danke für Ihre Worte und Ihr Mitgefühl, Herr Berger!«

Berger war dennoch zu neugierig und stellte nur eine Frage: »Frau Lenz, können Sie sich vorstellen, wer Ihren Mann so sehr hasst, dass er oder sie ihn umgebracht haben könnte?«

»Wir haben ja nicht so viele Verwandte. Peter« – jetzt nannte sie ihren Mann mit Vornamen – »hat einen Bruder, einen Zwillingsbruder. Mit dem hat er sich oft gestritten. Der kam häufig hierher und hat ihn um Geld angebettelt. Peter hat ihm dann immer was zugesteckt. Bis er dann irgendwann wieder bei uns vor der Tür stand. Warum er ihm so verpflichtend gegenüber war und ihn finanziell unterstützte, kann ich Ihnen nicht sagen. Darüber hat mein Mann nie gesprochen. Er holte sein Portemonnaie heraus, drückte ihm einen Schein in die Hand, dann ging sein Bruder.«

»Wo wohnt der Zwillingsbruder denn und wie heißt er mit Vornamen?«

»Er heißt Jürgen und natürlich mit Nachnamen auch Lenz. Er wohnt auf dem Großen Dreesch in der Hegelstraße fünf. Sie müssen mal schauen, wann Se ihn erreichen. Er wohnt dort allein und arbeitet im Schichtdienst rund um die Uhr. Seine Telefonnummer habe ich leider – oder besser gesagt Gott sei Dank – nicht.«

»Wo arbeitet er denn? Vielleicht kann ich ihn auf seiner Dienststelle aufsuchen?«, fragte Berger und holte sein kleines Notizbuch, das er immer bei sich hatte, heraus.

»Er ist Busfahrer beim Nahverkehr Schwerin«, antwortete sie und löste bei Berger Erstaunen aus. Busfahrer beim Nahverkehr. Die Pfaffenteichfähre war dem Nahverkehr unterstellt, ratterte es gleich in seinem Kopf. Ein eigenartiger Zusammenhang tat sich für Berger auf.

»Frau Lenz, ich würde jetzt doch gern fahren und komme morgen noch einmal zu Ihnen. Wollen Sie Ihre Schwester in Berlin anrufen, damit sie zu Ihnen kommt?«

»Ja, ist wohl besser. Es ist mir jetzt doch alles zu viel. Kommen Sie morgen wieder vorbei. Ich rufe meine Schwester gleich an. Vielleicht können Sie mir morgen schon sagen, wann ich mich von meinem Mann verabschieden darf.«

Berger gab ihr die Hand und hielt sie einen Moment länger fest, um ihr Trost zu spenden. »So machen wir das. Ich komme nachmittags zu Ihnen und dann reden wir in Ruhe.«

»Auf Wiedersehen und bis morgen, Herr Berger.« Sie verabschiedete sich und schloss die Tür.

Berger stand noch einen Moment vor der Tür. Er bückte sich und band seine Turnschuhe zu. Die Bänder nervten ihn schon seit ein paar Tagen, weil sie ständig aufgingen. Da hörte er die Worte von Yvonne Lenz hinter der Tür – emotionslos und kalt: »Katrin, kannst du nach Schwerin kommen? Peter ist tot.« Nach einer kurzen Pause hörte er sie sagen: »Manches erledigt sich eben von selbst!«

›Aha, in dieser Ehe scheint nicht alles gestimmt zu haben‹, dachte Berger und fuhr davon.

Fünf

Da die Wohnung des Zwillingsbruders von Peter Lenz fast auf dem Weg zur Dienststelle lag, nahm Berger den kleinen Umweg in Kauf und steuerte seinen Dienstwagen in Richtung Hegelstraße.

In der Plattenbausiedlung Großer Dreesch leben 62.000 Einwohner. Südwestlich am Schweriner See gelegen, ist sie der größte Stadtteil Schwerins.

Als Berger die Treppen des fünfgeschossigen Hauses nimmt, begegnet ihm tatsächlich Jürgen Lenz. Die Ähnlichkeit zu seinem Bruder Peter ist frappierend: wie aus dem Gesicht geschnitten.

»Guten Tag, Herr Lenz«, begrüßte er den Mann, der deutlich älter und verlebter als sein Zwillingsbruder wirkt. Sein Gesicht ist verhärmt. Er trägt sportliche Kleidung.

»Kennen wir uns?«, fragte Jürgen Lenz.

»Nein«, antwortete Berger und positionierte sich im Treppenhaus so, dass Lenz erst einmal stoppen musste.

»Was soll das? Gehen Sie mir aus dem Weg!« Er machte sich auf der Treppe breit und sofort stieg Widerstand in ihm auf.

»Entschuldigen Sie, dass ich Sie so anspreche. Mein Name ist Thomas Berger. Ich arbeite bei der Polizeiinspektion Schwerin.« Er zeigte ihm seinen Dienstausweis.

»Und? Was wollen Sie von mir? Ich habe keine Zeit. Die Arbeit ruft. Ich muss die Straßenbahn rechtzeitig bekommen.«

»Sie arbeiten beim Nahverkehr, nicht wahr?«

»Woher wissen Sie das? Was wollen Sie?« Er wurde unruhig.

»Ich möchte Sie gern einen Moment sprechen. Es gibt leider traurige Nachrichten, die Ihren Bruder Peter betreffen.«

»Was ist mit Peter?«, fragte er verunsichert. Seine Neugier wuchs.

»Herr Lenz, ich würde Sie gern zur Arbeit fahren und mit Ihnen sprechen.«

»Okay, dann spare ich das Geld für einen Fahrschein.« Er stimmte Bergers Vorschlag zu und ging mit ihm aus dem schmutzigen Treppenhaus zu Bergers Auto.

Einen Moment später saßen beide im Dienstwagen.

»Herr Lenz, es tut mir leid, Ihnen mitzuteilen, dass Ihr Bruder Opfer eines Verbrechens geworden ist.«

»Was? Ist er verletzt? Schwer verletzt? Oder ist er etwa tot?« Lenz starrte Berger mit großen Augen an und hielt dabei die Luft an.

»Er ist leider tot. Mein herzliches Beileid.«

Lenz drehte seinen Kopf zur Seite und schaute aus dem Fenster. Er fuhr die Scheibe herunter und atmete die frische Luft ein.

Berger ließ ihm die Zeit, die schreckliche Nachricht erst einmal mental aufzunehmen.

»Wie und wo ist es passiert?«, fragte er kleinlaut.

»Er wurde tot auf dem Pfaffenteichkreuzer aufgefunden.«

»Auf unserem Petermännchen? Die Fähre gehört zum Nahverkehr.«

»Ja. Genau deshalb bin ich auch zu Ihnen gekommen.«

»Jetzt weiß ich, was Sie wollen. Sie wollen mir den Mord anhängen. Bestimmt hat meine Schwägerin Yvonne Sie auf mich gehetzt! Stimmt's?« Lenz redete sich in Rage.

»Nein. Hat sie nicht.«

»Das glaube ich Ihnen nicht. Die ist damit ganz und gar nicht einverstanden gewesen, dass Peter mir immer wieder Geld gegeben hat. Ich bin seit vielen Jahren spielsüchtig und habe schon ein paar Mal eine Therapie begonnen. Doch ich schaffe es leider nicht, von diesen blöden Spielautomaten loszukommen. Ich bin glücklich, dass ich den Job als Busfahrer habe. Aber mit meinem Geld komme ich nicht zurecht. Peter hat mir immer aus der Bredouille geholfen. Er war immer für mich da.« Er begann zu weinen. »Ich habe für meinen Bruder alles gegeben. Durch ihn ist mein Leben verpfuscht. Was ich für ihn getan habe, ist mit Geld gar nicht gutzumachen. Das würde bestimmt kein anderer Mensch für seinen Bruder tun. Aber das weiß meine Schwägerin natürlich nicht. Wenn ich Peter in unserer Jugend nicht aus der Scheiße gezogen hätte, dann hätte er damals niemals sein Polizeistudium beginnen können.«

Berger wurde neugierig. »Was genau haben Sie denn für Peter getan?«

»Darüber möchte ich nicht reden. Es ist schon lange her und verjährt.«

»Herr Lenz, ich kann Sie auch vorladen. Denn wenn Sie ständig von Ihrem Bruder Geld bekommen haben, haben Sie vielleicht auch ein Motiv, ihn umgebracht zu haben.

Ihr Bruder ist ja sehr vermögend! Außerdem wurde er auf einem Boot tot aufgefunden, das zu Ihrem Arbeitgeber gehört.«

»Mich vorladen? Ich habe aus Liebe zu Peter im Jugendknast gesessen. Ich habe wahrlich keinen Grund, meinen Bruder umzubringen. Er ist meine einzige Bezugsperson auf dieser beschissenen Welt.«

Sie fuhren nun schon eine ganze Weile mit dem Auto und bevor Berger ihn beim Nahverkehr zu seiner Schicht absetzen würde, wollte er wissen, was vorgefallen war. Peter Lenz hat seinem Bruder anscheinend ein Schweigegeld gezahlt, wann immer er an seiner Tür stand und in finanzieller Not war.

»Dann fragen Sie einfach Silke Becker. Peters Opfer. Die hat wahrlich einen triftigen Grund, ihn oder auch mich umzubringen.«

»Wer ist Silke Becker?«

»Eine Jugendfreundin von uns. Sie wohnt in Lankow.«

»Was hat Peter oder haben Sie beide denn mit ihr gemacht?«

»Ganz kurz in einem Satz: Peter hat sie vergewaltigt und ich bin für ihn in den Jugendwerkhof gegangen.«

»Warum das?«

»Ich habe die Schuld auf mich genommen. Peter hatte sich nach seiner Offiziersausbildung in Dresden bei der Polizei beworben und stand kurz vor dem Bewerbungstermin. Meinen Sie, die hätten jemanden genommen, der ein Mädchen im Suff vergewaltigt hat? Er hat mich so angefleht, dass ich die Schuld auf mich genommen habe. Wir waren alle so voll, dass Silke nach dem Besuch in der Diskothek *Achteck* nicht mehr wusste, ob sie mich küsste oder Peter. Am nächsten Tag hat sie überall herumerzählt, Peter hätte sie vergewaltigt. Nur um ihren guten Ruf zu schützen. Damals gab es noch keinen DNA-Test. Und vermutlich wäre auch nichts dabei herausgekommen, weil wir eineiige Zwillinge sind und unsere DNA demnach fast identisch ist. Peter war schon immer der Clevere von uns beiden. Er meinte, dass ich sicherlich nur kurze Zeit in den Jugendknast müsse und er würde mir sein Leben lang dankbar sein, wenn er nur seine Polizeikarriere starten könne.«

»Ich kann nicht glauben, dass Sie eine Straftat auf sich genommen haben, um Ihren Bruder zu schützen.«

»Tja, Sie können sich wahrscheinlich nicht vorstellen, wie Zwillinge ticken. Da ist viel mehr als bei – ich will mal sagen – normalen Geschwistern. Silke war ziemlich umtriebig. Sehr hübsch, hat allen Jungs den Kopf verdreht. Bis vor Kurzem habe ich sie manchmal noch in der Stadt gesehen, aber jetzt schon eine ganze Weile nicht mehr. Von ihrer damaligen Schönheit ist auch nicht mehr viel übriggeblieben.«

»Herr Lenz, wo waren Sie die letzte Nacht?«

»Ach! Brauche ich tatsächlich ein Alibi?«

»Ich möchte Sie nur aus dem Täterkreis ausschließen.«

»Ich habe ein hieb- und stichfestes Alibi mit vielen Zeugen. Ich bin die ganze Nacht Bus gefahren. Linie sieben, wenn Sie es genau wissen wollen.«

»Und dann müssen Sie jetzt schon wieder zum Dienst? Sie müssten doch eigentlich schlafen und Ihre gesetzlich vorgeschriebenen Ruhezeiten einhalten. Oder irre ich mich da?«

»Nein. Sie irren sich nicht. Ich habe einem Kollegen einen Gefallen getan. Er möchte heute unbedingt frei haben. Ich bin so ein gutmütiges Schaf und kann nie Nein sagen. Vielleicht ist es auch meine eigene Dummheit. Bei der verteilten Hirnmasse hat mein Bruder Peter wohl die größere Menge an Intelligenz mitbekommen«, sagte er sarkastisch. »Ich habe Peter nach meiner Entlassung aus dem Jugendknast erst einmal erzählt, was mir in den achtzehn Monaten in der Roten Burg, so nannte man hinter vorgehaltener Hand die Bezeichnung von Jugendwerkhöfen in der ehemaligen DDR, so passiert ist. Gnadenloser Drill, Essensentzug, Dunkelzellen, Misshandlungen der Insassen durch Erzieher und so weiter. Viele der Insassen leiden heute noch. Peter war sprachlos, er weinte und ließ mich nicht aus seinen Armen los. Ich habe es für meinen Bruder getan. Er war mein Ein und Alles. Jetzt muss ich aussteigen, sonst komme ich zu spät.«

Berger wünschte ihm alles Gute auf dem Weg zum Dienst und wusste: Jürgen konnte er als Tatverdächtigen ausschließen. Der Zwillingsbruder hatte ein wasserdichtes Alibi, was er natürlich noch überprüfen wollte. Als Mörder hakte Berger ihn gedanklich jedoch unmittelbar ab.

Sechs

Kriminalhauptkommissar Berger war jetzt seit sechs Stunden unterwegs. Die Untersuchungen auf dem Boot waren vorerst abgeschlossen und die Ehefrau von Peter Lenz über den Tod ihres Mannes informiert. Die Pressemitteilung der Polizeiinspektion war an alle Medien herausgeschickt worden, unmittelbar nachdem Yvonne Lenz vom Mord an ihrem Mann erfahren hatte.

Berger hatte auch das Gespräch mit Jürgen Lenz noch einmal Revue passieren lassen. Unglaublich, welche Last er seinerzeit, in so jungen Jahren, aus Liebe zu seinem Bruder auf sich genommen hatte.

Nun fuhr Berger nach Hause. Am Sportplatz in Wittenförden, einer Randgemeinde von Schwerin, klingelte sein Handy. Er meldete sich sofort, da er auf dem Display sah, dass es Werner von der Spurensicherung war.

»Was gibt es, Werner? Habt ihr was Interessantes herausgefunden?«

»Das kann man wohl sagen. Die Information dürfte enorm wichtig für deine weiteren Ermittlungen sein.«

»Oh, da bin ich gespannt. Ich bin gleich zu Hause oder muss ich deshalb zurück zum Dienst?«

»Nein. Ich wollte dir nur sagen, dass wir auf der kleinen Pfaffenteichfähre Spuren von Kokain sichergestellt haben! Ein echter Hammer, oder?«

»Echt? Das kann doch alles nicht wahr sein! Bitte mit niemandem darüber reden. Streng vertraulich, Werner. Wenn das öffentlich wird, können wir uns mehr als eine Pfeife anstecken.«

»Klar doch, Thomas. Mehr kann ich dir für den Moment nicht sagen. Aber dies wollte ich schon mal schnell loswerden.«

»Danke für die Information und einen schönen Restsamstag.« Berger verabschiedete sich und parkte den Wagen im Carport ein. Endlich war er zu Hause und konnte erst einmal tief durchatmen. Lea und sein siebenjähriger Sohn Willi hatten ihm bestimmt etwas vom Mittag übriggelassen. Bei den heißen Temperaturen gab es auf der Terrasse meistens noch ein leckeres Vanille-Eis mit frisch gepflückten Erdbeeren aus dem Garten. Für ihn und seinen Sohn mit Sahne, Lea ohne, da sie sehr auf ihre Figur achtete.

»Hallo ihr Lieben, da bin ich wieder!«, rief er in den Flur. Er wollte unbedingt den Kopf freibekommen und versuchte, den Schock und seine Traurigkeit über den Mord zu überspielen.

»Wir sind hier draußen, Papi«, rief sein Sohn. »Mama hat den Grill angemacht. Ich habe ihr dabei geholfen. Du weißt ja, Feuer und Fleisch sind Männersache.«

Berger schmunzelte über seinen Sohn. »Schön, habt ihr mir ein Steak mitgegrillt oder ist nur noch Bratwurst da?«

»Alles noch reichlich da, mein Schatz.« Lea kam in den Flur und gab ihrem Mann einen Kuss. »Geht's dir einigermaßen gut nach der ganzen Aufregung heute Vormittag?« Sie sah ihn lächelnd an.

»Wir reden nachher in Ruhe, wenn Willi mit seinen Freunden auf dem Bolzplatz ist, okay?« Berger wollte nur abschalten, duschen und dann etwas essen. Sein Magen knurrte.

»Ja, ok.«

»Ich gehe oben kurz duschen und komme dann gleich zu euch.«

Berger verschwand im Badezimmer, zog sein durchgeschwitztes T-Shirt aus und warf es auf den Boden. Socken, Jeans und Slip gleich hinterher. Er schmiss alles auf den Klamottenhaufen, den Lea von ihrer Party hinterlassen hatte. An einem Spaghettiträger des hübschen schwarzen Kleides hing tatsächlich noch ein Fetzen von der gleichen Partygirlande, die er vorhin auf dem Boden des Fahrgastschiffes gesehen hatte. Er schob den ganzen Kleidungsberg etwas zur Seite und blickte auf die blauen Fliesen. Was er dort sah, verschlug ihm die Sprache. Ein winzig kleines Häufchen weißen Pulvers. Weißes Pulver, weißer Schnee, Kokain … ›Träume oder spinne ich‹, fragte sich Berger. Es schnürte ihm kurzzeitig den Hals zu. ›Die können auf dem Boot doch unmöglich Kokain konsumiert haben. Ich werde wahnsinnig!‹ Berger öffnete nackt die Badezimmertür und schrie laut nach unten in die Küche, wo er sie herumhantieren hörte: »Lea!« »Lea!« Er rief noch einmal und noch lauter.

»Was ist denn? Ich räume gerade den Geschirrspüler aus.«

»Komm auf der Stelle hoch!«

Lea erschrak über seine Wortwahl und erst recht über die Lautstärke. Sie schuldete es dem Stress und der Anspannung, unter denen er seit dem frühen Morgen stand.

»Was ist denn?«, fragte sie angesäuert. Sie trat ins Bad.

»Was ist das?«, fragte er sie und zeigte auf den kleinen weißen Pulverhaufen. »Seid ihr total bescheuert?! Habt ihr auf dem Boot Kokain genommen?! Sag mal, habt ihr sie noch alle!« Berger war außer sich.

Derart aufgebracht und wütend hatte Lea ihren Mann noch nie erlebt.

»Ist doch nicht schlimm!«, antwortete sie lakonisch. »Bisschen was zur Stimmungsaufhellung«, fuhr sie fort ohne mit der Wimper zu zucken. Jetzt schaukelte sich auch in ihr Wut auf.

»Das glaub ich nicht, Lea. Was ist denn mit euch los? Reicht Alkohol nicht mehr aus? Muss es Kokain sein, um in Stimmung zu kommen?« Berger schrie und beschimpfte sie. Mit einem leichten Schubs drängte er sie aus dem Bad. Er hatte völlig die Kontrolle über sich verloren. Das einzige, was ihn zur Raison brachte, war, dass er den Streit nicht vor seinem Sohn fortsetzen wollte. Bestimmt hatte er schon jedes Wort gehört, so laut wie sie sich stritten. Berger stand fassungslos allein im Bad.

Lea ihrerseits war so wütend auf ihren Mann, dass sie ihm am liebsten eine gelangt hätte. Was bildete er sich ein, sie zu bevormunden? Sie riss die Badezimmertür auf und schrie ihn an: »Hauptkommissar Berger, du glaubst wohl alles zu wissen, oder?« Sie hatte vor Wut Tränen in den Augen und die Stimme versagte ihr. »Du bist so dämlich, dass du Kokain nicht von Backpulver unterscheiden kannst. Hättest du mal gekostet, dann hättest du gewusst, dass es kein Kokain ist. Mir zu unterstellen – mir als Medizinerin – ich würde Drogen nehmen, das ist wohl die Höhe. Wer glaubst du eigentlich, wer du bist? Was nimmst du dir mir gegenüber für eine Frechheit heraus? Seit zwei Wochen rede ich davon, dass wir Silberfische im Bad haben. Aber der Herr Kommissar hat ja keine Zeit für unseren Haushalt. Er schafft es nicht, in den Baumarkt zu fahren, um mal ein Insektenmittel gegen Silberfische zu besorgen. Immer im Dienste der Polizei. Und übrigens: Als Frauenärztin habe ich auch jede Menge Verantwortung und viel Stress, aber ich lasse keine waghalsigen Vermutungen oder Beleidigungen dir gegenüber heraus. Du kannst dir deine Thüringer Bratwurst in der Mikrowelle warm machen. Ich fahre jetzt mit Willi an die Ostsee … Allein!«

»Lea, warte doch.« Berger war entsetzt über seine Dusseligkeit. Was hatte er nur für einen Mist verzapft. »Lea, bitte. Es tut mir leid!«

Lea rief Willi von der Terrasse, der sich gerade die Mundwinkel von Schokoladeneis mit dem Handrücken abwischte. Sie packte eilig Badesachen und Handtücher zusammen. Dann fuhr sie, ohne ein weiteres Wort zu verlieren, in Richtung Boltenhagen los. Willi maulte im Auto, dass er lieber zum Fußball wollte und sich mit seinen Freunden um fünfzehn Uhr auf dem Sportplatz verabredet hatte. »Du kommst mit!«, antwortete Lea barsch und von den Plänen ihres Sohnes unbeeindruckt.

Sieben

Einige Male hatte Thomas Berger bereits versucht, seine Lea telefonisch zu erreichen. Aber sie nahm das Telefonat nicht an, sondern drückte ihn immer wieder weg. Er hatte ihr schon mehrfach auf die Mailbox gesprochen und sich entschuldigt. Berger bat sie, zurückzurufen, denn er wollte gern zum Strand nach Boltenhagen nachkommen. Den endlosen Strand nach seiner Frau und seinem Sohn abzusuchen, war ihm zu aufwendig. So entschloss er sich, zu seinem Kollegen Lars Paulsen nach Hause zu fahren, um mit jemanden über den Vorfall zu sprechen. Wie ein Idiot hatte er sich Lea gegenüber aufgeführt. Lars war schon seit mehreren Jahren sein Freund. Dienstliches und Privates konnten beide sehr gut trennen. Ein Gespräch unter Männern tat bisweilen gut. Berger hoffte, dass er ihn zu Hause antreffen würde.

Lars Paulsen und seine Verlobte Kirsten hatten sich ein kleines Einfamilienhaus in der Schweriner Gartenstadt gekauft. Nicht groß, aber pflegeleicht und sehr gemütlich. Ein kleiner Garten war schon liebevoll von Kirsten hinter dem Haus angelegt worden.

Berger klingelte und Lars Paulsen öffnete.

»Wie siehst du denn aus, Thomas?«, fragte er ihn. »Ist was passiert? Bist du allein?« Er schaute sich um, ob Lea noch irgendwo an Bergers Wagen zu sehen war.

»Ganz schön viele Fragen auf einmal. Mir fällt die Decke auf den Kopf. Ich habe totalen Mist gebaut. Lea und Willi sind allein zur Ostsee gefahren!«

»Und jetzt kommst du zu deinem Freund Lars, um ein bisschen zu quatschen, oder?«

»Ja.« Berger senkte seinen Kopf.

»Na, dann komm mal rein. Kirsten ist hinten im Garten. Sie hat immer noch einen schweren Kopf und will ein kleines Hochbeet mit mir anlegen. Da sollen dann Kräuter eingepflanzt werden. Ganz in der Nähe unserer Outdoor-Küche. Die soll ich auch noch aufbauen.«

Berger folgte Paulsen in einen kleinen Wintergarten seitlich am Haus. Er nahm in einer riesigen Sitzlounge Platz.

»Willst du ein Bier?«, fragte er.

»Aber nur eins. Ich will euch auch nicht lange stören und ich muss ja wieder mit dem Auto nach Hause.«

»Du störst nicht. Ich bin glücklich, dann brauche ich Kirsten nicht sofort zu helfen!« Paulsen grinste. »Du weißt doch, ich habe zwei linke Hände. Handwerkern ist nicht so meins.«

»Ach, das wird schon. Stell dein Licht nicht immer so unter den Scheffel.«

Paulsen öffnete zwei Bierflaschen. Eine reichte er Berger. Sie stießen mit den Flaschen an. Aus Gläsern tranken beide ungern Bier.

»Na, schieß mal los. Was hast du angestellt, dass deine Frau geflüchtet ist?«

Berger erzählte die unschöne und laute Szene, die sich im Bad bei ihm zu Hause abgespielt hatte.

Paulsen lachte schallend, als er hörte, dass Berger das Backpulver für Kokain gehalten hatte.

»Es passte alles einfach so zusammen. Ein paar Minuten vorher erfuhr ich doch von Werner, dass Kokain auf dem kleinen Pfaffenteichkreuzer gefunden wurde.«

»Das ist allerdings erschreckend. Lenz tot und noch Kokain an Bord. Das wird ja immer interessanter. Ich kenne den eigentlich gar nicht so gut. Bisher habe ich nur Gutes von ihm gehört. Nicht, dass der in der Drogenszene unterwegs war ...«

»Ich finde das alles äußerst merkwürdig. So eine steile Karriere, die der hingelegt hat und jetzt das.«

»Sehr seltsam die ganze Geschichte. Wer weiß, in welchem Sumpf wir da ermitteln müssen. Lutz hat mir übrigens den Fall überlassen. Er hat überhaupt keine Bedenken.«

»Ich auch nicht. Kirsten hat mir vorhin den Verlauf des ganzen Abends haargenau geschildert. Tobias Dornfeld vom Nahverkehr hat das Boot gefahren. Gleich nach dem Gespräch mit Kirsten habe ich ihn angerufen. Er wird am Montag bei uns in der Dienststelle zu Protokoll geben, dass er mit acht Damen zusammen um zwanzig Uhr auf den Pfaffenteichkreuzer gegangen und mit ihnen bis kurz nach Mitternacht rumgefahren ist. Alle gemeinsam haben dann das Boot verlassen. Dornfeld hat das Boot gesichert und ist dann nach Hause gefahren. Die Mädels hatten sich telefonisch ein Großraumtaxi bestellt.«

»Okay. Ich konnte mit Lea noch gar nicht über den Abend sprechen. Sie war jedenfalls auch sehr müde heute Morgen.«

»Dornfeld sagte noch, dass die Fahrt eine einmalige Angelegenheit war. Noch mal würde er nicht mit so vielen Frauen losfahren. Er hatte Kopfschmerzen von der Musik und dem vielen Gelächter. Dornfeld sollte dann nach Aufforderung von Kirstens Cousine auf dem Boot mittanzen. Das war ihm alles zu laut und zu viel. Die Cousine fragte ihn zu fortgeschrittener Stunde sogar, ob er nicht sein Shirt ausziehen wolle. Er fühlte sich belästigt und kam sich wie ein bestellter Stripper bei ein paar verrückten Girls vor.«

»Was hat er denn gedacht? Dass es eine ruhige Mondscheinfahrt mit Kamillentee wird?« Berger hatte nach zwei Schluck Bier seinen Humor zurückgefunden.

»Kirsten will mir nachher die Fotos zeigen. Aber erst, wenn das Hochbeet fertig ist, hat sie mir mit Augenzwinkern gedroht.«

»Fakt ist jedenfalls, dass unsere Frauen mit dem Tod von Lenz nichts zu tun haben. Dornfeld wird das Montag schriftlich zu Protokoll geben.«

»Ich habe auch nichts anderes erwartet«, sagte Paulsen und trank sein kühles Bier aus.

»Ich war schon bei Lenz' Ehefrau und seinem Bruder. Aber das erzähle ich dir am Montag im Dienst. Erst mal muss ich Lea besänftigen. Sie ist ganz schön ausgeflippt. So habe ich sie – ehrlich gesagt – noch nie erlebt.«

»Sie als Drogenkonsumentin zu verdächtigen ist auch ein ganz schöner Hammer!«

»Nun hack doch nicht auch noch auf mir herum. Ich weiß ja, dass es ein großer Fehler war.«

»Auf jeden Fall haben wir es mit einem sehr brisanten Fall zu tun. Morgen wird die Welle aus dem Innenministerium losschlagen. Der Innenminister wird Druck machen. Aber das ist ja nichts Neues!«

»Ich kann es noch immer nicht fassen, dass Lenz ermordet wurde. Mal sehen, was Karsten bei der Obduktion herausfindet. Ich sehe es nach wie vor nicht im Bereich des Denkbaren, dass unser Präsident Kokain bei sich hatte. Niemals!«

In diesem Moment bekam Berger eine Nachricht von Lea. Er las: »Willi schläft heute bei Dennis. Ich bin gegen zwanzig Uhr zu Hause, dann reden wir beide …«

»Gute Nachricht oder schlechte?«, fragte Paulsen.

»Hört sich eher nach einer schlechten an.« Berger atmete tief durch. Dann stand er auf. Sein halbes Bier trank er nicht mehr aus. »Du, ich muss los. Grüß Kirsten schön von mir.«

»Ich drücke die Daumen, dass ihr euch aussprecht und wieder versöhnt.« Paulsen zwinkerte mit dem rechten Auge.

»Das hoffe ich auch, Lars.«

Berger stand auf und drückte seinen Kollegen.

»Eh, nun werde mal nicht sentimental. Lea wird dir schon nicht den Kopf abreißen!«, machte er ihm Mut.

»Nein, das nicht. Ich habe trotzdem ein komisches Gefühl. Lea ist immer sehr konsequent und wenn bei ihr das Fass überläuft, dann gibt es kein Zurück. Da ist sie manchmal ganz schön stur.«

»Mecklenburger Mädel halt. Wir sehen uns Montag im Dienst und dann legen wir mit unserem Fall los.«

»Bleibt uns ja nichts anderes übrig. Mach's gut, Lars. Danke, dass du dir einen Moment Zeit für mich genommen hast.«

»Schon gut. Nun fahr nach Hause und bring deine Ehe wieder in Ordnung.« Er klopfte ihm noch einmal auf die Schulter.

Berger antwortete darauf nicht mehr und fuhr zurück nach Wittenförden. Er legte sich schon die Worte zurecht, die er Lea entgegenbringen wollte. Mit Blumen brauchte er ihr nicht zu kommen, dafür war zu viel passiert. Vielleicht ein Wellness-Wochenende nur für Lea und ihn. Aber wann sollte die Fahrt losgehen? Der Mord am Polizeipräsidenten musste lückenlos und zeitnah aufgeklärt werden. Ein Kurzurlaub – nicht in Kürze und keinesfalls spontan, das war ihm klar.

Acht

Kriminalhauptkommissar Berger nahm von der Umgehungsstraße eine Abfahrt eher und hielt am Baumarkt in der Rog-
ahner Straße. Seit Wochen hatte er sich vorgenommen, etwas
gegen Silberfische zu besorgen. Das Backpulver, das Lea im Badezimmer an der Schrankkante ausgestreut hatte, schien die
lästigen Insekten nicht abzuschrecken. Er legte gleich drei Köderdosen in seinen Einkaufswagen. In der Gartenabteilung entdeckte er eine Pflanze, die sein Interesse weckte. *Tränendes Herz*
stand auf dem Schild. Wunderschön anzusehen, die pinkfarbe-
nen Blüten sahen aus wie ein Herz, aus dem weiße Tränen tropf-
ten. Er nahm die größte und am besten gewachsene Pflanze
mit. Lea würde sich bestimmt über die mehrjährige, winter-
feste Zierpflanze, die pflegeleicht zu sein versprach, freuen.

Dann fuhr er nach Hause. Lea war noch nicht zurück. Er
ging ins Bad wischte das Backpulver mit einem nassen Lappen auf und platzierte die Köderdosen an den Stellen, an
denen die Silberfische vermehrt auftauchten. Die blühende
Pflanze stellte er auf die Terrasse, sodass Lea sie gleich auf
den ersten Blick sehen konnte.

Berger wurde unruhig und lief im Flur auf und ab. Wo
blieb Lea nur? Mehrmals ging er in der Küche an den Er-
ker und schaute auf die Straße. Er war innerlich aufgewühlt
und legte sich schon einmal die Sätze zurecht, die er dann
doch wieder austauschte.

Endlich fuhr Lea in den Carport rein und kam zum Hauseingang. Sie sah müde und abgespannt aus. Berger ging schnell zur Haustür und öffnete ihr. Er nahm sie gleich in den Arm. »Lea, bitte verzeih mir. Ich habe mich wie ein Trottel aufgeführt!« Er wollte ihr einen Kuss geben.

Sie wich zurück und ließ nicht einmal die Umarmung zu. »Genau, das ist die richtige Bezeichnung. Ein Trottel.« Sie legte ihre leichte Sommerjacke auf der Garderobe ab und schmiss ihre Handtasche vor die Flurkommode.

»Nun sei doch nicht mehr sauer. Ich habe Mist gebaut und mich ein paar Mal entschuldigt. Willst du, dass ich auf den Knien vor dir krieche?« Berger war enttäuscht, dass sie seine Entschuldigung scheinbar nicht annehmen wollte. »Ich habe Köder für die Silberfische besorgt und auch schon aufgestellt«, versuchte er sich in ein besseres Licht zu rücken.

»Fein. Dann sind wir die lästigen Viecher ja bald los«, antwortete sie teilnahmslos. »Ich will mit dir reden. Jetzt haben wir Zeit, offen zu sprechen.«

Berger wurde unsicher und bat sie, mit auf die Terrasse zu kommen, was Lea widerwillig tat.

»Oh, wie schön und wie passend!«, stellte Lea sarkastisch fest, als sie die Pflanze entdeckte.

»Du freust dich nicht?«, fragte er und verstand Leas Reaktion nicht.

»Tränendes Herz. Besser traurige Ehe, oder? Oder noch besser ›Männchen in der Badewanne‹ so heißt die Pflanze im englischen Volksmund. Wenn man die Herzen umdreht und aufbiegt sieht es aus wie ein Mann in der Badewanne. Thomas, lass uns reingehen. Ich möchte nicht, dass die Nachbarn alles mithören.«

»Was willst du mir denn sagen?« Berger war mehr und mehr verunsichert.

An Leas Hals hatten sich schon hektische Flecken gebildet, die kein gutes Zeichen waren.

Jetzt saßen sie im Wohnzimmer mit geschlossener Terrassentür. Schweigend. Niemand sagte ein Wort.

Dann begann Lea: »Thomas, ich möchte dir vorschlagen, dass wir in unserem Haus eine räumliche Trennung vornehmen.«

»Waaas?« Bergers Stimme versagte, mit starrem Blick sah er seine Frau an.

»Ja. Ich möchte, dass wir uns so einrichten, dass jeder seinen Bereich hat, ohne dass Willi davon etwas mitbekommt.«

»Warum? Und wie soll das funktionieren? Willi ist doch nicht blöd.«

»Ich werde vorerst ins Gästezimmer ziehen und dort schlafen. Die Wohnstube kannst du für dich nutzen. Du bist ja eh selten zu Hause. Abends können wir uns ja weitestgehend aus dem Weg gehen. Unser Haus ist groß genug.«

»Und was willst du denn Willi sagen?«

»Sind das deine größten Sorgen?«

»Nein. Natürlich nicht.«

»Du kannst ihm ja sagen, dass du nachts so laut schnarchst!«

»Warum ich? Du willst aus dem Schlafzimmer ausziehen, dann kannst du ihm das auch erklären.« Berger wurde allmählich immer wütender. »Wegen diesem blöden Kokain-

Verdacht machst du jetzt so eine Szene. Findest du das nicht ein bisschen albern?«

»Du scheinst nicht zu begreifen, wie es um unsere Ehe steht. Die Episode vorhin im Bad war doch nur ein weiterer Tropfen … Auf die räumliche Trennung bestehe ich. Und dann werde ich sehen, ob ich ausziehen und …«

»Was und? Denkst du an Trennung? Lea, ich glaub das nicht. Bist du verrückt geworden?«

»Nein, im Gegenteil. Ich habe den ganzen Nachmittag in Boltenhagen am Strand darüber nachgedacht. Du hast doch kaum Zeit für Willi und mich. Ständig bist du unterwegs und jetzt dieser Drogenverdacht. Du bist total überarbeitet und hast nur noch einen Tunnelblick für deinen Job.« Lea fing an zu weinen.

»Das stimmt doch gar nicht. Diese Diskussion hatten wir schon so oft. Du hast doch gewusst, das ich Polizist bin und unregelmäßig arbeiten muss. Jetzt der Mord an unserem Polizeipräsidenten, da sind bei mir die Sicherungen durchgeknallt. Hast du eine Ahnung, was jetzt auf mich zukommt?«

»Natürlich. Ich bin ja nicht blöd!«

»So habe ich es nicht gemeint. Ständig diese Missverständnisse. Was hättest du denn gern für einen Mann? Der ständig zu Hause sitzt und dich nervt?«

»Ich hätte gern einen Mann, der mir zuhört und meine Arbeit auch wertschätzt.«

»Wann habe ich nicht zugehört?«

»Zum Beispiel mit diesen ekligen Silberfischen im Badezimmer. Mehrmals hatte ich dich gebeten, etwas dagegen zu besorgen. Heute, nachdem der Streit mit uns eskaliert ist, hast du die Köderdosen besorgt und mir zur Ruhigstellung ein blühendes und tränendes Herz mitgebracht. Wie passend!«

Bergers Handy gab einen Nachrichtenton von sich. Er nahm es und las die Nachricht schnell und gedankenversunken.

»Siehst du, Thomas. Genau das meine ich. Das Handy ist schon wieder wichtiger als ich. Du kannst es nicht einmal bei diesem wichtigen Gespräch ausschalten!«

Er sah sie an: »Entschuldige bitte, was hast du gerade gesagt?«

»Gar nichts, Thomas«, antworte sie und verließ das Wohnzimmer.

Berger fragte nicht noch einmal, was Lea gesagt hatte. »Der Innenminister hat gerade einen Erlass herausgebracht, dass am Montag alle Dienstfahrzeuge der Polizei mit Trauerflor beflaggt werden sollen.«

»Gute Nacht, ich nehme jetzt mein Bettzeug und ziehe ins Gästezimmer.«

»Lea, bleib doch. Hau doch nicht immer ab und lass mich hier wie einen Trottel allein sitzen. Lea, wenn du jetzt nach oben gehst, dann …«

»Was dann …?« Sie schüttelte traurig den Kopf und ging hoch in die erste Etage. Beim Einrichten des Gästezimmers liefen ihr Tränen übers Gesicht. Seit Tagen fühlte sie sich nicht wohl. Manchmal wurde ihr heiß und kalt. Nachts hatte sie Schweißausbrüche. Ihren Hormonstatus hatte sie in der

Praxis mit einer Blutuntersuchung kontrollieren lassen. Mit den Wechseljahren war sie nach dem Laborbefund definitiv durch. Aber warum ging es ihr so schlecht? Gestern hatte sie starke Halsschmerzen und Schluckbeschwerden, die heute etwas weniger geworden waren. Oder war sie durch den Ärger so abgelenkt, dass sie die Symptome ihres Körpers nicht richtig deuten konnte? Sie ging an diesem Abend früh schlafen, um sich zu regenerieren.

Berger saß noch lange schweigend im Wohnzimmer und grübelte. Er saß um Mitternacht noch im Dunkeln. Leas Entschluss hatte ihn tief verletzt. Dass der Tag, der so katastrophal begann, auch privat so desaströs enden würde, hätte er nicht für möglich gehalten.

Neun

Der Sonntag war im Hause der Familie Berger ziemlich ruhig verlaufen. Lea hatte die erste Nacht allein im Gästezimmer verbracht und tagsüber viel gelesen. Sie ging ihrem Mann, wo sie nur konnte, aus dem Weg.

Thomas und sein Sohn Willi saßen bei Dauerregen vor dem Fernseher und schauten eine Netflix-Serie. Willi verfolgte mit allen Sinnen den spannenden Actionfilm. Berger blickte zwar zum Fernseher, war mit seinen Gedanken aber ganz woanders – bei Lea, seiner Arbeit, seiner Ehe, beim toten Polizeipräsidenten Peter Lenz. Es gelang ihm nicht, das Gedankenkarussell zu stoppen. Vormittags hatte er schon eine Tablette gegen Sodbrennen eingenommen. Die ganze Grübelei war ihm auf den Magen geschlagen. Nachmittags ging es sogar soweit, dass er sich innerlich den Montag herbeisehnte. Die Anspannung mit Lea zu Hause und ihre leere Betthälfte in der Nacht waren für ihn unerträglich.

Montagmorgen fuhr er – nachdem er Willi an der Schule abgesetzt hatte – auf der Umgehungsstraße zu seiner Dienststelle auf dem Großen Dreesch. Unterwegs kamen ihm mehrere Polizeifahrzeuge, an denen Trauerflor angebracht war, entgegen. Für neun Uhr war eine Dringlichkeitssitzung mit dem Innenminister in der Dienststelle angesetzt. Bergers Geschäftsstelle hatte im Eingangsbereich des Reviers einen Tisch mit einem Foto des Präsidenten aufgebaut und ein

Kondolenzbuch ausgelegt. Daneben standen eine Vase mit einer weißen Lilie und ein Glaswindlicht, worin eine weiße Kerze brannte. Als sehr niveauvoll und angemessen, hatte es der Innenminister bezeichnet, als er in die Dienststelle kam. Viele Kolleginnen und Kollegen hatten am Wochenende von der schrecklichen Tat gehört und ihre Unterschrift im Kondolenzbuch hinterlassen, welches man der Witwe des Präsidenten zukommen lassen wollte.

Kurz vor neun Uhr hörte Berger eine lautstarke Diskussion in Paulsens Büro. Lars Paulsen telefonierte und war sichtlich wütend. Berger ging hinüber und wartete bis er das Telefonat beendet hatte.

»Guten Morgen, Lars. Was ist denn hier los?«, fragte Berger entrüstet.

»Moin. Du kannst dir nicht vorstellen, was ich eben für eine Diskussion hatte.«

»Na, dann erzähl mal. Wir müssen gleich in die Dringlichkeitssitzung mit dem Innenminister. Ich habe ihn schon zum Beratungsraum gehen sehen.«

»Es war die Leitstelle unserer Inspektion. Ein Beamter teilte mir mit, dass ein Fahrzeug ohne Trauerflor unterwegs sei.«

»Und? Haben die keinen Trauerflor vorrätig? Dann sollen sie sich doch aus schwarzem Stoff was basteln oder besorgen!«

»Sie haben einen Trauerflor. Doch der Fahrer des Wagens hat sich geweigert, ihn anzubringen.«

»Warum das denn?«

»Er möchte das aus persönlichen Gründen nicht und ist nicht bereit, eine Stellungnahme abzugeben.«

»Es ist aber eine Weisung des Innenministers. Das gibt Ärger!«

»Die Aktion wird ein Nachspiel haben. Die Verweigerung haben schon mehrere Beamte mitbekommen. Es gibt eine geteilte Reaktion: Einige befürworten den Mut des Kollegen, die anderen regen sich über sein Verhalten auf. So ganz unumstritten ist die Person Lenz anscheinend nicht. Einige kennen ihn noch aus anderen Dienststellen, bevor er Präsident wurde.«

»Das ist ja interessant. Unseren Verweigerer möchte ich mir gern zum Gespräch einladen.«

»Du meinst doch nicht allen Ernstes, dass er was mit dem Mord zu tun hat?«

»Auch Polizisten bringen Polizisten um, Lars. Ganz abwegig ist es nicht. Aber ich denke, wenn er etwas mit dem Mord zu tun hätte, hätte er sich jetzt nicht so verhaltensauffällig gegen Lenz benommen.«

»Das wäre ja richtig dumm. Ja, gut, wir sollten ihn anhören und befragen.«

»Ja, und nun komm. Wir müssen in den Beratungssaal. Ich möchte nicht zu spät kommen, wenn der Innenminister zugegen ist.«

Beide gingen in den Saal. Der Raum war überfüllt. Einige Beamte saßen, der Rest, der keinen freien Stuhl abbekommen hatte, stand. Eine Seelsorgerin war ebenfalls vor Ort. Der Innenminister begrüßte alle Anwesenden und legte alle

Fakten kurz da. Viel konnte er zum derzeitigen Ermittlungsstand in der Kürze der vergangenen Zeit nicht sagen. Er betonte jedoch ausdrücklich, dass er dieses abscheuliche Verbrechen auf das schärfste verurteile und der Mörder oder die Mörderin schnell dingfest gemacht werden müssen. Er lobte den Polizeipräsidenten für seine unermüdliche Arbeit und wollte am Nachmittag die Ehefrau aufsuchen, um ihr persönlich in aller Form zu kondolieren.

Dann bat er die betroffen wirkende Menge darum, für eine Schweigeminute aufzustehen. Alle erhoben sich oder standen bereits. Sie schlossen ihre Augen. Es war absolut still. Die Minute war noch nicht abgelaufen. Da dröhnte plötzlich ein Signal durch das Gebäude. Alle schauten sich erschrocken an.

»Das ist Feueralarm. Irgendwo brennt es!«, rief eine aufgeregte junge Beamtin.

»Oder ist das eine Feuerwehrübung, von der niemand etwas weiß?«

Alle Kolleginnen und Kollegen setzten sich sofort in Bewegung und verließen den völlig überfüllten Saal, so lange niemand wusste, ob es wirklich brannte oder es sich um eine Übung handelte.

Doch der Alarm war kein Probealarm. Man roch aus dem Eingangsbereich heraus, dass es tatsächlich irgendwo brannte und hörte einen Rauchmelder laut piepen. Der Innenminister sowie die halbe diensthabende Polizeiinspektion rannten Richtung Ausgang. Eine schwarze Wolke versperrte schon die Sicht. Ein Kollege riss geistesgegenwärtig einen schweren

Feuerlöscher von der Wand im Flur und begann den Brandherd zu löschen. Die meisten Personen verließen sofort das Gebäude und fühlten sich draußen erleichtert.

Nach ein paar Minuten war der Spuk vorbei. Der Brandherd war mit Pulver gelöscht. Der Schreck saß allen in den Gliedern. Noch nie hatte es im Polizeigebäude gebrannt. Die Feuerwehr war bereits im Anmarsch und hielt mit einem Einsatzwagen direkt vor der Inspektion. Der Beamte mit dem Feuerlöscher wurde vom Innenminister für seine schnelle Reaktion gelobt. Viele Kolleginnen und Kollegen standen noch draußen vor der Tür und husteten. Sie mutmaßten und rätselten, was der Brandauslöser war. Passiert war Gott sei Dank niemandem etwas.

Ein Feuerwehrbeamter trat in den Eingangsbereich und untersuchte sofort die Brandstelle. Er hob einen Gegenstand auf, der völlig verkohlt war. Berger und Paulsen glaubten nicht, was der Feuerwehrbeamte zerstört in seiner Hand hielt. Das Kondolenzbuch. Auch die weiße Kerze stand nicht mehr in ihrem Glaswindlicht. Sie lag auf dem Boden. Das Kerzenwachs war zerlaufen.

»Jemand hat das Kondolenzbuch angezündet!«, sagte Berger. Die Kerze liegt unten und das Glaswindlicht steht unbeschadet auf dem Tisch. »Die Kerze wurde aus dem Glas genommen und das Buch angezündet.«

»Richtig«, murmelte Paulsen. »Es kann nur so gewesen sein. Das Glas wäre ansonsten zerstört und die Kerze rausgerollt. Spuren am Buch werden wir sicherlich nicht finden. Das verkohlte Kondolenzbuch gibt nichts mehr her.«

»An dem Tisch waren heute schon unzählig viele Beamte und Beamtinnen. Die haben alle Spuren hinterlassen. Die können wir unmöglich alle unter Generalverdacht stellen!«, erklärte Berger.

»Die brennende Kerze war wohl keine so gute Idee!«, sagte der Innenminister nachdenklich. »Ich werde im Innenministerium einen Tisch für den Polizeipräsidenten herrichten lassen. Im Foyer sitzt ständig ein Pförtner, da kann nichts passieren. »Wo ist eigentlich der Beamte, der hier in der Pforte sonst die Besucherinnen und Besucher empfängt?«

»Hier bin ich.« Gerd Dräger meldete sich schüchtern zu Wort.

»Wo waren Sie denn um Himmels willen?« Der Innenminister sah ihn streng an.

Dräger begann zu stottern. »Ich hatte die Haupteingangstür von innen verriegelt und war ebenfalls im Beratungssaal, wo alle anderen zusammen mit Ihnen waren.«

»Sind Sie noch zu retten! Die Kerze hier unbewacht zu lassen!«

Berger blickte zu Paulsen. Kollege Dräger tat ihnen leid. Beiden war klar, dass jemand aus Polizeikreisen das Kondolenzbuch angezündet haben musste. Durch die von innen verriegelte Eingangstür kam kein Fremder von außen in die Polizeiinspektion herein. Der Feuerteufel war entweder schon im Haus, das ließe sich anhand der Eintragungen im Besucherbuch feststellen, oder aber ein Beamter oder eine Beamtin der Schweriner Polizeiinspektion hatte die Tat begangen. Nur sie haben eine Schließberechtigung und kommen jederzeit in das Polizeigebäude.

Zehn

Gerd Dräger bestätigte Berger mit zittriger Stimme, dass kein Besucher im Hause gewesen sei. »Hier ist das Buch. Kein Eintrag von heute Morgen. Sonst wäre ich doch nicht nach oben in den Beratungsraum gegangen.«

»Aber die brennende Kerze kannst du doch nicht unbeaufsichtigt lassen, Gerd.«

»Das weiß ich. Ich habe es in der Aufregung vergessen.« Dräger war ganz blass. »Ich werde für den Schaden aufkommen. Ich will keinen Ärger und nicht noch ein Disziplinarverfahren am Hals haben. Ich rufe die Reinigungsfirma sofort an, damit im Eingangsbereich schnellstens wieder Ordnung und Sauberkeit herrschen.«

»Mach das, Gerd. Erhol dich von dem Schreck.«

»Danke, Thomas.«

Der Innenminister hatte die Zusammenkunft draußen vor dem Gebäude beendet und alle Anwesenden gebeten, mit ganzer Kraft den Mörder oder die Mörderin zu finden. Dann fuhr er mit seinem Chauffeur und zwei Personenschützern zum Arsenal, seinem Dienstsitz, zurück.

Berger und Paulsen waren zurück in ihrem Büro. So eine Aufregung am frühen Morgen brauchte keiner.

»Wir brauchen den Obduktionsbericht und die abschließenden Untersuchungen der Spurensicherung. Ich bin auch gespannt, was die Kollegen an der Anlegestelle des Bootes an Spuren gefunden haben.« Berger checkte seinen E-Mail-Posteingang. Bisher waren noch keine elektronischen Schriftstücke zum Mord eingegangen.

Der Innenminister hatte Berger und Paulsen personelle Unterstützung angeboten. Der Fall müsste so schnell wie möglich aufgeklärt werden. Er hatte zudem veranlasst, dass eine Sonderkommission gebildet werden sollte. Sie hieß PPL – abgekürzt für Polizeipräsident Peter Lenz. Ein Teil der SoKo war bereits am Pfaffenteich und befragte Zeugen und Einwohner der näheren Umgebung.

»Mich interessiert brennend, wer das Kondolenzbuch angezündet hat!«, fing Paulsen an.

»Ganz schön waghalsig. Die Person muss gewartet haben, bis alle im Beratungsraum waren. Und es muss einer von uns gewesen sein. Fremde waren nicht im Haus. Dräger sagte ja, er hat heute Morgen niemanden reingelassen und registriert.«

»Meinst du, wir sollten den Kollegen, der geistesgegenwärtig den Feuerlöscher von der Wand gerissen hat auch unter die Lupe nehmen? So wie den Trauerflor-Verweigerer?«

»Ich weiß es nicht. Aber sicherheitshalber lassen wir uns von allen, die uns nur im Geringsten verdächtig vorkommen, die Personalakten kommen.«

»Auf jeden Fall. Das Kokain, das an Bord gefunden wurde, ist für mich allerdings das interessanteste Beweismittel. Dort sollten wir ansetzen!«

»Auch hier müssen wir abwarten, was aus der Rechtsmedizin kommt. Ob Lenz Drogen konsumiert, mit ihnen gedealt hat oder ...«

»Oder ob der Mörder oder die Mörderin die Drogen verteilt hat, um eine falsche Spur zu legen.«

»Sehr gut, Lars. Wir dürfen uns nicht blenden lassen und nur die Fakten in unsere Untersuchungen einbeziehen.«

»Hast du dich mit Lea ausgesprochen und wieder vertragen?«, wechselte Paulsen das Thema und schaute Berger an.

»Wir haben geredet. Aber von einer Versöhnung sind wir ganz weit entfernt. Sie ist erst einmal ins Gästezimmer gezogen.«

»Hört sich nicht gut an.«

»Sie möchte in den nächsten Tagen oder Wochen sehen, was aus uns wird.«

»Aber zu unserer Hochzeit kommt ihr doch, oder?«

»Meinerseits natürlich. Wir haben uns so sehr gefreut, dass ihr uns als Trauzeugen benannt habt.«

»Das war uns wichtig. Allein schon wegen unserer Freundschaft, Thomas.«

»Sollte der schlimmste Fall eintreten, komme ich auch allein. Aber davon möchte ich nicht ausgehen. Ich hoffe, dass sich Lea besinnt und unsere Ehe nicht als zerrüttet – wie es im Gerichtssaal bei Scheidungen immer so heißt – ansieht.«

In diesem Moment klingelte das Telefon. Auf dem Display erkannte Berger die Nummer des Rechtsmediziners Doktor Karsten Brandenburg.

»Guten Morgen, Karsten. Schieß los. Wir warten brennend heiß – im wahrsten Sinne des Wortes – auf deinen Obduktionsbericht.«

»Also, um es kurz und verständlich zusammenzufassen: Peter Lenz wurde mit dreizehn Messerstichen getötet. Er ist verblutet. Lenz hatte viel Alkohol im Blut, es waren keine Drogen nachweisbar. Nur die Tatwaffe stellt mich vor ein Rätsel. Die Schnittwunden sehen ganz eigenartig aus. Dazu muss ich mich erst einmal mit Kollegen konsultieren. Das dauert noch ein paar Tage. Todeszeitpunkt circa zwei Uhr morgens. Reicht dir das fürs Erste?«

»Bestens. Den Bericht mailst du mir dann bitte noch für die Unterlagen zu. Dann weißt du vielleicht auch schon mehr über die verwendete Tatwaffe. Ich danke dir. Lars und ich können dann loslegen. Die Spurensicherung wird sich bestimmt auch noch melden. Schönen Tag dir und deiner bezaubernden Kollegin.«

»Danke. Grüß Lars von mir.«

»Das mache ich. Er sitzt neben mir.« Sie beendeten das Telefonat.

»Dreizehn Messerstiche in den betrunkenen Lenz mit einer mysteriösen Tatwaffe. So lautet das Ergebnis von Karsten«, fasste Berger die Informationen zusammen.

»So viele Messerstiche. Das sieht nicht nach einem Überfall aus. Das zeugt von Hass, Rache und Selbstjustiz. Lenz ist kein Zufallsopfer geworden!«

»Da stimme ich dir absolut zu. Wie es scheint, hat jemand seine ganzen Emotionen herausgelassen. Das war ein kaltblütig durchdachter und geplanter Mord.«

Elf

Nach dieser pietätlosen Brandaktion in der Polizeidirektion hatte Berger das dringende Bedürfnis, noch einmal Yvonne Lenz aufzusuchen. Von dem Vorfall in der Dienststelle wollte er ihr jedoch nichts erzählen. Am frühen Nachmittag fuhr er in die Schlossgartenallee und wollte den Menschen Lenz durch Erzählungen seiner Ehefrau näher kennenlernen. Berger parkte seinen Wagen erneut direkt vor dem Haus. Beim Gang zur Haustür sah er, dass seitlich hinter dem Haus eine sportliche Elektro-Limousine parkte. Das Kennzeichen konnte er gerade noch so erkennen. Es war ein dunkler Tesla, Modell S. Als er näher an die Haustür trat, konnte er laute Musik aus dem Haus hören. Andrea Berg sang *Du hast mich tausendmal belogen.* ›Was ist denn hier los?‹, dachte Berger. Er klingelte. Die Musik ging sofort aus und es dauerte einige Zeit bis Yvonne Lenz die Tür endlich öffnete. »Herr Berger, Sie habe ich gar nicht erwartet. Ich dachte, Sie würden vorher anrufen.«

Im Hintergrund hörte er ein knackendes Geräusch. Eine Person ging wohl die Holztreppe im Haus hinauf. Er sah jedoch niemanden.

»Ja, ich wollte mich melden. Nun bin ich spontan hier. Passt es? Oder haben Sie Besuch?«

»Das geht schon. Meine Schwester Katrin ist aus Berlin gekommen. Sie ist aber gerade nach Zippendorf. Sie joggt den Franzosenweg entlang. Eine echte Sportfanatikerin. Ich war gerade beim Saubermachen. Staubsagen, da drehe ich die Musik immer laut auf. Lenkt mich von allem ab. Kommen Sie rein, Herr Berger.«

Berger folgte ihr ins geräumige Wohnzimmer. Ein kurzer Blick durch die offene Küchentür verriet Berger, dass sie mit ihrer Schwester Katrin Champagner getrunken haben musste. Die Gläser standen halbvoll auf der Anrichte und Perlen stiegen in ihnen auf. Den Staubsauger, den Yvonne Lenz erwähnt hatte, sah er nirgends rumliegen. In der hintersten Flurecke stand ein hochmoderner Saugroboter.

Sie setzen sich.

»Gibt es schon ein Datum, wann ich mich von meinem Mann verabschieden kann?«

»Ich denke, morgen oder übermorgen wird es möglich sein. Die Obduktion ist bereits abgeschlossen.«

»Und? Was wurde dabei herausgefunden?«

»Es tut mir wirklich leid. Ihr Mann wurde mit dreizehn Messerstichen am Samstagmorgen gegen zwei Uhr ermordet. Er war stark betrunken, sagte mir der Rechtsmediziner noch.«

Sie starrte Berger fassungslos an. »Das ist ja eine Tragödie!« Sie stand auf, drehte sich von Berger weg und ging ans Fenster.

Berger durchschaute sofort, dass sie ihm die Rolle der traurigen Witwe nur vorspielte. Oben in der ersten Etage knackte es. Yvonne Lenz sagte dazu gleich: »Wir haben einen Marder auf dem Dachboden. Den bekommen wir einfach nicht zu fassen!«

»Ja, das kenne ich. Bei meinem Wagen hat einer die Kabel durchgefressen und die ganze Motorraumdämmung nachts zerfetzt. Die Tiere bekommt man durch nichts zu fassen, so sagte mir mal ein Kfz-Mechatroniker.«

Für Berger stand fest, dass sich im oberen Bereich des Hauses eine Person aufhielt, die nicht Katrin hieß.

»Erzählen Sie mir doch bitte etwas über Ihren Mann und den Freitagabend.«

»Ja. Wo fange ich an? Mein Peter war ein herzensguter Mann. Wir haben uns gleich nach seiner Ausbildung kennengelernt. Geheiratet und einen Sohn bekommen. Peter hat sich dann innerhalb der Polizei recht schnell hochgearbeitet. Er war sehr zielorientiert und enorm fleißig. Sonst hätte er wohl niemals so eine hohe Position innerhalb der Polizei erreicht.«

»Das stimmt. Was machen Sie eigentlich beruflich? Und was macht ihr Sohn? Sie sagten bei unserem ersten Gespräch, dass sie keinen Kontakt zu ihm haben …«

»Ich bin gelernte Friseurin. Peter habe ich damals im Salon kennengelernt. Er kam immer nur zu mir zum Haare schneiden. Daraus hat sich dann ein Flirt und später unsere Ehe entwickelt. Ich habe ihm bis zum letzten Tag immer die Haare geschnitten. Jetzt arbeite ich schon lange nicht mehr. Peter wollte das nicht. Ich schneide aber vielen unserer Bekannten mal die Haare. Ganz lassen kann ich es nicht. Aber keine Schwarzarbeit! Nicht dass Sie denken, ich arbeite zu Hause an der Steuer vorbei.«

»Keinesfalls. Das ist ja ein großer Vorteil, wenn man die Friseurin unter seinem Dach hat. Ich müsste auch mal wieder zum Friseur!«, betonte Berger und strich sich mit der Hand durchs Haar. »Und ihr Sohn?«

»Mit ihm haben wir seit vielen Jahren keinen Kontakt. Der lebt irgendwo im Süden Deutschlands. Er hat Peter vor Jahren so beleidigt, dass wir ihn rausgeschmissen haben. Ist besser so. ›Lieber ein Ende mit Schrecken, als ein Schrecken ohne Ende‹, hat Peter immer gesagt. Manchmal muss man eben den Kontakt abbrechen. Das ist für alle besser. Ich werde ihn auch nicht informieren, dass Peter tot ist. Jetzt braucht er sich dann auch nicht mehr zu melden.«

»Traurig, aber das ist natürlich Ihre Entscheidung«, sagte Berger und dachte sofort an Lea und den vergangenen Samstag. »Wie ist denn der letzte Freitag verlaufen?«

»Ganz normal, eigentlich. Er ist zum Dienst gefahren und wollte abends noch einen Freund treffen. Er sagte, es könne spät werden. Ich kenne das ja über viele Jahre. Er hat auch eine Couch in seinem Büro, auf der er, wenn es durch Ad hoc Lagen sehr spät wird, oft übernachtet.«

»Hatte Ihr Mann Feinde oder wissen Sie von offenen oder auch unterschwelligen Konflikten?«

»Nein. Es war alles ganz normal. Jedenfalls hat er mir nichts dergleichen berichtet.«

»Okay. Dann war es das schon für heute. Ich bedanke mich für das Gespräch. Vielleicht komme ich noch einmal zu Ihnen.«

»Dann rufen Sie aber wirklich bitte vorher an. Sonst bin ich vielleicht nicht zu Hause. Ich habe jetzt ja viele Sachen zu erledigen. Die Urnenbeisetzung, die Bank- und Testamentsangelegenheiten. Mir graut es schon vor den Behördengängen.«

»Ich melde mich, Frau Lenz. Versprochen.« Dann verabschiedete er sich. »Schön, dass Ihre Schwester bei Ihnen ist. Sie kann Sie sicher bei vielen Dingen unterstützen und mental hilfreich zur Seite stehen.«

»Ja, Katrin ist eine Seele von Mensch. Sie müsste gleich vom Joggen zurück sein. Ach übrigens, Herr Berger, die Beisetzung meines Mannes soll eine Urnenbestattung werden. Und ich möchte diese im engsten Kreis abhalten, das heißt niemanden von der Polizei dort sehen. Ob Sie das vielleicht in der Dienststelle so weitergeben könnten?«

»Das mache ich. Ihr Wunsch wird selbstverständlich respektiert, Frau Lenz.«

Berger ging zu seinem Wagen und fuhr fort. Er hatte sich das Kennzeichen des Teslas natürlich gemerkt. Es war ein Berliner Kennzeichen und die Ziffern Neun, Eins, Null. Die Zahlen hatte er sich als Uhrzeit eingeprägt. Neunuhrzehn. Gleich außerhalb der Sicht des Hauses, rief er seinen Kollegen Paulsen an und ließ das Kennzeichen abprüfen.

»Der Wagen ist auf eine Immobilienfirma aus Berlin zugelassen. Der Inhaber heißt Michael Thalheim, Jahrgang 1965. Ich habe den Mann auch gleich mal abgeprüft. Einmal hat er wegen schwerer Körperverletzung unter Alkoholeinfluss eingesessen, sonst hat er reine Weste. Nichts Auffälliges zu finden!«

»Okay, ich danke dir. Dann heißt der Marder auf dem Dachboden der Witwe Lenz Michael.«

»Das verstehe ich nicht!«

»Erklär ich dir, wenn ich wieder in der Dienststelle bin. Bis gleich.«

Zwölf

Gleich am nächsten Tag hatte Berger den Beamten, der sich geweigert hatte, einen Trauerflor an seinem Dienstwagen anzubringen, zu einem persönlichen Gespräch eingeladen.

»Guten Morgen, Bernd.«

»Guten Morgen, Thomas. Wenn du mich hier zur Rechenschaft ziehen willst, dann beißt du auf Granit!«, begann Bernd Deters seine Ansprache.

»Nimm doch bitte erst einmal Platz.« Berger versuchte, ihn zu beruhigen.

»Ich stehe lieber. So viel Zeit habe ich nicht. Ich muss nachher noch ins Innenministerium.«

»Gut, dann bleib eben stehen. Bernd, unser Gespräch hier ist absolut vertraulich. Ich versichere dir, dass ich über den Inhalt mit niemandem sprechen werde. Es geht mir lediglich darum, den Mord an Lenz aufzuklären, mehr nicht. Das Gespräch wird keinerlei Konsequenzen für dich haben.«

»Einer von unseren Kollegen hat mich angeschissen.« Berger war entsetzt über seine Wortwahl. »In zwei Stunden muss ich beim Innenministerium, in der Polizeiabteilung, Rede und Antwort stehen. Ich wusste nicht, dass wir so hinterhältige Kollegen haben und wir uns gegenseitig das Leben schwermachen. Ich finde es schäbig, dass mich einer dort gemeldet hat und niemand den Arsch in der Hose hat, mir das direkt von Angesicht zu Angesicht zu sagen.«

»Es war eine Dienstanweisung von oberster Stelle, die wir zu befolgen hatten, ob uns das passt oder nicht. Persönliche Befindlichkeiten spielen keine Rolle. So ist es als Beamter der Landespolizei. Das muss ich dir doch nicht sagen.«

»Ja, es war auch dämlich von mir, mich dagegen zu wehren. Bringt eh nur Ärger ein. Geschadet habe ich mir mit der Aufregung nur selbst. Ich muss auf meinen Blutdruck achten, sagt meine Hausärztin immer wieder. Mein stures Verhalten mit den daraus entstandenen Konsequenzen war alles andere als förderlich. Ich will mich im Innenministerium auch nicht aufregen, deshalb habe ich heute ein leichtes Beruhigungsmittel eingenommen. Ich werde mich gleich für mein Fehlverhalten entschuldigen. Dann kann ich dort hoffentlich gleich wieder abtreten.«

»Gute Entscheidung, Bernd! Mir passen auch so viele Dinge nicht, aber mit den Jahren bin ich viel gelassener geworden. Das tut mir und meiner Gesundheit gut.«

»Nun sag schon, warum wolltest du mich vertraulich sprechen?«

»Ich möchte nur wissen, warum du so eine Geringschätzung für Lenz empfunden hast?«

»Sag jetzt nicht, ich bin durch meine Verweigerungsaktion im Kreise der Verdächtigen angelangt?«

»Nein, keinesfalls. Es wäre ja schön dumm von dir, dich nach dem Mord auch noch öffentlich gegen Lenz zu positionieren.«

»Na ja, von einigen Kollegen habe ich hinter vorgehaltener Hand durchaus auch Zuspruch erhalten. Darüber spricht natürlich niemand hier in der Dienststelle. Mit mir haben Sie einen Beamten gefunden, an dem sie ein Exempel statuieren können. So sieht es aus!«

»Das kann gut sein. Mich interessiert nur, warum du so einen Frust auf den Polizeipräsidenten hast?«

»Also gut. Ich spreche nur für mich und nicht für andere Kollegen. Du und ich, wir kennen uns schon sehr lange, sonst wäre ich gar nicht hierhergekommen. Ich schätze dich und deine Ermittlungserfolge sehr, nur deshalb erzähle ich dir, welchen Peter Lenz ich als Person kenne.«

Berger wurde hellhörig. »Wie gesagt, es bleibt alles in diesem Raum.«

»Ich erzähle dir von einer Begegnung, mit der ich seitdem ein Leben lang zu tun habe. Vielleicht finden sich ja noch weitere Personen, denen Lenz richtig wehgetan hat und die jetzt ihren Mund aufmachen. Ich kannte ihn schon sehr lange und zwar als meinen direkten Vorgesetzten, als er noch kein Präsident war.«

»Jetzt machst du mich neugierig.«

»Er war vor vielen Jahren mein Vorgesetzter. Seine jetzige Frau Yvonne habe ich damals kennenlernt. Yvonne war Single, wir kamen zusammen und standen kurz davor, uns zu verloben. Yvonne war, nach vielen gescheiterten Beziehungen, meine große Liebe. Lenz fragte mich irgendwann einmal ganz beiläufig, wo ich mir die Haare immer so toll schneiden lasse. Da habe ich ihm den Salon empfohlen, in dem Yvonne angestellt war. Er ging dann immer zu ihr und hat mich bei ihr schlechtgemacht. Sagte, ich wäre ein notorischer Fremdgeher und hätte ein Verhältnis mit einer Kollegin. Der war krankhaft verliebt in Yvonne und wollte sie für sich. Um sein Ziel zu erreichen, hat er alles getan, zum Beispiel Dienstpläne kurzfristig verändert, sodass ich Verabredungen mit Yvonne absagen musste. Als Yvonne dann von ihm regelmäßig mit kleinen Aufmerksamkeiten und kostspieligen Präsenten beschenkt wurde, ist sie eines Tages schwach geworden und hat mit mir, einen Tag vor unser Verlobung Schluss gemacht. Lenz ist zu der Zeit zum Polizeipräsidenten berufen worden. Das gefiel Yvonne natürlich. Heute bin ich allerdings froh, Yvonne nicht geheiratet zu haben. Aber damals habe ich mir das alles so zu Herzen genommen, dass ich Herzrhythmusstörungen bekommen habe. Ich musste starke Medikamente nehmen und stand kurz vor einer amtsärztlichen Untersuchung. Fast wäre ich als dienstuntauglich aus der Polizei ausgewiesen worden. Bis heute muss ich Betablocker wegen dem Kerl schlucken. Und dann fragst du mich, warum ich keinen Trauerflor an meinem Wagen befestigt habe? Es gibt so viele Kollegen, die Konflikte mit ihm hatten. Aber darüber spricht niemand. Wie der Mann Polizeipräsident werden konnte, ist mir bis heute ein Rätsel. Der muss gute Beziehungen zum Innenministerium oder sonst wohin gehabt haben, auf normalem Wege wäre das niemals möglich gewesen.«

»Ganz schön harter Tobak!«

»Der Kerl war eine Provokation, eine lebende Zumutung. Und das wollte ich öffentlich erklären.«

»Ich kann deinen Frust nachvollziehen, Bernd. Ich habe Yvonne Lenz schon zwei Besuche zu Hause abgestattet. Mein Eindruck von ihr ist nicht der Beste. Sei froh, dass du sie nicht geheiratet hast. Sie spielt ein seltsames Spiel, was ich in Kürze bestimmt aufdecken werde. Vor allem ist sie nicht ehrlich.«

»Sie ist nur schön. Eine attraktive Frau. Die Schönheit habe ich damals anscheinend über ihren Charakter gestellt. Ein großer Fehler. Ich bin froh, dass ich später meine Frau kennengelernt habe, mit der ich zwei großartige und liebenswerte Kinder großziehen durfte. Wir sind glücklich, aber die schwere Zeit von damals meldet sich manchmal zurück. Immer dann, wenn ich zur Kardiologin muss und jedes Mal befürchte, dass die Befunde schlecht sind.«

»Das verstehe ich. Ich werde über dieses Gespräch mit niemandem sprechen. Versprochen«, versicherte Berger zum zweiten Mal. »Hast du einen Verdacht, wer ihn umgebracht haben könnte?«

»Nein.«

»Wirklich nicht?«

»Nein, Thomas. Ehrlich. Ich weiß es nicht. Aber viele Freunde hatte er nicht bei der Polizei. Er hat vermutlich nur einzelne Freunde, die ihn auf seiner Karriereleiter nach oben geschubst haben. Der Anteil der Gemeinschaft, die ihn nicht mag oder vielleicht auch gehasst hat, ist um ein Vielfaches größer. Ich bin gespannt, wer seine Nachfolge antritt.«

»Ja, da laufen schon die ersten Gerüchte und Vermutungen.«

»Ich habe gehört, dass es eine Frau werden soll.«

»Lassen wir uns mal überraschen. Nochmals vielen Dank für deine Offenheit.« Berger bedankte sich förmlich.

»Gern. Jetzt muss ich los. Das Innenministerium wartet auf mich!«

»Pass gut auf dich und vor allem dein Herz auf, Bernd!«, gab Berger ihm noch kollegial mit auf den Weg.

Dreizehn

»Das darf doch nicht wahr sein.« Berger war außer sich, als er von der Spurensicherung erfuhr, dass Yvonne Lenz das Fahrzeug ihres Mannes gleich am Sonnabend vor dem Innenministerium mit einem Zweitschlüssel abgeholt hatte. Der Wagen, ein SUV Marke Volvo, stand auf einem Parkplatz direkt am Innenministerium. Er war mit Aufklebern der Polizei gesichert und mit Trassierband umzäunt gewesen. »Das gibt es doch nicht, wieso haben die Kollegen von der Spurensicherung das Fahrzeug nicht beschlagnahmt und gleich mitgenommen?« Fragen über Fragen, die Paulsen Berger auch nicht beantworten konnte.

»Vielleicht wollten sie das Auto holen, aber es wurde zwischenzeitlich von Frau Lenz selbst nach Hause gefahren?«, mutmaßte Paulsen.

»Dann fahre ich jetzt ein drittes Mal zu ihr und zwar wieder ohne Vorankündigung. Jedes Mal habe ich sie überrascht und bei einer Lüge ertappt.«

»Soll ich mitkommen?«, fragte Paulsen.

»Nein, ich fahr allein. Du kannst noch einmal bei Dr. Brandenburg anrufen und nachfragen, ob er schon etwas Genaues zur Tatwaffe sagen kann.«

»Okay. Ich rufe auch noch mal bei den Kollegen der SoKo an, ob es da etwas Neues gibt.«

»Ja. Mach das. Danke. Bis später!«

Berger fuhr wütend in die Schlossgartenallee. ›Mal sehen, wer heute zu Gast bei Witwe Lenz ist‹, dachte Berger.

Diesmal brauchte er nicht zu klingeln. Er traf sie im Vorgarten beim Düngen der Rosen an.

»Hallo Herr Berger, da sind sie ja wieder!«, rief sie ihm freundlich entgegen. »Schauen Sie mal, passt das nicht wunderbar zusammen? Der duftende Lavendelbusch umsäumt von den herrlich rosafarbenen Buschrosen.«

Berger lächelte gezwungen. Er war so wütend, wollte sich aber dennoch nichts anmerken lassen. »Guten Tag Frau Lenz. Gut, dass Sie zu Hause sind.«

»Ja, da haben Sie Glück. Nachher wollte ich noch einmal in die Stadt mit dem Fahrrad. Dann hätten Sie mich garantiert nicht angetroffen.«

»Ich wollte mir einmal kurz den Volvo Ihres Mannes anschauen. Sie hatten ihn ja einfach aus der Polizeiabsperrung geholt und mitgenommen.« Am liebsten hätte er sie gleich beschimpft. Er konnte sich gerade noch beherrschen. Eine Beschwerde von ihr bei seinem Vorgesetzten war das Letzte, was er in diesem Fall momentan brauchte.

»Da kommen Sie zu spät, Herr Berger. Das tut mir leid!« Sie guckte ihn mit weit aufgerissenen Augen an.

»Was?« Berger schnürte es fast den Hals zu. Sein Gesicht lief vor Wut rot an.

»Möchten Sie ein Glas Wasser? Sie schwitzen ja so, Herr Berger!«

»Nein. Ich möchte den Wagen sehen. Wo ist das Fahrzeug denn?«

»Den Volvo habe ich verkauft.«

Berger fiel aus allen Wolken. »Verkauft? An wen denn? Ich brauche sofort die Anschrift des Käufers!«

»Die habe ich nicht.«

»Wie bitte? Die haben Sie nicht? Sie müssen doch einen Kaufvertrag abgeschlossen haben und den Wagen von der Haftpflichtversicherung abmelden.«

»Ich habe gar nichts. Den Wagen habe ich gleich bei einem Autohandel im Internet angeboten. Gleich am nächsten Tag hat es ein Pole abgeholt und in Bargeld bezahlt.«

Berger kochte vor Wut. »Wie kommen Sie dazu, ein Beweismittel der Polizei einfach an sich zu nehmen und zu verkaufen? Das kann doch nicht Ihr Ernst sein!« Am liebsten hätte er noch ganz andere Sätze benutzt, aber das brachte ihn jetzt auch nicht weiter.

»Was soll ich denn mit dem riesigen Auto? Ich habe selbst kein Auto. Ich brauche auch keins. Schon gar nicht so eine große Kiste. Mit meinem Fahrrad komme ich auch überall hin, viel schneller und natürlich preiswerter.«

Berger schüttelte nur mit dem Kopf. »Haben Sie das Auto ausgeräumt oder komplett so verkauft?«

»Ich habe natürlich von Peter die persönlichen Sachen alle herausgenommen. Es waren nur sein leichtes Sommerjackett, das Handy und eine Aktentasche darin. Das alles habe ich in sein Arbeitszimmer gebracht.«

Berger konnte nicht nachvollziehen, wie man so schnell ein Auto verkaufen konnte. »Frau Lenz, es ist mehr als merkwürdig, ein Beweismittel der Polizei zu entziehen und dann diesen Gegenstand – in diesem Fall das Auto – sofort zu verkaufen. Wissen Sie, was das für einen Eindruck auf mich macht?«

»Da bin ich aber gespannt. Ich kann doch mit dem Auto machen was ich will, Herr Berger!«

»Ja, aber erst, wenn es die Kollegen der Spurensicherung freigegeben haben.«

»Das war mir nicht bewusst.«

»Würden Sie dann bitte alle Sachen holen, die im Auto lagen? Die Gegenstände muss ich zur Spurensicherung mitnehmen. Sie bekommen dann alles wieder von mir zurück. Falls Sie die Dinge auch verkaufen wollen oder müssen.« Den Satz konnte Berger nicht für sich behalten.

»Was wollen Sie denn in den Sachen finden?«

»Möglicherweise DNA-Spuren vom Mörder Ihres Mannes.«

»Okay. Ich hole alles aus seinem Zimmer.« Sie ging los.

Berger musste tief durchatmen. »Ach, Frau Lenz, wenn Ihr Mann einen Computer oder Laptop hat, den brauche ich auch und seine Kontodaten!«, rief er ihr laut hinterher.

»Wozu das denn alles?«

»Sollen wir nun den Mörder Ihres Mannes finden, oder nicht?« Diese Diskussion raubte Berger Kraft und Nerven.

»Ja, ist schon klar. Ich bringe alles mit, was Sie brauchen. Ich will ja nicht Ihre Ermittlungsarbeit behindern.« Sie verschwand und Berger schaute sich im Garten um. Ein Besucherfahrzeug konnte er diesmal nicht seitlich des Hauses ausmachen.

Ein paar Minuten später kam sie zurück. In einer großen schwarzen Reisetasche hatte sie alles verstaut, was Berger von ihr gefordert hatte. Laptop, Handy, Jackett und Kontoverbindung. »Die Zugangsdaten für die Geräte habe ich allerdings nicht.«

»Brauche ich auch nicht. Da kommen wir mit unseren Experten im Landeskriminalamt auch so rein. So, dann werde ich mal losfahren. Auf Wiedersehen, Frau Lenz. Ach übrigens die Staatsanwaltschaft hat vorhin angerufen. Sie können sich jetzt von Ihrem Mann in der Rechtsmedizin in aller Form verabschieden.«

»Danke für die Nachricht. Das werde ich dann morgen tun. Im Anschluss kümmere ich mich gleich um die Urnenbeisetzung. Mein Schwager darf Peter doch aber nicht mehr sehen, oder?«

Berger überhörte die Frage bewusst. Er stieg in sein Auto. Das Verhalten von Frau Lenz erschien ihm suspekt. Hätte er nichts von der Freigabe des Leichnams erzählt, hätte sie diesmal vermutlich gar nicht nachgefragt. Eins stand für Berger definitiv fest: Sie hatte das Auto absichtlich schnell verkauft, um ein Beweismittel zu beseitigen. Kaum jemand hätte sich getraut, das Fahrzeug einfach aus der Polizeiabsperrung wegzufahren, ohne vorher gefragt zu haben. Und dann diese Eile mit dem Verkauf des Wagens. Was führt diese Frau bloß im Schilde? Hat sie den Wagen tatsächlich verkauft oder lügt sie womöglich? Es gab nach diesem Besuch für Berger noch viel zu überprüfen.

Vierzehn

Berger fuhr nach dem anstrengenden Gespräch mit Yvonne Lenz nach Hause. Als er die Haustür aufschloss, kam ihm Willi entgegen: »Hallo Papa«, begrüßte er ihn kühl und wich dem Blick seines Vaters konsequent aus.

»'N Abend«, grüßte er zurück und bemerkte gleich die Distanz seines Sohnes. Hatte Lea ihn beeinflusst, sodass ihre Abneigung ihm gegenüber jetzt auch auf seinen Sohn überging?

»Hey, wie war dein Tag in der Schule?«

»Gut«, antwortete er nur kurz und ging in Richtung Treppe.

»Warte mal bitte, Willi!«, forderte er seinen Sohn auf.

»Was ist denn?«

»Wollen wir uns bei dem schönen Wetter nicht bisschen raussetzen? Ich nehme eine kühle Sprite für dich mit. Ich trinke ein Feierabend-Bierchen.«

»Nee, lass mal. Ich gehe hoch.« Der Junge beachtete ihn nicht weiter und ging die Treppe hinauf.

Berger wurde stutzig und ging daraufhin hoch und klopfte an Leas Zimmer. Er kam sich blöd vor, in seinem eigenen Haus an die Tür des Gästezimmers zu klopfen. Wie bei einem Teenager, der sich maulend eingeschlossen hatte und den er höflich um Eintritt bat.

»Ja, bitte!« hörte er aus dem Zimmer Leas Stimme.

Berger öffnete die Tür. »Guten Abend, Lea. Sag mal, was ist denn mit Willi los? Hast du ihm eingetrichtert, dass er nicht mit mir reden soll?«

»Wie kommst du denn darauf?« Lea legte ein Lesezeichen in ihr Buch und klappt es zu.

»Willi ist so unnahbar und wesensverändert!«

»Woher das wohl kommt?«, antworte sie süffisant.

»Also hast du jetzt mit ihm gesprochen oder nicht?«

»Nein, habe ich natürlich nicht. Ich werde doch nicht Willi gegen dich aufhetzen, für wie gewissenlos hältst du mich denn?«

»Warum ist er dann so abweisend zu mir?«

Lea sah Thomas an: »Was für ein Datum haben wir heute?«

»Lea, hör doch auf mit diesen Spielchen! Sag mir einfach, was mit ihm los ist!« Berger ärgerte sich über seine Frau. Er war genervt und hatte keine Lust, spitzfindige Fragen zu beantworten.

»Geh einfach in die Küche und schau auf den Wandkalender, auf dem Willis Termine eingetragen sind.«

»Meinetwegen.« Berger ging die Treppe hinunter in die Küche und nahm sich erst einmal ein Bier aus dem Kühlschrank. Er öffnete die Flasche mit einem Öffner und schmiss den Deckel in den Mülleimer. Da sah er, dass im Eimer ein komplett zubereitetes Essen obenauf lag. Stampfkartoffeln, Spinat und ein gebratenes Stück Lachs. ›Ist das mein Essen oder ist Lea der Appetit heute vergangen?‹, fragte er sich. Was für eine blöde Stimmung in seiner Familie. Berger ging zur Wand trank einen Schluck aus der Bier-

flasche und schaute im gleichen Moment auf den Wandkalender. »So ein Mist! Verflucht noch mal!« Berger stellte
sofort die Flasche ab und ging erneut die Treppen hoch.
Diesmal wollte er Willis Tür öffnen. Die war jedoch von
innen verschlossen.

»Willi, bitte mach die Tür auf.«

Es tat sich nichts. Ruhe in Willis Zimmer und Stille im
Gästezimmer.

»Willi, bitte verzeih mir. Mach doch bitte dir Tür auf. Ich
möchte gern mit dir reden! Das bringt doch alles nichts!«

Willi blieb stur und öffnete nicht.

»Es tut mir so leid, Willi. Ich bleibe so lange vor der Tür,
bis du öffnest.« Berger setzte sich auf die letzte Stufe der
Treppe und wollte dort solange ausharren, bis sein Sohn
ihm öffnete.

Berger war verzweifelt. In welche Lage hatte er sich ma-
növriert. Jeden zweiten Tag musste er sich für etwas entschuldigen. Entweder bei seiner Frau und jetzt sogar bei
seinem Sohn.

Es dauerte circa zwanzig Minuten. Dann öffnete Willi die
Tür. Sein Vater stand auf, er hatte sich tatsächlich die ganze
Zeit nicht wegbewegt.

»Na endlich, mein Sohn.« Berger wollte ihn in den Arm
nehmen.

»Ich muss auf Toilette«, antworte der Junge barsch. Er
blieb stur. Willi ging an seinem Vater vorbei und verschwand
ins Badezimmer.

Kurze Zeit später hörte Berger die Spülung. Willi kam wieder heraus.

»Willi, bitte hör mir zu.« Jetzt hielt er ihn fest und hinderte ihn daran, erneut in seinem Zimmer zu verschwinden.

»Lass mich los!«, antwortete er ihm. Er sagte zwar, er sollte ihn loslassen, aber eigentlich war er im Innersten froh, dass sein Vater ihn festhielt und ihn am Weitergehen und an der Flucht in sein Zimmer hinderte.

»Willi, bitte, es tut mir leid!«

»Ja, ja, dir tut immer alles leid.« Er fing an zu weinen. Es brach Berger fast das Herz. »Mama hast du doch auch verärgert, oder? Sie schläft deshalb im Gästezimmer, weil du gemein zu ihr warst, stimmt's? Ich habe dich noch nie schnarchen gehört. Alles nur Ausreden! Ihr lügt mich beide an!«

In diesem Moment kam Lea aus ihrem Zimmer. Sie hatte den Streit hinter der Tür mitangehört. Auch ihr standen die Tränen in den Augen.

»Sagt mir endlich, was hier los ist! Ich bin kein kleines Kind mehr, das ihr belügen müsst. In meiner Klasse lassen sich zwei Elternpaare scheiden. Ich will nicht, dass ihr euch scheiden lasst, habt ihr verstanden? Ich will euch beide nicht verlieren. Ich liebe euch!« Willi befreite sich aus den Armen seines Vaters und ging in sein Zimmer. Schloss aber nicht ab.

Berger klopfte vorsichtig an die Tür und öffnete sie. »Willi, es tut mir wahnsinnig leid. Ich habe dein Sportfest in der Schule heute Nachmittag vergessen!«

»Immer vergisst du alles. Du solltest Schiedsrichter sein bei unserem Fußballspiel. Ich habe mich so darauf gefreut.

Mein Papa, der super Polizist und faire Schiedsrichter. Die anderen Jungs haben schon Witze gemacht, ob du mit einer Pistole oder mit einer Pfeife kommst. Ich war so stolz und dann kamst du nicht. Hast dein Wort nicht gehalten und uns alle enttäuscht. Mama ist zwar zu uns gekommen. Aber eine Frau als Schiedsrichterin fanden wir irgendwie ...« Willi liefen die Tränen über das Gesicht. Er drehte sich weg, sodass sein Vater es nicht sah. Er schämte sich für den Gefühlsausbruch.

»Willi, es tut mir so leid. Ich hatte es mir fest vorgenommen!«

»Zeig mal dein Handy. Hast du dir meinen Termin in deinen Kalender eingetragen?« Willi streckte die Hand aus und wollte das Smartphone seines Vaters auf der Stelle sehen.

Berger holte zögerlich das Handy aus der Tasche. Er wusste, dass es nicht im Handy stand, ansonsten hätte er ja eine Erinnerung erhalten. Er zeigte seinem Jungen den heutigen Tag in der wöchentlichen Kalenderübersicht.

»Siehst du, nicht mal eingetragen hast du dir meinen Termin!«, stellte Willi traurig fest und schluchzte.

»Willi, ich weiß nicht, wie ich das wiedergutmachen kann. Soll ich euer Fußballteam mal einladen und euch die Polizeiinspektion zeigen?«

»Nein!«, antwortete Willi. »Ich will die Inspektion gar nicht sehen. Die ist schuld, dass du immer so spät nach Hause kommst!«

»Da hast du absolut recht. Wir haben gerade einen ganz schlimmen Fall aufzulösen. Das entschuldigt aber nicht, dass ich das Sportfest vergessen und damit dich vergessen habe.«

»Was ist denn mit Mama? Warum ist sie so sauer? Sie hat vor Wut dein Essen in den Mülleimer geschmissen, obwohl sie sonst doch immer sagt, dass Essen niemals weggeworfen wird.«

»Mama ist auch traurig, weil ich sie für etwas beschuldigt habe, was sie nicht getan hat.«

»Sie wollte heute sogar Schiedsrichterin sein. Wie Bibiana Steinhaus, die auch eine gute Schiedsrichterin war, hat Mama gesagt. Und als erste Frau ein Finale bei einer Frauen-Weltmeisterschaft geleitet hat. Dabei kennt sich Mama mit den Regeln beim Fußball gar nicht aus!«

Jetzt musste Berger bei all dem Streit ein wenig schmunzeln. »Das stimmt, Mama guckt zwar beim Fußball zu. Aber so, wie wir beide, kennt sie sich nicht aus. Die Regeln sind ihr auch nicht so geläufig. Sie guckt nur uns beiden zuliebe Fußball.«

Willi hatte sich jetzt auch etwas beruhigt. »Ihr lasst euch doch nicht scheiden, Papa? Der Junge sah ihn traurig an.

Was sollte Berger seinem Sohn auf diese Frage nur antworten. Er wusste ja selbst nicht, was Lea vorhatte. Sollte er seinem Sohn sagen, dass dies keinesfalls passierte und nachher zog Lea doch aus?

»Willi, manchmal ist es im Leben nicht so einfach unter den Erwachsenen. Sie streiten sich und sie vertragen sich. Ich weiß es ehrlich gesagt nicht. Aber ich möchte Mama keinesfalls verlieren und werde alles tun, dass sie mich nicht verlässt.« Mit der Antwort war Berger zufrieden.

»Dann reiß dich mal zusammen, Papa!«

Berger war erleichtert über den Satz. Die schlimmste Antwort wäre für ihn gewesen, dass Willi mit seiner Mutter zusammen weggehen würde und er allein in Wittenförden sitzen müsste, ohne seine geliebte Lea und sein wertvollstes Geschenk, seinen Sohn Willi.

Fünfzehn

Berger hatte schlecht geschlafen. Die tropischen Nacht-temperaturen und der Disput mit Willi ließen ihn nicht zur Ruhe kommen. Mehrmals stand er in der Nacht auf und ging auf die Terrasse. Hier war es durch einen leich-ten Wind etwas kühler als im Schlafzimmer. Er vermisste seine Frau. Abends kuschelten sie sich immer zusammen und schliefen meist gemeinsam ein. Aber Lea blieb stand-haft und schlief weiterhin im Gästezimmer des Hauses. Erst in den frühen Morgenstunden, als es etwas kühler wurde, war Berger eingeschlafen. Er hatte nicht einmal gehört, wie Lea zu ihrer Frauenarztpraxis in die Stadt fuhr und Willi sich auf dem Schulweg machte. Etwas später als üblich er-schien er im Büro.

»Morgen, Thomas«, begrüßte ihn Lars Paulsen. »Du siehst ganz schön gerädert aus. Alles in Ordnung?«

»Geht so«, antwortete Berger kurz.

»Magst du nicht drüber reden?«

»Ich habe jetzt nicht nur Lea enttäuscht, sondern auch Willi.«

»Was denn genau?«

»Ich habe gestern vergessen, dass ich nachmittags zu Wil-lis Schulsportfest kommen sollte. Ich war als Schiedsrichter eingeteilt und habe es in der Hektik des Tages total verges-sen. Schuld daran war die Lenz, die hat mich total verärgert. Stell dir vor, sie hat tatsächlich den Wagen ihres Mannes noch am Samstag aus der Polizeiabsperrung geholt und ihn direkt verkauft. An einen Polen. Das Auto ist weg – vermutlich in Polen, wenn ihre Angaben stimmen. Und keine Spur der Trauer war an ihrem Verhalten zu erkennen. Sie benimmt sich, als wäre ihr Mann mal eben auf Dienstreise und übermorgen zurück.«

»Vielleicht verdrängt sie den Tod ihres Mannes und irgendwann kommt dann das traurige Erwachen?«

»Nein, das glaube ich nicht.«

»Heute Morgen kam schon die Auswertung von Lenz' Handy.« Paulsen wechselte das Thema. Die familiären Probleme seines Kollegen schob er gedanklich zur Seite.

»Und was kam heraus? Irgendetwas, das für uns relevant ist?«

»Zwei Telefonnummern hat er ziemlich regelmäßig angerufen. Einmal handelt es sich um die Nummer einer Frau Dr. Kerstin Leopold. Die andere Person heißt Erwin Brauer.«

»Willst du seine Frau mal anrufen und fragen, wer das ist?«

»Kann ich machen, Thomas. Leopold scheint Ärztin zu sein. Sie praktiziert als Allgemeinmedizinerin im Ärztehaus in der Weststadt, Johannes-Brahms-Straße. Bei dem Mann habe ich erst einmal nichts gefunden. Bei ihm war auffällig, dass Lenz ihn häufig ganz früh morgens angerufen hat. Manchmal so gegen zwei oder spätestens drei Uhr.«

»Wirklich eigenartig, dass er so früh morgens Telefonate führte.«

»Den Grund der morgendlichen Anrufe werden wir schon herausfinden.«

»Hast du auch schon etwas zur Tatwaffe gehört? Das würde uns enorm weiterbringen.«

»Nein, noch nichts aus der Rechtsmedizin gehört. Die Auswertung des Laptops von Lenz läuft auch noch. Vielleicht finden wir da noch etwas Interessantes.«

Berger überflog an seinem Rechner ein paar E-Mails und schaute anschließend seinen Kollegen an: »Übernimmst du die Ärztin oder soll ich sie befragen?«

»Wäre schön, wenn du das machst, Thomas! Ich habe hier noch bisschen Schreibkram und möchte gern mittags Schluss machen. Kirsten und ich wollen nach Hamburg fahren. Sie möchte ihr Brautkleid unbedingt dort kaufen. Hier in Schwerin würde sie nichts Passendes finden. Ich habe ihr versprochen mitzufahren. Anschauen darf ich das Kleid natürlich nicht vorab. Soll ja Unglück bringen ... Aber ich bekomme die Zeit in der schönen Altstadt auch so gut rum. Endlich mal wieder in meiner alten Heimatstadt zu sein, darauf freue ich mich. Hamburg – meine Perle.«

»Mach das, Lars. Versprechen gegenüber Frauen und Kindern muss man unbedingt einhalten, sonst geht es dir eines Tages wie mir. Die beiden wichtigsten Personen in meinem Leben habe ich, ich dämlicher Idiot, verprellt. Pass auf, dass dir das nicht passiert. Ich muss mir etwas einfallen lassen für meinen Sohn. Ich wollte sein Fußball-Team mal in die Polizeiinspektion einladen. Den Jungs die Leitstelle zeigen und den Gewahrsamsraum. Ist bestimmt interessant für sie, oder?«

»Und es schreckt ab«, ergänzte Paulsen. »Das kennen wir ja. Wenn man den kargen Gewahrsamsraum für Gewalttätige, Volltrunkene oder andere Chaoten sieht, will man selbst niemals dort landen.«

»Da stimme ich dir zur. Da ist schon so mancher zur Raison gebracht worden.«

»Ich werde gleich ins Ärztehaus fahren und mit der Allgemeinmedizinerin sprechen. Wie ist noch der Name?«

»Dr. Kerstin Leopold.«

»Vielleicht bekomme ich durch sie hilfreiche Informationen. Mal sehen, ob er sie als Ärztin kontaktiert hat oder andere Gründe hatte, so oft mit ihr zu telefonieren.«

»Schau mal, was du herausfindest und was sie bereit ist zu sagen. Vielleicht hörst du auch wieder den Satz: Ich muss mich an die ärztliche Schweigepflicht halten!«

»Schauen wir mal. Übrigens will Yvonne Lenz die Trauerfeier im kleinen Kreis abhalten. Niemand von der Polizei soll erscheinen. So hat sie es festgelegt. Das muss ich noch in der Dienststelle durchstellen.«

»Okay. Ihr Wille. Das müssen wir respektieren. Gibt es schon ein Datum?«

»Nein. Sie wird es uns wohl auch nicht sagen.«

»Ich rufe die Friedhofsverwaltung an. Die müssen uns das Datum sagen. Die Beisetzung möchte ich gern observieren. Denn du kannst da auf keinen Fall hin. Dich kennt sie ja!«

»Gute Idee, Lars. Entschuldige, dass ich heute Morgen so maulfaul bin. Aber zu Hause geht alles drunter und drüber. Und ich habe nicht die geringste Ahnung, was da auf mich zukommt. Wenn Lea mit Willi auszieht, verkrafte ich das nicht!«

»Ach, warte mal ab. Die beiden werden sich schon beruhigen. Die lieben dich doch auch!«

»Hoffentlich. Alles andere wäre die absolute Katastrophe für mich.«

»Aber eins muss ich dir noch sagen. Auch wenn du es nicht hören möchtest. Wir sind immer ehrlich miteinander, deshalb sage ich es dir als Kollege und Freund.«

»Was denn? Setz noch einen drauf, mir geht es ja noch nicht schlecht genug. Ich habe ja noch nicht genügend Probleme an der Backe!« Berger sah Paulsen traurig an. Er war zu müde und erschöpft, sich darüber laut aufzuregen.

»Ich will es mal so formulieren: In unserer Dienststelle läuft das Gerücht, dass du den Mörder oder die Mörderin innerhalb unserer Polizei suchst. Ich glaube, es ist irgendwie durchgesickert, dass du den Trauerflor-Verweigerer vorgeladen hast und er bei dir antreten musste.«

»Unsinn! Mit Bernd habe ich mich einfach unterhalten. Mich haben seine Beweggründe interessiert. Und ich habe ihm absolutes Stillschweigen und Diskretion zugesichert. Ich habe mit niemandem darüber gesprochen. Dann kann ja nur er die Gerüchte in die Welt gesetzt haben.«

»So wird es vermutlich sein!«

»Unglaublich. Der Kollege kann gleich noch einmal zu mir kommen!«

»Thomas, reg dich nicht auf und lass es so. Die ganze Quatscherei schaukelt sich sonst noch mehr hoch. Das bringt doch nichts.«

»Ich werde mir jedenfalls nicht verbieten lassen, in unseren Polizeikreisen zu ermitteln. Ich mache auch nicht vorm Innenministerium halt. Denn da hat Lenz vermutlich seine letzten Stunden verbracht. Und es ist ein Mord, der aufgeklärt werden muss!«

»Sehe ich auch so. Wir lassen uns von niemandem einschüchtern. Geredet wird sowieso, egal, was wir tun oder unterlassen.«

Berger stimmte seinem Kollegen zu und schaute in seinen Kalender. Nicht, dass ihm wieder ein wichtiger Termin durchrutschte.

Sechzehn

Während Lars Paulsen mit seiner künftigen Frau Kirsten auf dem Weg nach Hamburg war, fuhr Thomas Berger in die Weststadt von Schwerin.

Die Weststadt, das erste größere Neubaugebiet von Schwerin, war 1955 entstanden. Das bekannteste Gebäude ist die 1962 fertiggestellte Sport- und Kongresshalle, die größte und modernste Halle der ehemaligen DDR. Heute steht sie unter Denkmalschutz, wird aber regelmäßig für große Events genutzt. Berger war vor ein paar Wochen mit seiner Frau zu einem Udo Lindenberg-Konzert dort. Bekannt sind in der Weststadt auch das erste zehngeschossige Hochhaus, die ehemalige Gaststätte *Panorama* und Thomas Bergers Lieblingsdiskothek aus den 1980er Jahren – das *Achteck*.

Die ehemalige Gaststätte *Panorama*, blickt auf eine lange Geschichte zurück. Das zweigeschossige Bauwerk wurde von 1969 bis 1972 errichtet und gehört seit 2018 einem Berliner Galeristen, der es für Kunstausstellungen nutzt. Seitdem heißt es *Hyparschale*. Berger erinnerte sich beim Vorbeifahren, dass Lea schon des Öfteren da war, um zeitgenössische Ausstellungen zu erleben. Er selbst interessierte sich nicht sonderlich für moderne Kunst.

Genau hinter der *Hyparschale* parkte Berger seinen Dienstwagen. Das große Ärztehaus ist seit über fünfunddreißig Jahren Anlaufpunkt für ambulante medizinische

Hilfe. Eine von vielen praktizierenden Medizinern ist Dr. Kerstin Leopold. Auf dem Eingangsschild zu ihrer Praxis verglich Berger die Telefonnummer mit Peter Lenz' Kontaktliste. Die Nummern waren identisch.

Im Wartebereich von Dr. Leopold saß nur ein Patient. Berger ließ den älteren Mann von der Schwester aufrufen und wartete geduldig ab. Lange würde die Arztkonsultation sicher nicht dauern. Er wollte mit der Ärztin in Ruhe sprechen, ohne unter Zeitdruck zu stehen.

Zehn Minuten später ging die Tür zum Sprechzimmer auf. Die medizinische Assistentin schaute Berger an: »Guten Tag, Sie haben heute aber keinen Termin bei uns, nicht wahr? Warten Sie auf jemanden? Möchten Sie jemanden abholen?«

Berger schüttelte den Kopf. »Nein. Ich würde gern Frau Dr. Leopold sprechen«, antwortete Berger.

»Wenn Sie keinen Termin haben und es kein medizinischer Notfall ist, dann wird das heute leider nichts mehr«, erklärte sie Berger freundlich, aber bestimmt.

»Ich habe beides nicht. Dennoch muss ich Frau Doktor dringend sprechen. Ich bin Hauptkommissar Thomas Berger von der Polizeiinspektion Schwerin.«

»Oh, das ist natürlich etwas anderes. Ich sage kurz Bescheid. Einen kleinen Moment bitte.«

Die Assistentin verschwand und kam nach einem kurzen Augenblick gemeinsam mit Kerstin Leopold zurück.

»Bis morgen!«, verabschiedete sich die Assistentin von ihrer Chefin.

»Ja, bis morgen Andrea und einen schönen Feierabend!«

Beide verabschiedeten sich.

»Sie sind also Herr Berger von der Polizei.« Dr. Leopold begrüßte den Kripomann außerordentlich freundlich und machte einen sehr netten ersten Eindruck auf ihn. Anfang 50, sehr gepflegt, schlank und eine auffallend moderne rote Brille, die mit dem dunklen extravagant gestylten Kurzhaarschnitt sehr gut harmonierte.

»Ja, ich würde Sie gern bezüglich eines Patienten sprechen.«

»Um wen geht es denn?«

»Um Peter Lenz. Sie haben bestimmt gehört, dass er Opfer einer Straftat geworden ist.«

»Ja, sehr schlimm. Ich habe darüber in der Schweriner Volkszeitung gelesen.« Ihr freundliches Lächeln verschwand von einem Augenblick zum anderen. »Herr Berger, wollen wir nicht in die Cafeteria gehen und uns dort einen ruhigen Platz suchen?«

»Sehr gern.« Mit so einer liebenswürdigen Geste hatte Berger gar nicht gerechnet.

Sie gingen wortlos in das kleine Café und suchten sich einen separaten Tisch in einer gemütlich eingerichteten Ecke.

»Ich lade Sie gern auf einen Kaffee ein, Frau Dr. Leopold.«

»Darf ich auch einen Cappuccino nehmen?«, fragte sie lächelnd. »Vielleicht auch ein kleines Stückchen Kuchen. Das bezahle ich aber selbst. Ich bin etwas unterzuckert.«

»Auch das.« Berger bestellte einen Kaffee und einen Cappuccino bei der Bedienung. Sie suchte sich eine kleine Erdbeerschnitte mit Vanillepudding aus.

»Was möchten Sie denn über Peter Lenz wissen, Herr Berger?«

»War er Ihr Patient oder in welchem Verhältnis standen Sie beide zueinander?«

»Er war mein Patient. Wir waren aber auch befreundet. Aus ärztlicher Sicht habe ich natürlich Schweigepflicht, aus freundschaftlicher Betrachtungsweise möchte ich Ihnen natürlich helfen, die Straftat aufzuklären. Darum geht es doch sicherlich, oder?«

»Ja, ich arbeite sehr intensiv an dem Fall und möchte den Mörder oder die Mörderin finden, der meinem Polizeipräsidenten dieses Verbrechen angetan hat.«

»Da möchte ich Ihnen gern zur Seite stehen und helfen.«

»Schön. Vielen Dank schon einmal vorab. Dann erzählen Sie mir bitte alles über Herrn Lenz, was Sie mit Ihrem Gewissen und auch datenschutzrechtlich vereinbaren können.«

Sie überlegte einen Augenblick: »Ich kannte Peter Lenz schon ein paar Jahre. Ich bitte bei allen persönlichen Dingen um Diskretion, Herr Berger.«

»Selbstverständlich. Alles vertraulich.«

Sie fuhr fort: »Ich habe Peter seinerzeit bei einer Dating-Plattform kennengelernt.«

»Eine Art Singlebörse? Verstehe ich das richtig?«

»Ja. Ich bin seit vielen Jahren Single und wollte auf dieser Plattform einen intellektuellen Mann kennenlernen. Auf diese Weise habe ich Peter kennengelernt. Er hieß dort Sir Peet. Sein Profil sprach mich an und so nahm ich Kontakt mit ihm auf. Ich wusste zu dem Zeitpunkt nicht, dass er ein hochrangiger Polizeibeamter war und außerdem verheiratet. Das alles kam erst später ans Tageslicht. Er hat es jedoch selbst erzählt. Ich musste es nicht herausfinden. Beim ersten Date waren wir uns gleich sehr sympathisch. Von meiner Seite hätte viel mehr aus der Beziehung entstehen können. Im Nachhinein habe ich gespürt, dass er eher eine Partnerin zum Erzählen und Zuhören suchte, anstatt jemanden für eine gemeinsame Zukunft. Die Gespräche mit Peter taten mir sehr gut. Ich hatte meinen Mann damals durch einen Autounfall verloren und war dankbar für die Gespräche mit ihm. Wir gingen regelmäßig gehoben essen, natürlich außerhalb von Schwerin, weil er hier so bekannt war. Meistens waren wir in Wismar bei einem Italiener und irgendwo in den Wäldern rund um Schwerin spazieren. Mir taten die Unterhaltungen und das Zusammensein mit ihm wie gesagt sehr gut. Es entwickelte sich ein freundschaftliches Verhältnis zwischen uns beiden. Jeder offenbarte dem anderen Geheimnisse aus seinem Leben, die dann aufschlussreich erörtert wurden.«

Die Bedienung brachte den Erdbeerkuchen und die Getränke und stellte sie auf den Tisch. Berger bezahlte alles, inklusive einem großzügigen Trinkgeld.

»Erzählen Sie bitte weiter«, forderte Berger die Ärztin auf.

»An einem unserer gemeinsamen Abende, wir hatten beide schon etwas zu viel Wein getrunken, kamen wir dann auf intimere Dinge zu sprechen. Da wurde mir bewusst, dass Peter professionelle Hilfe benötigt.«

»Inwiefern?«

»Er erzählte mir von seiner Ehe. Seine Frau Yvonne und deren sexuellen Vorlieben. Sie wäre ihm gegenüber schon mehrfach handgreiflich geworden. Er könne mit niemandem darüber reden. Was sollten die Menschen in seinem näheren Umfeld denn über ihn denken, das waren seine ständigen Befürchtungen. Ein Polizeipräsident, der Gewalt von seiner Ehefrau erfährt ...«

»Ja, häusliche Gewalt ist ein Tabuthema, obwohl es leider so viele Betroffene gibt. Und wenn hier die gewöhnliche Opfer-Täter-Rolle eine andere ist, da reden die Leute gleich noch viel mehr.«

»Ich empfahl ihm, sich professionelle Hilfe bei einem Verhaltenstherapeuten zu suchen und auch über eine Paartherapie nachzudenken. Das tat er dann auch. Ich habe ihm häufig ein leichtes Schlafmittel verschrieben, da er nachts nicht zur Ruhe kam. Seine Frau raubte ihm den letzten Nerv. Dazu kamen Schuldgefühle und Mitleid mit seinem Zwillingsbruder. Das alles machte ihn fast depressiv.«

»Das hört sich nicht gut an. Können Sie mir bitte den Namen des Therapeuten nennen?«

»Gern. Es ist Ludwig Waldner. Er hat seine Praxis auch hier in der Weststadt, in der Richard-Wagner-Straße. Ich denke, er wird in diesem Fall auch offen mit Ihnen über Peter Lenz sprechen.«

»Vielen Dank, Sie haben mir wirklich sehr weitergeholfen, Frau Doktor Leopold.«

»Peter war eigentlich zu bemitleiden. Ein Mann in einer so hohen Position steht eben in der Öffentlichkeit und muss sich jeden Schritt, den er tut, genau überlegen. Das konnte ich sehr gut verstehen. Ich bin jetzt nicht mehr auf dieser Singlebörse. Habe mich damit abgefunden, allein zu leben. Mein großer Freundeskreis, mit dem ich viel unternehme, so es meine Zeit neben meinem Job zulässt, füllt mich aus.«

Berger nickte freundlich.

»Sind Sie verheiratet, Herr Berger?«, fragte sie leise und zaghaft. Sie trank den letzten Schluck ihres Cappuccinos aus.

»Ja, ich bin verheiratet. Ich mache mit meiner Frau zwar auch gerade eine schwierige Phase durch, aber ich liebe sie über alles und möchte sie keinesfalls verlieren.«

»Schade für mich und gut für Sie!«, antwortete sie ehrlich mit einem verführerischen Lächeln. »Ich hoffe, Sie finden den Mörder, der Peter das angetan hat. Und hoffentlich finden Sie und Ihre Frau wieder zusammen. Sie sind mir nämlich sehr sympathisch.«

Berger lächelte sie an: »Das Kompliment möchte ich gern an Sie zurückgeben. Danke für das offene Gespräch, das selbstverständlich hier im Café bleibt.«

Er stand auf und verließ die Cafeteria mit einem guten Gefühl. Das Kompliment der Ärztin tat Berger gut. Nie hätte er gedacht, dass das Gespräch so harmonisch verlaufen würde.

Siebzehn

Freitagabend neunzehn Uhr. Der Innenminister und Kriminalhauptkommissar Berger saßen in der Maske des Landesfunkhauses des NDR. Inspektionsleiter Lutz Hesse konnte die Einladung zum Live-Interview beim NDR nicht wahrnehmen, da er am frühen Nachmittag eine Zahnoperation hatte und die Schwellung der rechten Gesichtshälfte noch nicht ganz abgeklungen war. Aus diesem Grund wurde Kommissar Berger zu diesem wichtigen Termin geschickt. Außerdem steckte er thematisch am besten im Fall und war somit sprechfähig.

Das Nordmagazin, eine regionale Nachrichtensendung des Norddeutschen Fernsehens, hatte eine Sondersendung zum Tod des Polizeipräsidenten Peter Lenz ins Programm genommen. Zusammen mit dem Innenminister, der einen dunklen Anzug trug, wartete Berger, der eine schwarzer Jeans mit weißem Hemd gewählt hatte, auf sein Interview. Beide waren frisiert und hatten das Gesicht abgepudert bekommen. Ebenfalls im Studio, das durch die vielen Scheinwerfer überhitzt war, hatte sich der Moderator mit seinem Fragekärtchen den beiden direkt gegenüber positioniert. Gleich der erste Beitrag in der Sendung sollte dieses Interview sein. Zeit für eine große Vorbereitung gab es vorher nicht, nur eine kurze Stellprobe für die Kameras.

»Guten Abend, hier im Studio. Ich begrüße den Innenminister unseres Landes und den ermittelnden Kriminalhauptkommissar Thomas Berger der Schweriner Polizeiinspektion.«

Beide nickten und gaben ein freundliches »Guten Abend« zurück.

»Ein sehr trauriger Anlass führt Sie beide heute in unser Studio. Das Thema berührt die Menschen in unserem Land und daher wollten wir es uns nicht nehmen lassen, Sie zu einem Interview einzuladen. Schön, dass Sie da sind. Wie Sie, liebe Zuschauerinnen und Zuschauer wissen, ist Polizeipräsident Peter Lenz ermordet worden. Eine stichhaltige Spur gibt es offensichtlich noch nicht, oder?« Der Moderator übergab den beiden Herren mit seiner Frage das Wort.

»Wir ermitteln Tag und Nacht, dessen können sich die Bürgerinnen und Bürger unseres Bundeslandes sicher sein. Wir gehen jeder Spur nach«, antwortete der Innenminister resolut auf die erste Frage.

»Welche konkreten Spuren gibt es denn bislang?«, hakte der Moderator direkt nach.

»Wir ermitteln im Umfeld der ermordeten Person und der Familie, der ich hier an dieser Stelle nochmals mein herzliches und tiefempfundenes Beileid aussprechen möchte.«

Berger dachte in dem Moment: ›Nennen Sie doch einfach die Fakten, Herr Innenminister, ohne eine ermittlungstaktische Behinderung auszulösen. Diese Antwort wollte der Moderator und die Zuschauer und Zuschauerinnen an den Bildschirmen bestimmt nicht hören‹.

»Gibt es denn überhaupt schon Ergebnisse in diesem Mordfall? Gehen Sie vielleicht noch einen Schritt weiter? Vielleicht in die Fernsehsendung des ZDF Aktenzeichen XY … ungelöst?«

»Ja, auch hier sind wir bereits in Gesprächen, um den Fall zeitnah aufzuklären«, antwortete der Innenminister rasch.

Der Moderator wandte sich mit Blickkontakt an Berger: »Herr Berger, Sie sind der ermittelnde Kommissar. Was können Sie uns sagen, um vielleicht auch besorgte Bürgerinnen und Bürger des Landes zu beruhigen?«

Der Moderator sah Berger an. Die Fernsehkamera war jetzt direkt auf Berger gerichtet.

»Wir ermitteln in alle Richtungen. Und wenn der Polizeipräsident ermordet wurde, dann suchen wir natürlich auch in Polizeikreisen. Wäre der Mord in einer großen Firma geschehen, dann hätte man ja auch die Mitarbeiter, Kollegen und so weiter im Blick. So eben auch in diesem schrecklichen Fall.«

»Herr Berger, ist es richtig – so habe ich es gehört –, dass bei einer kleinen Trauerfeier in Ihrer Dienststelle das Kondolenzbuch für den Verstorbenen angezündet wurde und sogar ein Feuerwehreinsatz erfolgte?«

»Das ist richtig. Auch hier ermitteln wir akribisch nach einem Täter, der uns mit seinem pietätlosen Verhalten völlig überrascht hat.« Dass der Täter aus dem Polizeikreis sein musste, ließ Berger unerwähnt.

»Gehen Sie davon aus, dass sich der Mörder oder die Mörderin eventuell auch innerhalb der Polizei befindet?«

»Wie gesagt, meine Kollegen, die SoKo, die wir eingerichtet haben, und ich ermitteln in alle Richtungen, ob Familie, Freunde und in diesem Fall auch innerhalb der Landespolizei und des Innenministeriums.«

Nachdem Berger das Wort *Innenministerium* ausgesprochen hatte, stieß der Innenminister unter dem Tisch mit seinem Fuß den Fuß von Berger leicht an. Der wiederum wusste, dass er den Innenminister mit dieser Aussage getroffen hatte. Aber es war nun einmal die Wahrheit und die gehörte ans Licht. Eine offensive Ermittlungsarbeit und Transparenz gegenüber den Medien waren ihm schon immer wichtig. Und es war doch absehbar gewesen, dass der Brand des Kondolenzbuches nicht in der Polizeiinspektion blieb. Zu viele Personen hatten das Ereignis mitbekommen. Selbstbewusst fuhr Berger fort: »Zu den einzelnen Details können wir natürlich nichts sagen. Das Täterwissen – das Wissen um die Tatumstände, Tatzeit und so weiter – können wir hier natürlich nicht weiter erörtern. Da bitten wir um Ihr und erst recht um das Verständnis der Bürgerinnen und Bürger im Land.«

»Das verstehen unsere Zuschauer sicherlich«, antwortete der Moderator. »Eine Frage noch zum Abschluss. Wer ist denn jetzt der kommissarische Vertreter für den verstorbenen Polizeipräsidenten?«

»Der Polizeipräsident hat einen Stellvertreter, der ihn, wie sonst auch in Urlaubs- oder Krankheitszeiten, ab sofort vertreten wird«, erklärte der Innenminister.

»Es gibt Gerüchte innerhalb der Polizei, dass die Nachfolge eine Frau – eine Polizeibeamtin – antritt. Ist dem so?«

»Das kann ich nicht bestätigen. Die Stelle wird landesweit ausgeschrieben und ein Bewerbungsverfahren durchgeführt.«

»In dieser Position werden ja nicht so viele Personen infrage kommen, oder?«

»Da gebe ich Ihnen recht. Wir werden sehen, wer sich auf den Posten bewirbt!«

»Vielleicht hat der Nachfolger oder die Nachfolgerin ja auch etwas mit dem Mord zu tun? Aber Kommissar Berger versprach ja, in alle Richtungen zu ermitteln ...« Der Moderator hatte diese taktlose Bemerkung tatsächlich nicht unterdrücken können.

Der Innenminister und Berger sahen den Moderator verunsichert an.

Berger ergriff beherzt das Wort: »Seien Sie sich dessen bewusst, auch das werden die Ermittlungen ans Licht fördern. Jeder Mord hinterlässt Spuren und die Spuren gilt es aufzufinden und ihnen nachzugehen.«

»Ein passendes Schlusswort, Herr Berger. Ich bedanke mich bei Ihnen für das Interview. Dass ein gezielter Mord mit der Nachfolge um den Präsidentenposten im Zusammenhang steht, war natürlich nicht ernst gemeint und nicht passend«, ruderte der Moderator rhetorisch zurück. Er verabschiedete sich von den Herren und moderierte professionell den nächsten Beitrag an.

Hauptkommissar Berger und der Innenminister verließen wortlos das Fernsehstudio und verließen einen Moment später in getrennten Fahrzeugen das Gelände des Landesfunkhauses in der Schweriner Schlossgarten-allee.

Als Berger im Auto saß und sein Handy wieder auf Empfang einstellte, erschien eine Nachricht: »Ich bin stolz auf dich. Das Interview hast du sehr professionell gemacht, Lea.«

Berger schrieb sofort zurück: »Ich liebe dich, danke mein Schatz!« Er setzte noch ein Herz dahinter und schickte die Nachricht ab. Für einen Moment schloss er die Augen und dachte an seine Frau, ihre Nachricht hallte in ihm nach.

Achtzehn

›Na, so was‹, dachte Thomas Berger als er am Haus von Yvonne Lenz in der Schlossgartenallee vorbeifuhr. Ihr Haus lag fußläufig nur zwei Minuten vom Landesfunkhaus entfernt. Berger hielt kurz an und sah, dass der Tesla mit dem Berliner Kennzeichen wieder am Haus parkte. Der Immobilienmakler Michael Thalheim war also wieder auf Hausbesuch. Hausbesuch oder Witwenbesuch, diese Frage stellte Berger sich sofort. Er hielt ein kleines Stückchen entfernt vor dem Haus mit seinem Wagen an und beobachtete genauestens die Hauszufahrt. Yvonne Lenz sollte ihn auf keinen Fall entdecken. Es war nach zwanzig Uhr und er war neugierig, ob sich noch etwas tat im Hause Lenz oder ob Thalheim das Haus später allein verließ. Ganz geheuer kam ihm der Besuch des Maklers nicht vor.

Berger holte zwischenzeitlich sein kleines Tablet raus und wollte die Zeit effektiv nutzen. Er war froh, dass er das mobile Gerät ständig im Fahrzeug hatte, um schnell eine Verbindung in die Dienststelle herzustellen oder auch mal spontan etwas zu recherchieren.

Er gab den Namen *Michael Thalheim* und den Ort Berlin ein. Sogleich fand er die Website des Maklers. Berger durchforstete die Seite und behielt gleichzeitig die Hauszufahrt im Blick. Siehe da, da war er schon. Der Moment, auf den Berger innerlich gehofft hatte. Michael Thalheim und Yvonne

Lenz verließen gemeinsam das Haus. Er hatte seinen Arm um Yvonnes Schulter gelegt. Die Schulter war frei. Nur ein schmaler Träger eines verführerischen roten Sommerkleides lag auf ihr. Thalheim hatte einen hellen Anzug an und öffnete Yvonne Lenz die Beifahrertür zum Einstieg in den Tesla. Als sie im Auto saß, gab er ihr einen Kuss. ›Galantes Pärchen‹, dachte Berger. Der Ehemann war noch nicht einmal bestattet und seine Witwe schon mit einem anderen Mann auf Tour. Nach einem Verwandtschaftsbesuch sah der Moment für Berger jedenfalls nicht aus. So abgebrüht musste man erst einmal sein. Die Szene konnte nicht nur Berger, sondern auch die ganze Nachbarschaft, wenn sie denn wollte, beobachten. War es Dummheit, Trotz, Provokation oder was ging in den beiden Menschen vor?

Berger fuhr den beiden unauffällig hinterher, gespannt, wohin die Fahrt gehen würde. Gepäck hatten sie augenscheinlich nicht dabei oder es lag bereits im Auto. Sie verließen die Stadt in Richtung Güstrower Tor. Nachdem sie die Innenstadt passiert hatten, bewies Thalheim seiner Beifahrerin erst einmal, was der Wagen unter der Haube hat. Den Paulsdamm donnerten die beiden in so hoher Geschwindigkeit entlang, dass es Berger schwerfiel, unauffällig dranzubleiben.

Kurze Zeit später bremste der Wagen ab und fuhr links in die Auffahrt zum Parkplatz der Gaststätte *Seewarte*. Das rustikale Traditionslokal, ein Fachwerkgebäude aus dem Jahr 1906, lag inmitten uriger Bäume und Sträucher. Fangfrischer Fisch wurde als Gourmethighlight angepriesen. Man ging also fein Essen an diesem lauen Sommerabend. Vielleicht gab es auch etwas zu feiern? Was immer es wahr, Berger würde es herausfinden. Dieses Wissen behielt er erst einmal für sich. Er wendete seinen Wagen auf dem Parkplatz, und sah dabei noch im Augenwinkel, wie die frischverliebten Herrschaften im Sommergarten in einem weißen Strandkorb Platz nahmen. Berger musste schmunzeln. ›Da hat sich Yvonne Lenz ja einen richtig guten Fisch an Land gezogen oder war es umgekehrt? Egal, alles würde sich aufklären.‹

Berger hatte genug gesehen und musste noch einmal zur Dienststelle ranfahren. Es war zwischenzeitlich fast zweiundzwanzig Uhr. Sein Wohnungsschlüssel lag auf dem Schreibtisch. Er wollte, wenn zu Hause schon alles schlief, niemanden durch sein Klingeln wecken. Inständig hoffte er, dass, wenn Lea schon schlief, sie im Schlafzimmer liegen würde.

Im Dienstgebäude war es ruhig. Niemand war mehr auf den Fluren zu sehen. Berger ging an seine Bürotür. Als er vor ihr stand, fehlten ihm die Worte. Ein Schreck fuhr ihm durch den Körper. Ein Adrenalinstoß in alle Gliedmaßen. Im Wechsel wurde ihm heiß und kalt. Er stand vor seiner Bürotür, auf der mit dunkler Sprühfarbe in großen Buchstaben das Wort stand, das ihm den Atem raubte: NEST-BESCHMUTZER und ein noch größeres Ausrufungszeichen. Berger dachte, er träumt. Aber es war kein Traum. Es war die Realität. Jemand hatte ihn in der Polizeiinspektion zu einem Nestbeschmutzer degradiert. Unglaublich. Er, der langjährige Hauptkommissar mit einer fast einhundert-prozentigen Aufklärungsquote. Das tat weh. Der Schreck saß tief. Wer immer das getan hatte, hatte Berger tief in seiner Seele getroffen, direkt in sein Herz. Konnte Berger seine eigene Selbstwahrnehmung verloren haben? War der Draht zu seinen Kolleginnen und Kollegen nicht immer gut? Was hatte jemanden veranlasst, ihm derartig wehzu-tun und zu diffamieren? Er war immer noch sprachlos. Das konnte doch nicht sein! Unfähig, sich zu bewegen, dachte er nach. ›Wieso Nestbeschmutzer? Wen hat er im Nest der Polizeiinspektion denn beschmutzt? Wer war es? Wer hat diese miese hinterhältige Attacke verübt? Wer hat keinen Mut, sich ihm gegenüberzustellen und Tacheles zu reden?‹ Fragen über Fragen, die er mit einem lauten Aufschrei ab-rupt beendete. Dann griff er sein Handy und fotografierte die Schweinerei aus allen Perspektiven. Einen Schriftdeuter aus dem LKA brauchte er nicht hinzuziehen, der konnte nur die Handschrift des Täters ermitteln, nicht aber gesprühte Schrift! Die Handschrift hätte er vermutlich gleich erkannt, aber so etwas … Er machte doch nur seine Arbeit und sollte jetzt als schwarzes Schaf dastehen? Niemals! Berger war mu-tig, das würde er keinesfalls auf sich sitzen lassen. Er holte nicht einmal einen nassen Lappen, um den Dreck von der Tür zu säubern. Die Farbe würde er eh nicht mit Wasser gelöst bekommen. Diese Attacke provozierte ihn und gab ihm die feste Überzeugung, jetzt erst recht in Polizeikrei-sen den Mörder von Lenz zu suchen. Berger hatte Stolz und war hochmotiviert, den Menschen zu finden, der ihm das angetan hat. Diese Person sollte seine Tür von dem dreckigen Wortfetzen reinigen. Den Denunzianten würde er fertigmachen. Berger war nie in seinem Leben auf Rache aus, aber diese Tat würde nicht ungesühnt blieben! Berger nahm sein Schlüsselbund vom Schreibtisch und fuhr wutentbrannt nach Hause.

Neunzehn

Was für ein ambivalenter Tag! Zuerst die Freude über Leas Nachricht nach der Nordmagazin-Sendung. Anschließend die übergriffige Beschmutzung seiner Bürotür. Berger war erschöpft und auf dem Weg nach Hause. Es war schon dunkel. Auf der Umgehungsstraße vom Großen Dreesch in Richtung Neumühle hielt er dennoch an der Tankstelle am Sieben-Seen-Center an. Er musste nicht tanken, holte sich aber ein alkoholfreies Hefeweizen-Bier. Lea sagte immer, dass es das gesündeste Bier sei, stärke sogar das Immunsystem und würde in Maßen auch den Vitamin-B-Haushalt verbessern. Einen effektiveren Schlaftrunk für die heutige Nacht konnte er sich nicht vorstellen.

Zu Hause angekommen, stellte er fest, dass bereits alles dunkel war und seine Lieben schliefen. Er schlich in die Küche, stellte das Bier für einen kurzen Moment ins Tiefkühlfach und legte das Tablet auf den Küchentisch. Da sah er einen liebevoll angerichteten Teller mit kleinen Schnittchen. Lea hatte ihm tatsächlich ein Abendbrot vorbereitet. Er war emotional so angespannt, dass ihm die Tränen sofort in den Augen standen.

Lea war eine Meisterin in der Herstellung von Fingerfood. Ihre Party-Gäste hatten schon oft ihre Kreativität beim Dekorieren gelobt. Klein, aber fein, war ihr Motto. Herzhaft aber dennoch gesund – da kam die Medizinerin durch.

Am liebsten hätte Berger sie wachgerüttelt und sich bei ihr mit tausend Küssen bedankt. Und er hätte jemanden gehabt, dem er von seiner scheußlich besprühten Bürotür erzählen konnte. Leas Kühle ihm gegenüber in den letzten Tagen tat weh. Er aß zwei kleine Schnittchen mit Lachs und Camembert. Die Petersilie legte er zur Seite. Die Radieschen waren scharf und knackig. Die übrig gebliebenen Schnittchen deckte er mit Alufolie ab und stellte sie in den Kühlschrank. Die würde er morgen zum Frühstück essen.

Er nahm das Bier aus dem Tiefkühlschrank und ging mit dem Tablet leise ins Wohnzimmer. Wie ein schwerer Fels ließ er sich in die Couch fallen, öffnete das angenehm kühle Bier und trank einen Schluck. Das tat gut. Richtig abschalten konnte er trotzdem nicht. Er öffnete das Tablet. Die Seite des Immobilienmaklers war noch geöffnet. Dann scrollte er wahllos durch dessen Website. Große Firma, riesige Immobilien und fast auf jedem Objekt Michael Thalheim zu sehen. Adrett und übertrieben männlich auf jedem Foto perfekt in Szene gesetzt. Berger stellte sich die Frage, ob er diese Rolle nur spielte und eigentlich gar kein Selbstbewusstsein besaß. Immer das gestellte und gezwungene Lächeln, die überteuerten Klamotten und der sündhaft teure Wagen. Die Sonnenbrille, die er trug war für manche Menschen schon ein Vermögen wert. Thalheim war für Berger das männliche Trugbild, um Frauen zu imponieren. Ein Macho und nichts dahinter. Das war Bergers erster Eindruck und sein Bauchgefühl täuschte ihn selten.

Privat fand er über Michael Thalheim im Internet nichts. Er ging noch einmal auf die Immobilienseite zurück und schaute sich die vielen Häuser, Wohnungen und Grundstücke an, die er als qualifizierter Immobilienkaufmann anbot. Berger war erstaunt, wie hoch die Maklerprovision war. Da kamen bei Verkaufsabschluss schon recht hohe Summen zusammen. Bei einem Einfamilienhaus mit 300.000 Euro Kaufpreis ergab die Maklerprovision 5.700 Euro. Bei einem erfahrenen Makler mit mehr als zehn Jahren Berufspraxis ging man von einem jährlichen Einstiegsgehalt von ungefähr 71.000 Euro aus. Ganz zu schweigen von vielen Gefälligkeiten, die man dem Makler zahlte, um sein Traumobjekt dann notariell zu bekommen. Da ging bestimmt einiges an der gesetzlichen Steuer vorbei. Bergers Traumberuf wäre es trotzdem nicht, den Leuten Häuser oder Grundstücke zu vermitteln, so sein gedankliches Fazit der Recherche.

Interessehalber scrollte er noch einmal die Häuser von Thalheim durch. Langsam wurde Berger müde. Dann sah er abschließend – bevor er das Tablet zuklappen und zu Bett gehen wollte – einen aktuellen Eintrag vom selbigen Tag. ›Das gibt es doch nicht‹, dachte er und war von der einen auf die andere Minute wieder hellwach: Das Haus der Familie Lenz wurde durch Thalheim angeboten. Eine wunderschöne Fotoserie über das Anwesen in der Schlossgartenallee. Von allen Seiten bei bestem Sommerwetter fotografiert und alle Hausdetails genauestens aufgelistet. Der Kaufpreis stand allerdings noch nicht darunter. Bei Interesse sollte man den Makler telefonisch kontaktieren. Yvonne

Lenz beabsichtigte also, das Haus zu verkaufen. Hatte er damit vielleicht schon das Mordmotiv? Yvonne Lenz oder Michael Thalheim, die wie ein Liebespaar wirkten, haben Peter Lenz womöglich gemeinsam umgebracht, um das Haus zu verkaufen und sich dann aus dem Staub zu machen? Endlich ein Ansatz, dem er morgen sofort nachgehen würde.

Als erstes würde er Lars Paulsen instruieren. Er sollte die angegebene Telefonnummer anrufen und den Hauspreis erfahren. Ein daraus folgender Besichtigungstermin mit seiner Frau Kirsten wäre originell und glaubhaft. Zudem effektiv, um Lenz und Thalheim richtig auf den Zahn zu fühlen. Die Überprüfung der Alibis in der Mordnacht wäre die nächste Aufgabe.

»Yeees«, sagte Berger laut und klopfte sich mit der rechten Hand kräftig auf die linke Schulter. ›Yvonne Lenz – ich hatte von Anfang an so ein Gefühl. Eine anscheinend gewaltbereite und besitzergreifende Frau! Sie allein wusste, wo Lenz sich den Freitagabend aufhielt.‹ Berger traute dem Immobilienmakler sofort kriminelle Machenschaften zu. Für einen Auftragsmord hatte er bestimmt Kontakte und an Geld mangelte es bei ihm augenscheinlich auch nicht.

Berger war zufrieden. Bei diesen beiden Personen musste er ansetzen.

Mit einem guten Gefühl ging er ins Schlafzimmer. Völlig erschöpft schlief er ein paar Minuten später in seinem Bett, dessen eine Betthälfte leider immer noch leer war, ein. Er wälzte sich Stunden später hin und her. Träumte wirr und wachte schweißgebadet auf. Das Wort ›Nestbeschmut-

zer‹ schwirrte und kreiste in seinem Kopf umher. »Ich bin
kein Nestbeschmutzer, ich bin kein Nestbeschmutzer, ich
bin kein Nestbeschmutzer«, wiederholte er wie ein Mantra
immer leiser werdend vor sich hin. Dann schlief er endlich fest ein.

Zwanzig

Lutz Hesse ließ gleich am nächsten Morgen alle Beamtinnen und Beamten der Polizeiinspektion zu einer außerordentlichen Dienstversammlung zusammenrufen. Als er am Morgen feststellte, dass an Hauptkommissar Bergers Bürotür das Wort *Nestbeschmutzer* angesprüht stand, war ihm fast der Kragen geplatzt. Der ansonsten gelassene und ausgeglichene Leiter der Inspektion war so betroffen, als hätte man *seine* Tür beschmutzt. Eine absolute Unverschämtheit, die es zu ahnden galt. In der kurzen Besprechung machte er deutlich, dass der- oder diejenige mit einem Disziplinarverfahren zu rechnen habe und sich auch Personen mitschuldig machen, die wüssten, wer für diese Provokation, die sich auch an ihn richtete, weil Berger sein absolutes Vertrauen genieße und einer der besten Ermittler in der Dienststelle ist, verantwortlich war.

Die Ansprache des Leiters saß. Mit gesenkten Köpfen verließen die Beamtinnen und Beamten den Beratungsraum. Berger äußerte sich vor dem Auditorium nicht. Es brodelte in ihm, aber er ließ sich nichts anmerken und wollte sich keinesfalls verteidigen gegen diesen infamen Angriff.

Kurze Zeit später, nachdem Paulsen seinem Freund und Kollegen gut zugesprochen hatte, erfuhr er von dessen Idee, dass angebotene Haus der Familie Lenz zu besichtigen und dort etwas auszukundschaften. Paulsen fand die Idee perfekt und überlegte schon, wie er dort vor dem Makler auftreten wollte. Seine Frau Kirsten wollte er allerdings nicht in die Aktion einbeziehen. Er hatte Befürchtungen, dass die seine Show vielleicht in Vorbereitung der Hochzeit, die mit allerhand Aufregungen verbunden war, platzen könnte. Der Auftritt bei dem Makler war Paulsen zu wichtig. Er wollte sich auf Thalheim konzentrieren und nicht darauf, wie Kirsten sich verhielt oder was sie sagen würde.

Der Leiter der Inspektion rief Berger noch zu einem kurzen Vier-Augen-Gespräch in sein Büro. Lutz Hesse betonte, dass er den Auftritt von Berger im Nordmagazin sehr mutig und offen fand. Er sicherte ihm vollste Unterstützung bei der Ermittlung in Polizeikreisen zu und zeigte sich Berger gegenüber sehr betroffen. »Und wenn der Täter oder die Täterin im Innenministerium sitzt, dann werden wir erst recht hart durchgreifen. Das Ansehen *meiner* Inspektion und *meines* besten Ermittlers wird hier nicht in Frage gestellt. Überhaupt werden wir zwei alles dafür tun, dass das generelle Ansehen der Polizei nicht noch mehr in Verruf gerät. Weiterer Schaden muss abgewendet werden. Und derjenige, der deine Tür beschmutzt hat, der kann sich auf disziplinarische Maßnahmen gefasst machen. Ich bin so wütend, dass ich den Beamten oder die Beamtin prompt suspendieren würde.«

Das Gespräch mit Hesse tat Berger gut. »Danke, Chef!«

»Da gibt es nichts zu danken!«, erwiderte dieser. »Das ist eine abscheuliche Kampagne gegen dich und das dulde ich nicht!«

»Der Innenminister hat mich im Nordmagazin etwas ausgebremst. Er hat mich unter dem Tisch mit dem Fuß angestoßen, als ich sein Ministerium erwähnt habe.« Berger wollte es eigentlich nicht erwähnen, aber er hatte volles Vertrauen zu seinem Chef und wusste, dass er mit der Aussage nicht hausieren ging.

»Ach, das ist ja interessant. Wir werden da mal ordentlich Unruhe in den Laden am Pfaffenteich reinbringen.«

»Das habe ich schon.«

»Sehr gut. Nun bring mich bitte mal auf den aktuellen Stand der Ergebnisse. Was hast du und was hat die SoKo für Fakten?«

Berger legte alle Informationen offen dar und erzählte hauptsächlich über Yvonne Lenz und ihren geplanten Hausverkauf. Mit Entsetzen nahm auch Hesse zur Kenntnis, dass die Witwe das Auto des Ermordeten hatte spurlos verschwinden lassen, offenbar nicht alles auf den Tisch gelegt hatte und einiges verheimlichte.

»Wann ist denn die Beisetzung unseres Präsidenten geplant?«

Berger berichtete, dass niemand von der Polizei erwünscht sei.

»Alles sehr eigenartig. Ich dachte, die Frau wünscht sich ein Staatsbegräbnis für ihren Mann. Ich habe sie mal auf einem Empfang im Schloss in der Orangerie kennengelernt. Ihr Auftreten war dort sehr auf Äußeres bedacht und sie war bemüht, eine bestimmte Wirkung auszustrahlen. Mit mäßigem Erfolg.«

»Genau den Eindruck hat sie bei mir auch hinterlassen.«

»Die Trauerfeier wird observiert. Ich möchte wissen, wer dort alles auftaucht«, legte Hesse fest.

»Die Trauerfeier ist in zwei Tagen und Paulsen weiß schon Bescheid. Vielleicht muss auch jemand anderes einspringen, denn Paulsen wird heute mit großer Wahrscheinlichkeit als verdeckter Ermittler das Haus besichtigen, dass Frau Lenz vermutlich sehr schnell verkaufen möchte.«

»Das wird sicherlich nicht so zügig gehen wie der angebliche Auto-Verkauf. Beim Grundbuchamt und Notar wird sie nicht so rasch einen Termin bekommen.«

Berger berichtete dann noch über den Kokain-Fund bei Lenz und dass ihm der Rechtsmediziner noch immer die Antwort zur Tatwaffe schuldete.

»Das kann doch nicht so schwer sein, die Stichwaffe festzustellen, oder irre ich mich da?«

Berger hob skeptisch die Schultern: »Das dachte ich auch. Aber Dr. Brandenburg wollte noch sicherheitshalber Kollegen konsultieren. Das kann nicht mehr lange dauern. Du weißt ja, Karsten ist gründlich und will keine Fehler machen. Er ist und bleibt Perfektionist.«

»Okay, dann machen wir uns an die Arbeit. Wir werden den Mörder schon finden und erst recht den Schmierfinken deiner Bürotür. Ich könnte mich schon wieder aufregen. So eine dreiste Frechheit!«

»Ist schon gut Chef. Dein Auftritt heute Morgen hat mich bestärkt, das Richtige zu tun. Irgendwer hat ein Problem mit mir ...«

»Als erstes rufst du den Hausmeister an. Die Tür wird sofort ausgewechselt. Ich möchte nicht, dass du noch einmal durch die beschmierte Tür gehst. Die wird ausgehängt und eine andere vorrübergehend eingehängt. Dann soll die Tür gestrichen und wieder eingehängt werden. Unser Hausmeister bekommt das schon hin. Der ist flink und blickig.«

»Ja, aber …«

»Kein Aber. Die Tür wird sofort aus deinem Sichtfeld genommen. Hast du mich verstanden?« Hesse duldete keinen Widerspruch.

»Ja, habe ich. Ich habe noch eine kleine Bitte, die ich mit dir besprechen wollte.«

»Was denn?«

»Ich wollte fragen, ob ich mit der Schulklasse meines Sohnes die Inspektion besichtigen darf.«

»Na klar. Immer ran mit den jungen Leuten. Danach wollen die Kinder bestimmt alle Polizeibeamte werden. Nachwuchs wird bei uns immer gebraucht. Und wenn ich den Tag im Hause sein sollte, kannst du mit der Truppe gern mal bei mir reinschauen«, schlug Hesse ihm vor.

»Danke für dein Angebot. Ich werde das organisieren und Willi wird sich riesig freuen.«

»Willi kann sehr stolz auf seinen Vater sein!«

Berger senkte bescheiden den Kopf und war erleichtert. Dann verließ er das Büro seines Chefs mit den Worten: »Weiter geht's mit den Ermittlungen! Ich will heute unbedingt zu einem Verhaltenstherapeuten.«

»Wegen der beschmutzten Tür?«, fragte Hesse erstaunt und starrte ihn an.

»Nein, natürlich nicht. Ich will zum Therapeuten von Peter Lenz.«

»Lenz war in therapeutischer Behandlung?«

»Ja. Aber das ist ja heute nichts Besonderes mehr. Ich werde berichten, wenn der Therapeut sich mir gegenüber offenbart und hoffentlich nicht mit seiner Schweigepflicht droht.«

Einundzwanzig

»Haben Sie ein Glück, Herr Berger, kommen Sie herein. Eine Patientin hat vor einer Viertelstunde kurzfristig abgesagt. Wir haben genau fünfundvierzig Minuten, dann kommt ein junger Patient zu seiner ersten Therapiesitzung.«

Hauptkommissar Berger hatte nur einmal geklingelt und Herrn Waldner gleich seinen Dienstausweis gezeigt. Er war überrascht, das Wartezimmer in der Richard-Wagner-Straße war leer und gemütlich einladend. Wie freundlich ihn der Verhaltenstherapeut in sein Praxiszimmer bat. Ludwig Waldner hatte eine liebenswürdige Ausstrahlung, die ihn an seinen Vater erinnerte. ›Gott hab ihn selig‹, schickte Berger gedanklich ein Stoßgebet in den bewölkten Sommerhimmel. Viel zu früh hatte der Vater seinen Sohn Thomas aufgrund eines Darmleidens verlassen.

»Nehmen Sie Platz, Herr Berger. Frau Dr. Leopold hat mir schon angekündigt, dass Sie mich vielleicht aufsuchen würden. Es geht um Peter Lenz, nicht wahr?«

»In der Tat. Ich bin der ermittelnde Kommissar in dem Mordfall.«

»Ja, das hat mir Frau Dr. Leopold schon mitgeteilt. Sie wissen, dass Herr Lenz bei mir in Behandlung war und möchten jetzt gern Details wissen, oder?«

»Ja. Ich komme in diesem schrecklichen Mordfall nicht weiter. Trete auf der Stelle.«

»Ich könnte mich jetzt auf meine Schweigepflicht berufen, aber wer soll mich anzeigen? Peter Lenz ist tot. Und wissen Sie, was das Eigenartige ist, Herr Berger?«

»Nein.«

»Herr Lenz hat höchstselbst eine Schweigepflichtsentbindung bei mir hinterlegt.« Waldner holte ein Schriftstück aus der Akte Lenz und legte es Berger vor.

»Das gibt es doch gar nicht. Wie kommt das denn? Hat er etwa geahnt, dass ihm etwas zustoßen würde?«

»Sein Ansinnen für dieses Schriftstück kann ich Ihnen nicht erklären. Vielleicht wollte er dafür sorgen, dass er, sofern ihm etwas widerfährt oder er vielleicht dement werden sollte, jemand weiß, warum er so häufig bei mir war?«

»Jetzt machen Sie mich aber sehr neugierig!« Berger setzte sich aufrecht in dem bequemen Sessel hin. Der Therapeut saß ihm direkt gegenüber. Vor ihm auf dem leeren kleinen Tisch stand nur eine hellgrüne Papp-Box mit Wegwerftaschentüchern.

»Das ist für emotionale Gespräche«, begründete der Therapeut die Schachtel, nachdem er bemerkte, wie Berger sie anstarrte. »Viele Menschen kommen zu mir, mit dem festen Willen, stark zu sein. Plötzlich brechen dann die Gefühle und Emotionen aus ihnen heraus und sie müssen weinen. Ich habe schon die äußerlich stärksten Männer oder auch Frauen, die bestimmt mit beiden Beinen fest im Leben stehen, hemmungslos weinen sehen.«

»Hat Herr Lenz hier auch geweint?«, fragte Berger sofort.

»Nein. Er hat immer nur berichtet, was für eine schwere Last auf ihm liegt. Der Mann tat mir sehr leid. Ich wollte kaum glauben, dass er Polizeipräsident war, nachdem er mir das erzählt hat. Alles hätte ich dem Mann zugetraut, aber keine hochrangige Tätigkeit bei der Landespolizei.«

»Herr Waldner, erzählen Sie mir doch einfach frei weg, weshalb er Ihre professionelle Hilfe in Anspruch genommen hat.«

»Gut. Ich fange mal bei seinem Bruder an. Er hat einen Zwillingsbruder namens Jürgen, der für ihn eine Haftstrafe – für eine Straftat von Peter – verbüßt hat. Ihr Präsident hatte sein ganzes Leben lang ein schlechtes Gewissen. Am liebsten wäre er jetzt noch in Haft gegangen, um sich selbst zu bestrafen und Buße abzulegen.«

»Ja, die Geschichte hat mir der Bruder schon ausführlich erzählt.«

»Der Hauptgrund, warum Peter Lenz bei mir war, Sie werden es vielleicht nicht glauben, war seine Ehefrau. Ich glaube Yvonne heißt sie. Ich habe mir das mit einer Eselsbrücke merken können. Yvonne heißt in der Ursprungsform und im übertragenen Sinne die *Bogenschützin*. Sie hat mit Pfeil und Bogen ihren Mann systematisch zerstört.«

»Sind Sie da sicher?«

»Absolut. Sie hätte hier bei mir sitzen müssen und nicht Ihr Präsident!«

»Wenn ich mir die Bemerkung erlauben darf. Ich habe die Witwe und ihr widersprüchliches Verhalten bereits kennengelernt«, ergänzte Berger.

»Ich hatte Herrn Lenz recht früh vorgeschlagen, seine Frau zu einem Gespräch mitzubringen. Doch davon wollte er nichts wissen und hat rigoros abgelehnt.«

»Was war denn zwischen den beiden? Warum haben sie sich nicht scheiden lassen?« Berger wurde immer hellhöriger.

»Sie haben in einer toxischen Beziehung gelebt. Die Ehe der beiden verlief wie eine Achterbahnfahrt. Oft münden diese Beziehung in Gewalt.«

»Ich verstehe immer noch nicht so recht, worauf Sie hinauswollen?«

»Lenz war Opfer von häuslicher Gewalt. Als Polizist ein Opfer. Können Sie sich vorstellen, wie schwer es ihm fiel, das zu verbergen? Als Mann in dieser Position muss es doch unerträglich gewesen sein! Und dann als ausgebildeter Polizist erst recht, der sich Tätern gegenüber doch wehren kann, noch viel mehr. Könnten Sie mit jemanden offen darüber reden, wenn Ihre Frau – ich vermute Sie sind verheiratet?«

»Ja.«

»Könnten Sie sich vorstellen von Ihrer Frau verprügelt zu werden? Würden Sie sich so einfach jemandem offenbaren? Ihr Ansehen würde leiden, auch, wenn Sie das eigentliche Opfer sind.«

»Interessanter Aspekt. Ich musste über so etwas noch nie nachdenken. Fälle von Gewalt gegen Männer hatte ich in meinen vielen Berufsjahren tatsächlich noch nicht.«

»Yvonne Lenz hat meines Erachtens narzisstische Züge, ein schwaches Selbstbewusstsein und wahrscheinlich große

Verlustängste hinter ihrer Fassade. In einer toxischen Beziehung können die Partner nicht voneinander lassen, obwohl Abwertung und Grausamkeit im Spiel sind. Bei vielen Menschen stehen die Erfahrungen aus einer problematischen Kindheit im Vordergrund. Einerseits die Sucht nach Liebe und anderseits sich vor Nähe und Bindung zu schützen. Lenz hat einfach nicht den Absprung aus dieser Beziehung geschafft. In einer gesunden Partnerschaft gibt es keine Gewalt und keine Demütigung. Diesen Anspruch muss jeder Mensch für sich haben, egal ob er Schwächen oder Fehler hat.«

»Das ist alles sehr interessant, Herr Waldner!«

»Yvonne Lenz wäre niemals zu mir gekommen. Sie hätte sich von mir ins falsche Licht gesetzt gefühlt und sich auf keine Therapie eingelassen. Es gibt so viele Frauen, die an die falschen Männer geraten und von ihnen nicht loskommen. Sie werden geschlagen und gedemütigt. Aber den Mann verlassen – niemals oder nur für kurze Zeit. Umgekehrt ist es eher selten, oder?«

»Das stimmt wohl. Die Quote der Frauen, die im Frauenhaus in Schwerin, Zuflucht suchen, steigt jährlich. Viele der Betroffenen kehren trotz allem zu ihren prügelnden Ehemännern zurück. Aus der Spirale der Gewalt kommen sie allein nur selten heraus.«

»Und genau so müssen Sie sich das mit Peter Lenz vorstellen. Er kam nicht los von dieser Frau und dann die Blamage, wenn herauskommen wäre, dass sie ihn schlug.«

»Das leuchtet mir alles ein.«

»Was meinen Sie denn mit Ihrer beruflichen Erfahrung, was passiert wäre, wenn er Yvonne mit einer Scheidung gedroht hätte?«

»Diese Frage können Sie sich, Herr Berger bestimmt selbst beantworten. Meinen Sie die Frau hätte alles, was sie an Vorzügen ihres öffentlich bekannten Mannes genießt, freiwillig aufgegeben? Das ist eine enorme narzisstische Kränkung ihrer Person und dann …«

»… dann kann es zu einer verheerenden Eskalation kommen? Zu einem Mord?« fragte Berger und war auf die Antwort gespannt.

»Das haben Sie sehr gut beantwortet, Herr Berger. Ich will der Frau keinen Mord unterschieben, aber möglich wäre es.«

»Auch das leuchtet mir ein.«

»Herr Lenz sprach davon, dass sie zu Beginn mit Tellern geworfen und eine Schlafzimmertür eingetreten habe. Die nächste Eskalationsstufe war dann ein Faustschlag in sein Gesicht. Alles Erzählungen, für die ich natürlich keine Beweise habe. Aber warum sollte der Mann mich angelogen haben?«, fragte sich Waldner selbst.

»Und ich denke, dass beide Partner einander nicht immer treu waren. Aber das ist nur eine vage Vermutung. Diese These bitte gleich aus ihrem Gedächtnis streichen.

»Das ist jetzt nicht so einfach. Sie kennen doch sicherlich den Spruch: Denken Sie nicht an einen blauen Elefanten!«

»Richtig, dann denkt man natürlich erst recht an einen blauen Elefanten. Das sind solche Psychospiele, die mir bestens geläufig sind.« Der Therapeut sah auf seine Uhr. »Herr

Berger, ich glaube, wir müssen unsere Unterhaltung beenden. Der nächste Patient kommt gleich.«

»Ja. Selbstverständlich. Sie haben mir sehr geholfen.« Berger stand auf und ging.

Zweiundzwanzig

»Schön, dass es mit dem Besichtigungstermin gleich heute geklappt hat.« Michael Thalheim begrüßte Lars Paulsen außerordentlich freundlich an der Haustür.

»Ich freue mich, dass Sie die Zeit für mich gefunden haben. Es ist mein absolutes Traumhaus hier in der Schlossgartenallee. Die Lage ist einfach fantastisch.« Paulsen stand in seinem besten Anzug und mit Krawatte bereits im Flur des Hauses. Kirsten hatte sich gewundert, wohin er am frühen Nachmittag so schick gekleidet wollte. Dienstlich auf Immobilienbesichtigung, mehr hatte er ihr nicht verraten.

»Ja, die Lage ist perfekt«, lobte Thalheim das Gebäude. »Ich habe das Haus gestern erst ins Internet gestellt und schon sehr viele Anfragen. Aber die meisten kommen von außerhalb. So schnell wie Sie war niemand«, erklärte Michael Thalheim mit einem aufgesetzten Lächeln.

»Ich möchte wirklich alles sehen, da meine Frau verhindert ist. Darf ich vielleicht auch ein paar Fotos machen?«

»Selbstverständlich. Lassen Sie uns doch gleich in der Küche anfangen. Sie entspricht zwar nicht den modernsten Standards, ist aber dennoch sehr gemütlich und hell.«

Paulsen lief Thalheim hinterher und schoss ein paar Fotos nebenbei. Sie durchliefen das komplette Haus. Paulsen war wirklich begeistert. Wenn er Geld hätte, würde er das Haus tatsächlich kaufen wollen. Aber ein Kredit in der Höhe aufzunehmen, war ihm eine zu große Belastung.

»Das macht alles einen sehr gepflegten Eindruck. Es ist auch schön, dass man das Haus noch mit der Einrichtung sehen kann und es nicht leer steht. Mängel kann ich auf den ersten Blick und als Laie überhaupt keine entdecken. Bei älteren Häusern sieht man ja eher schon feuchte Flecken, bröckelnden Putz, beschädigte Dächer und alte Fenster.«

»Da gebe ich Ihnen recht. Das Haus ist modernisiert, da werden Sie keine Mängel finden. Dafür bürge ich. Selbst die Heizungsanlage wurde erst vor Kurzem gewechselt.«

»Gibt es auch einen Keller und Dachboden?«

»Ja, die Räumlichkeiten können wir uns auch noch anschauen.«

»Ich bin echt begeistert. Auch der Vorgarten – was ich so sehen konnte – macht einen sehr gepflegten Eindruck. Einen Carport habe ich auch schon gesehen. Wirklich alles da. Haben Sie auch ein Exposé vom Haus, das ich meiner Frau mitnehmen könnte?«

»Das stelle ich erst noch zusammen. Ich wollte das Haus so schnell es ging ins Internet stellen und es gleich anbieten. Das Exposé ist in Arbeit und ich könnte es Ihnen per E-Mail zukommen lassen.«

»Das wäre schön.«

»Was machen Sie denn beruflich, wenn ich fragen darf?«

»Ich bin Beamter.«

»Das ist gut, dann haben Sie ja ein regelmäßig festes Einkommen und sind bestenfalls unkündbar.«

Die Fragerunde war eröffnet. Jetzt, wo Thalheim neugierig wurde, war es an der Zeit für Paulsen, endlich auch Fragen zu stellen. Er war auf die Antworten sehr gespannt.

»Herr Thalheim, ich bin von der Immobilie wirklich begeistert. Aber warum wird dieses schöne Haus denn verkauft? Es sieht ja so aus, als wenn die Besitzer hier noch wohnen. Bei meiner letzten Hausbesichtigung wollte ich einen Grundbuchauszug sehen. Da stellte ich fest, dass das Haus finanziell noch sehr hoch belastet war und die Verkäufer mit einem Haufen Schulden dasaßen. Das Haus war auch sehr schön, aber der Ärger, der daran hing und die Dauer haben mich und meine Frau dann doch abgeschreckt.«

»Ja, das verstehe ich. Umgekehrt muss ich mich auch absichern. Haben Sie die letzten drei Gehaltsnachweise mit dabei und eine SCHUFA-Selbstauskunft?«, konterte der erfahrene Makler zurück. »Ich bin den Besitzern auch Informationen schuldig.«

»Nein. Das habe ich nicht dabei. Kann ich Ihnen aber auch elektronisch zukommen lassen.«

»Das ist gut.«

»Erzählen Sie mir doch bitte etwas über die Familie, die hier wohnt. Kinder scheinen nicht mehr im Haus zu leben und nach den Einrichtungsgegenständen zu urteilen, würde ich das Paar so Anfang fünfzig schätzen. Ich habe gar keine Fotos oder Familienbilder gesehen. Die hat man doch auch immer irgendwo stehen, oder?«

Thalheim wurde skeptisch und überlegte sich blitzschnell passende Antworten.

»Die Familie möchte gern auswandern und so schnell es geht alles verkaufen.«

»Ach so, deshalb stehen oben so viele Koffer.«

»Richtig. Das haben Sie gut beobachtet. Das Ehepaar möchte ins Ausland auswandern und würde das Haus auch möbliert verkaufen. Und wenn es gar nicht verkauft wird, dann soll es möbliert vermietet werden. Aber davon gehe ich allerdings nicht aus.«

»Wie hoch wäre denn die Monatsmiete?«

»Darüber habe ich mit dem Paar noch nicht konkret gesprochen. Im Vordergrund steht ja der Verkauf des Hauses.«

»Kann man das Ehepaar auch mal sprechen? Mich würde das Verhältnis zu den Nachbarn interessieren. Das ist ja auch nicht unerheblich und enorm wichtig.«

»Ein Gespräch mit potenziellen Käufern haben die beiden nicht vorgesehen. Außerdem haben Sie noch viele behördliche Sachen zu klären. Ein Umzug ins Ausland ist schon nicht ohne. Man zieht ja nicht innerhalb Deutschlands um.«

»Das stimmt. Wie heißt denn die Familie? Ich habe am Briefkasten und an der Haustür gar keine Namen entdecken können.«

»Auch das kann ich erklären. In diesem Stadtteil in der Schlossgartenallee wohnen viele bekannte und auch sehr gut betuchte Menschen, wenn Sie verstehen, was ich meine ...«

»Na klar. Dafür ist diese Allee in Schwerin ja bekannt.«

»Wenn Sie mal auf andere Briefkästen schauen, da stehen manchmal nur Nummern. Die Post weiß Bescheid, aber sonst weiß meistens nur der direkte unmittelbare Nachbar, wer neben ihm wohnt.«

»Das ist mir neu. Interessant zu hören. Na ja, wenn meine Frau und ich das Haus kaufen sollten, dann wird ja der Name in den Kaufverträgen irgendwo erscheinen. Ist ja auch egal. Hauptsache, es liegt kein Fluch auf dem Haus.«

»Wie meinen Sie das?« Thalheim sah etwas irritiert aus.

»Meine Frau ist ein bisschen spirituell angehaucht. Sie würde bestimmt alle Räume erst einmal mit weißem Salbei ausräuchern. Das vertreibt schlechte Energien. Wenn hier zum Bespiel viel Stress und Ärger in dem Haus gewesen wären, existieren hier negative Energien, die sich auf die nächsten Besitzer übertragen können.«

»Glauben Sie an so etwas?«

»Ich nicht, aber meine Frau ist da sehr eigen. Ich würde einmalig ein Reinigungsunternehmen für das ganze Haus organisieren, dann streichen lassen und einziehen. Aber meine Frau sieht das ganz anders. Weißer Salbei ist eine Energiequelle zur spirituellen Reinigung. Bei unserer jetzigen Wohnung hat sie es damals sehr genau genommen. Der Geruch ging ein paar Tage nicht heraus. Sie meinte, die Wohnung hätte eine schlechte Aura und hat es ein wenig mit dem Räuchern übertrieben.«

»Da brauchen Sie sich hier gar keine Sorgen machen, Herr Paulsen. Diese Familie kenne ich schon sehr lange. Ein harmonisches, liebenswertes Pärchen. Die Frau hat Asthma. Nur aus dem Grund wollen Sie in den Süden gemeinsam auswandern. Dort herrscht ein fast gleichbleibendes Klima und ist besser für ihren Gesundheitszustand.«

»Für die Knochen und die Seele ist Wärme und Sonne ja auch viel angenehmer. Mir graut es auch schon wieder vor dem nasskalten und grauen November«, bestätigte Paulsen die für ihn fadenscheinige Erklärung des Maklers.

»Bis dahin ist ja noch etwas Zeit, Herr Paulsen. Vielleicht wohnen Sie ja dann mit Ihrer Frau schon hier und haben es schöner als in Ihrer jetzigen Wohnung.«

»Ja, das wäre ein Traum. Grüßen Sie ganz herzlich die Familie, die hier wohnt. Sie haben es echt schön hier. Vielleicht komme ich ja in den engeren Bewerberkreis der interessierten Käufer. Es werden sich ja noch mehrere Paare das tolle Objekt anschauen.«

»Davon können Sie ausgehen.«

»Wenn ich Ihnen etwas extra zustecke, meinen Sie dann hätte ich eine Chance?«

»Es ist alles eine Frage des Geldes, Herr Paulsen. Geld regiert die Welt und ich bin ja kein Beamter, der keine Geschenke annehmen darf. Das war natürlich nur ein Scherz«, betonte er.

Paulsen hatte schon verstanden. Es war kein Scherz, sondern der versteckte Hinweis, zusätzlich an ihn direkt zu zahlen.

»Also, bis hoffentlich bald. Dann komme ich noch einmal mit meiner Frau hierher. Ehe sie das Haus und das Grundstück nicht gesehen hat, läuft gar nichts. Aber wenn die Familie hier so glücklich war, wird Kirsten die positive

Aura spüren und wir werden das Haus bestimmt erwerben.«

»Ganz bestimmt. Auf Wiedersehen, Herr Paulsen. Danke für Ihr Interesse!«

Thalheim schloss die Tür und strich mit seinem Kugelschreiber den Namen Paulsen auf seiner Liste mehrfach durch. Für ihn war klar, dass der Mann mit seiner spirituell angehauchten Kräuterhexe das Haus nicht kaufen würde. Sie würde wahrscheinlich schon im Hausflur eine energetische Blockade aufspüren und fluchtartig das Gebäude verlassen.

Dreiundzwanzig

Es klopfte zaghaft in der Bürotür des Inspektionsleiters.

»Ja, bitte!«, antwortete Lutz Hesse.

Doreen Kaiser, die Social-Media-Beauftragte der Inspektion, schaute vorsichtig durch die halb geöffnete Tür: »Darf ich hereinkommen, Herr Hesse? Ihre Mitarbeiterin aus dem Vorzimmer ist nicht am Platz, deshalb klopfe ich direkt an.«

»Aber jetzt keine Interviews oder Fotos. Ich habe im Moment mit Haushalts- und Bedarfsanforderungen für unsere Inspektion zu tun. Mir qualmt schon der Kopf.« Er lächelte freundlich.

»Dann komme ich ein anderes Mal wieder. Vielleicht lasse ich mir dann besser auch einen Termin geben. Ich wollte Sie nicht so überfallen.«

Die hübsche und zierliche junge Frau war schon in der Bewegung, sich umzudrehen und zu gehen. Hesse hatte den Eindruck, dass sie gar nicht so recht in sein Büro wollte und die Abfuhr ihr anscheinend gelegen kam. »Warten Sie bitte. Was gibt es denn, Frau Kaiser? Sie können ja nichts für diesen Papierkram, der mich jedes Jahr um diese Zeit nervt.«

Sie zögerte und ging dann doch ins Büro von Hesse. Sie schloss die Tür und vergewisserte sich, dass sie fest verschlossen war, sodass auch seine Mitarbeiterin, wenn sie dann wieder am Platz saß, von dem Gespräch nichts mitbekommen konnte.

»Nehmen Sie doch Platz, Frau Kaiser.« Hesse sah, dass sie ein leicht gerötetes Gesicht bekam und nervös wirkte.

»Danke.« Sie setzte sich zögerlich.

Hesse fiel immer wieder auf, wenn er die junge Dame sah, wie hübsch und zerbrechlich sie wirkte.

»Was kann ich denn für Sie tun. Wo drückt der Schuh?« Er begann das Gespräch mit Humor, um die junge Frau nicht noch mehr zu verunsichern.

»Herr Hesse, ich habe einen ganz großen Fehler gemacht und bin bereit, dafür die Konsequenzen zu tragen.«

»Na, so schlimm wird es doch nicht sein, Frau Kaiser. Sie sind doch eine zuverlässige, gewissenhafte und fleißige Kollegin.«

»Doch. Ich habe ganz großen Mist gebaut.« Ihr liefen sofort die Tränen übers Gesicht.

Hesse stand auf und ging auf sie zu. »Na, na, was ist denn passiert?«

»Ich weiß gar nicht, wo ich anfangen soll.«

Hesse ging zurück an seinen Schreibtisch, holte Tempotaschentücher aus dem obersten Schubfach und reichte ihr eins.

Sie nahm es dankend und schluchzend entgegen.

»Was haben Sie denn dort an der Handinnenseite für dunkle Flecken? Ist Ihnen die Tonerpatrone Ihres Druckers ausgelaufen?«

»Neeeiiin«, sie schluchzte immer lauter und schloss ihre Augen. »Darum geht es ja!«

»Worum geht es, Frau Kaiser? Ich verstehe Sie nicht!«

Hesse versuchte ruhig und sachlich zu bleiben. Die junge Frau stand kurz vor einem Nervenzusammenbruch. Warum auch immer. Er hatte nicht die leiseste Ahnung.

»Das ist Sprühfarbe«, brachte sie kleinlaut über die Lippen.

»Sprühfarbe?« Jetzt schoss es Hesse in den Kopf. »Sprühfarbe? Sagen Sie nicht, Sie haben die Tür von Hauptkommissar Berger besprüht?«

»Dooooch.«

»Das glaube ich nicht, Frau Kaiser. Sie haben das Wort *Nestbeschmutzer* an die Tür gesprüht?«

»Ja.«

»Jetzt muss ich mich erst einmal setzen. Frau Kaiser, warum haben Sie das getan? Was haben Sie mit Kommissar Berger zu schaffen?«

»Gar nichts. Er soll nur mit seinen Ermittlungen in der Polizeiinspektion aufhören.«

»Das ist doch nicht der wahre Grund! Deswegen schmiert man doch nicht so eine Beleidigung an die Tür eines angesehenen Kollegen von uns.«

»Es kommt leider noch schlimmer. Ich habe auch das Kondolenzbuch angezündet!« Sie hatte sich etwas beruhigt und war erleichtert, dass sie beides ausgesprochen hatte.

»Sind Sie verrückt geworden, Frau Kaiser? Überarbeitet? Oder was ist mit Ihnen los?«

Hesse musste sich zwingen, ruhig zu bleiben.

»Und nun kommen Sie zum Beichten oder was wollen Sie von mir?«

»Ich möchte meinen Job nicht verlieren und will mich bei Thomas Berger entschuldigen. Gern auch öffentlich. Das hat er nicht verdient. So eine Dummheit von mir.«

»Dummheit? Wissen Sie, was das für Folgen für Sie hat? Das Kondolenzbuch und die Türbeschmutzung. Beides wird Konsequenzen nach sich ziehen.«

»Ja, das ist mir bewusst. Ich komme nur nicht länger mit diesen Schuldgefühlen zurecht. Ich finde keine Ruhe. Daher wollte ich erst einmal mit Ihnen reden und Ihren Rat hören.«

»Frau Kaiser, ich bin so geschockt. Nie im Leben hätte ich gedacht, dass Sie hinter diesen Taten stecken. Haben Sie nicht einen Funken Empathie? Stellen Sie sich mal vor, Sie kommen ins Büro und finden so eine Schmiererei vor!«

»Das war so unüberlegt von mir!«

»In der Tat. Und jetzt sagen Sie mir mal bitte, warum Sie das alles getan haben? Haben Sie gedacht, Sie halten Berger von weiteren Ermittlungen in unserer Inspektion ab? Sie kennen Berger wohl nicht. Der dreht jetzt erst richtig auf.«

»Deswegen ja. Er wird bestimmt alles aufdecken und dann kann ich meine weitere Karriere vergessen.«

»Ich glaube, Sie sind sich noch immer nicht der Tragweite Ihrer törichten und strafbaren Handlungen bewusst! Nennen Sie mir jetzt offen und ehrlich Ihre Beweggründe. Warum haben Sie das Kondolenzbuch angezündet und Bergers Ruf geschädigt?«

Sie saß da, senkte den Kopf und schwieg.

Hesse gab ihr einen Moment. Er war sich sicher, dass die junge Frau sein Büro nicht ohne eine persönliche Erklärung verlassen würde. »Bedenken Sie jetzt bitte genau, was Sie mir sagen, Frau Kaiser. Reiten Sie sich nicht noch tiefer in den Schlamassel.«

»Ich möchte es ja erläutern. Deshalb bin ich ja zu Ihnen gekommen. Es fällt mir nur schwer, offen zu reden.«

»Möchten Sie zu dem Gespräch jemanden unterstützend hinzuziehen? Die Frauengleichstellungsbeauftragte oder jemandem vom Personalrat?«

»Nein. Niemanden. Es soll keiner wissen.«

»Wollen wir Kommissar Berger dazu bitten? Sie könnten sich direkt entschuldigen. Vielleicht gibt es noch etwas Hoffnung und es ist etwas zu retten? Den Lenz können Sie nicht mehr um Verzeihung bitten. Dafür ist es jetzt zu spät.«

Sie zögerte einen Moment, putzte sich die Nase und wischte sich das verschmierte Augen-Make-up mit einem neuen Taschentuch ab.

»Ja, ich denke, es ist richtig, wenn Herr Berger dazu kommt. Sie haben recht, Herr Hesse. Ich möchte gern reinen Tisch machen. Alles andere bringt nichts.«

Hesse stand auf und ging in sein Vorzimmer.

»Rufen Sie bitte Hauptkommissar Berger an. Er möchte dringend und sofort zu mir kommen. Es eilt!«

»Mache ich, Herr Hesse«, antwortete seine Mitarbeiterin, die zwischenzeitlich von der Toilette zurück gekommen war.

Vierundzwanzig

Keine fünf Minuten später erschien Berger gehetzt in Lutz Hesses Büro.

Als der Hauptkommissar – unwissend, was ihn erwartete – die Tür nach einem kräftigen Anklopfen öffnete, sah er seinen Chef aufgebracht und Doreen Kaiser verheult auf einem Stuhl sitzen. Sofort schossen ihm die unschönen Erinnerungen an Lars Paulsen ein, der unlängst verdächtigt wurde, die Kollegin Henriette Weber sexuell belästigt zu haben. Was ging hier vor? Berger war verunsichert. Er schwitzte, weil er sich so beeilt hatte.

»Komm rein, Thomas«, forderte ihn Lutz Hesse auf. »Setz dich!«

Berger befolgte die Aufforderung und nahm gegenüber von Doreen Kaiser Platz. Unzählige Gedanken schwirrten in seinem Kopf herum. Was hatte diese Vorladung mit ihm zu tun? Warum saßen die nette Kollegin und er vor seinem Chef? Es konnte nichts Gutes bedeuten, sonst hätte die Beamtin nicht geweint. Sie hatte ganz geschwollene Augenlider.

»Thomas, Frau Kaiser möchte dir gern etwas sagen«, begann Hesse die Moderation des Gesprächs.

Frau Kaiser begann sofort wieder zu weinen. Von einer Erklärung war sie im Moment meilenwert entfernt. Berger sah seinen Chef an und erwartete, dass dieser ihm die anscheinend äußerst belastende Situation von Frau Kaiser erklärte.

Hesse schwieg und reichte Frau Kaiser ein neues Taschentuch, das sie stumm nickend und dankend annahm.

Dann begann sie: »Herr Berger, es tut mir unendlich leid.«

»Was denn um Himmels willen?« Berger hielt die Anspannung nicht mehr aus und verlor fast die Beherrschung.

Sie setze mit ihrer Ansprache fort: »Ich habe Ihre Bürotür beschmiert. Ich war das. Es tut mir so leid. Das müssen Sie mir glauben!«

»Nein, das glaube ich nicht. Warum haben Sie das getan?« Berger wollte nicht glauben, dass die ihm ansonsten sympathische Kollegin seine Tür beschmutzt hatte. »Wurden Sie von jemandem beauftragt das zu tun?«, waren sein erster Gedanke und seine nächste Frage.

»Nein.«

»Aber warum das Ganze?«

»Ich habe auch das Kondolenzbuch im Foyer angezündet«, setzte sie hinterher.

»Was?« Berger war erstaunt und konnte nicht in Worte fassen, was er an Neuigkeiten auf einmal aufnehmen und verarbeiten sollte.

Lutz Hesse verhielt sich ruhig und ließ die beiden reden.

»Ich bin ehrlich gesagt, sehr erschüttert, was Sie mir hier erzählen. Können Sie sich überhaupt vorstellen, was Sie mir mit ihrer Schmiererei angetan haben und dann diese pietätlose Verbrennung des Kondolenzbuches. Das ganze Gebäude hätte in Flammen stehen können! Was ist denn mit

Ihnen los? Sind Sie krank?« Anders konnte Berger sich das absurde Verhalten der jungen Frau nicht vorstellen.

»Nein, bin ich nicht. Ich halte nur den Druck nicht mehr aus. Der macht mich krank. Ich war schon so weit, dass ich mich krankschreiben lassen wollte. Aber damit ist mir auch nicht geholfen. Das wäre nur ein Verschieben meiner Last. Irgendwann wären Sie, Herr Berger, in Ihren Ermittlungen auf mich gestoßen und dann wäre eh alles herausgekommen!«. Sie schnäuzte laut in ihr Taschentuch und machte eine Pause.

Lutz Hesse stand auf und ging in sein Vorzimmer und bat seine Mitarbeiterin: »Bringen Sie uns bitte drei Wasser und mir noch einen ganz starken Kaffee dazu.« Er ging ins Büro zurück und setzte sich wieder.

Berger hatte den Moment genutzt, um sich gedanklich zu sammeln: »Frau Kaiser, bitte erzählen Sie mir und unserem Chef, warum Sie das alles getan haben. Es ergibt für mich, und Herrn Hesse sicherlich auch, noch keinen Sinn. Sonst wäre ich vermutlich auch nicht hier. Was haben Sie gegen mich und was hat Sie bewegt, das Kondolenzbuch anzuzünden?«

»Ich habe Peter Lenz gehasst. Er hat mir sehr weh getan und mich verletzt. Und Sie, Herr Berger, wären jetzt in Ihren Ermittlungen über kurz oder lang auf mich gestoßen. Wie Herr Hesse in der Dienstversammlung schon sagte: Sie sind unser bester Ermittler.«

»Das ehrt mich, aber ich verstehe trotzdem nicht, warum Sie das alles veranstaltet haben? Oder muss ich davon ausgehen, dass Sie, bedingt durch Ihren Hass auf unseren Polizeipräsidenten, etwas mit dem Mord zu tun haben?«

Berger und Hesse starrten die junge Frau mit großen Augen an. In dem Moment kam die Mitarbeiterin herein und stellte drei Gläser Wasser und einen großen Becher Kaffee ab. Nicht ein Wort wurde gesprochen, bis sie den Raum wieder verlassen hatte.

»Ich möchte einfach nur mein Gewissen erleichtern. Mit den Folgen, die auf mich zukommen, muss ich allein fertig werden. Auch wenn ich bei der Polizei vermutlich herausgeschmissen werde. Vielleicht ist ein Neuanfang für mich das Beste.«

Lutz Hesse ermutigte die Frau: »Frau Kaiser, jetzt haben Sie die erste große Hürde überstanden und sitzen hier. Nun reden Sie bitte weiter, damit wir wissen, was passiert ist.«

Sie trank einen Schluck Wasser: »Vor einem Jahr habe ich Peter Lenz auf einer Dienstreise in unserem Land als Social-Media-Beauftragte begleitet. Er wollte schöne Fotos für dieses Polizeijournal, das das Innenministerium immer monatlich herausbringt. Ich war ein paar Tage mit ihm unterwegs. Nach den offiziellen Besuchsterminen in den Behörden, saßen wir abends in der Hotellobby in Rostock, im Vienna House Sonne, und werteten den vergangenen Tag aus und planten die nächsten Besuche. Er sah sich auf meiner Kamera die Fotos an und war sehr zufrieden mit meiner Arbeit. Nach ein paar Whiskey wurde er verbal immer anzüglicher. Ich trank nichts. Zu später Stunde forderte er mich auf, ihn in sein Zimmer zu begleiten. Ich hatte so ein Schiss, war wie gelähmt und ging mit. Ich war nicht fähig zu denken und hatte nur im Sinn, dass ich bei der Polizei rausfliegen würde, wenn ich nicht tue, was er von mir verlangt. Ich habe es dann über mich ergehen lassen. Mehr war es nicht. Es war für mich so erniedrigend. Ich liebe meinen Job, aber wer hätte mir denn geglaubt. Sie kennen doch den Spruch: *Die hat sich hochgeschlafen!* Ich hatte so ein schlechtes Gewissen und hätte mich hinterher am liebsten aus dem Fenster gestürzt. Was, wenn er erzählt hätte, ich hätte ihn angebaggert und mich an ihn herangemacht. Er hatte doch so einen guten Ruf. Schließlich war er Polizeipräsident. Ihm hätte man geglaubt, aber mir doch niemals.«

»Das ist ja eine ziemlich erschreckende Geschichte, Frau Kaiser«, unterbrach Lutz Hesse sie.

»Leider ist es noch nicht das Ende. Es kam noch schlimmer. Nach dem Sex musste ich etwas aufschreiben …«

»Entschuldigen Sie, Frau Kaiser«, unterbrach jetzt Berger. »Können Sie das irgendwie beweisen, was Ihnen widerfahren ist?«

»Sehen Sie, Herr Hesse. Das meine ich. Herr Berger fängt schon an, an meinen Worten zu zweifeln. Niemand glaubt mir!«

»Nein. Er ist eben Ermittler und braucht immer Beweise für seine Thesen. Nun erzählen Sie bitte weiter, was Sie aufschreiben mussten!«

»Ich musste aufschreiben – und das hat er tatsächlich von mir verlangt –, dass der Sex einvernehmlich war. Ein Schriftstück mit Datum, Ort und Uhrzeit. Können Sie sich das vorstellen?«

Die beiden Beamten waren sprachlos. Keiner sagte etwas.

Berger versuchte es noch einmal: »Frau Kaiser, können Sie das irgendwie beweisen?«

»Wie denn?«

»Warum haben Sie sich nicht eher an eine Vertrauensperson gewandt?«

»Und dann? Mir hätte niemand geglaubt, davon bin ich überzeugt. Aber das Schriftstück wird der Kerl ja irgendwo gelassen haben und jetzt wird man es finden und mich vielleicht auch noch verdächtigen, ihn umgebracht zu haben. So sehen die Fakten für mich aus!«

»Es wird in der Tat schwierig, Ihre gravierenden Anschuldigungen nachzuweisen. Das Schriftstück wird er noch irgendwo liegen haben. Das finden wir bestimmt oder es hat vielleicht auch schon seine entzückende Frau gefunden.« Diese sarkastische Bemerkung konnte Berger sich nicht verkneifen.

»Das Einzige was ich habe, ist der Schreibblock, auf dem ich unterschrieben habe. Den leeren Block, den Schreibblock aus dem Hotel, habe ich mit nach Hause genommen.«

»Dann hat Lenz den Block in der Hand gehabt. Vielleicht mit einem Kugelschreiber so kräftig aufgedrückt, dass beim Schreiben Abdrücke auf dem Blatt entstanden sind, die unsere Kriminaltechniker nachweisen könnten.«

»Sehr gut, Thomas. Dann hätten wir schon mal etwas in der Hand. Unglaublich die Geschichte.«

»Herr Berger, es tut mir so leid. Wäre ich bloß gleich zu Ihnen gekommen, nachdem bekannt wurde, dass Lenz umgebracht wurde.«

»Ja, das wäre der richtige Schritt gewesen. Nun haben wir eine andere Ausgangslage, die ich verfolgen werde. Sie versichern mir, dass Sie nichts mit dem Mord zu tun haben!«

»Ja, habe ich nicht. Aber ich habe damals gehört, dass er oft mit jemanden im Innenministerium telefoniert hat. Ein ziemlich lockerer Jargon.«

»Woher wollen Sie das wissen?«, hakte Hesse sofort nach.

»Er sagte immer: Du wirst das schon richten in deinem schönen Palast am Pfaffenteich! Ich kenne keinen Palast am Pfaffenteich. Er meinte hundertprozentig das Innenministerium. Er hatte das Ziel, dorthin aufzusteigen. Das können Sie mir glauben!«

Lutz Hesse und Thomas Berger sahen sich an. Schweigend.

»Herr Berger, ich bitte Sie nochmals in aller Form um Entschuldigung. Ich werde alle Konsequenzen tragen. Ich kann nichts rückgängig machen, aber ich bereue zutiefst, was ich Ihnen angetan habe.« Sie begann wieder zu weinen.

»Frau Kaiser, bitte beruhigen Sie sich. Ich muss das Ganze erst einmal sacken lassen. Eins ist jedenfalls sicher. Wir dürfen diese Geschichte nicht an die große Glocke hängen. Es besteht absolute Verschwiegenheit. Denn, wenn Sie in den Fokus der Ermittlungen geraten – auch wenn Sie nichts mit dem Mord zu tun haben – schweben Sie womöglich selbst in Gefahr. Der Einfluss von Lenz ins Innenministerium gefällt mir absolut nicht und den sollten wir nicht unterschätzen.«

»Thomas, du hast das Gefühl ja schon seit ein paar Tagen, dass die Spur zur Lösung des Mordes ins Innenministerium führt«, bekräftigte Hesse dessen Vermutung und rieb sich mit der Hand am Kinn.

»Das ist eine ganz heikle Spur, die mit aller Vorsicht und Geheimhaltung geprüft werden muss.« Weiter wollte Berger seine Gedanken vor Doreen Kaiser nicht laut äußern.

»Mein Vorschlag wäre, wir brechen das Gespräch hier ab. Wir unternehmen nichts weiter – für die Öffentlichkeit und für unsere Inspektion – was die Ermittlung des verbrannten Kondolenzbuches und die beschmierte Bürotür angeht. Somit brauchen Sie sich, Frau Kaiser, erst einmal – ich betone ausdrücklich erst einmal – um nichts Weiteres Sorgen zu machen. Für Hauptkommissar Berger und mich steht die Klärung des Mordes an erster Stelle. Was Sie getan haben, damit müssen Sie und Ihr Gewissen vorerst klarkommen. Sie schweigen über alles und wir auch. Haben Sie verstanden?«

»Ja, das habe ich verstanden. Ich werde mich daran halten und mit niemandem darüber reden. Den Schreibblock hole ich jetzt sofort von zu Hause und gebe ihn persönlich an Herrn Berger.« Sie stand auf und ging auf Berger zu und reichte ihm die Hand: »Tut mir leid, Herr Berger. Bitte verzeihen Sie mir.«

Er nahm ihre Hand, sagte dennoch nichts. Er nickte zögerlich.

Doreen Kaiser verließ den Raum.

»Unglaublich die Geschichte, oder?«, fragte Hesse Thomas Berger.

»Was war das bloß für ein Mensch? Gib Menschen Macht und du lernst ihren wahren Charakter kennen, der Spruch hat was, oder?«

»Das hätte ich dem Lenz niemals zugetraut!«

»Wenn die Geschichte denn stimmt? Der Schreibblock muss graphologisch untersucht und mit Lenz Schrift abgeglichen werden. Da hat das LKA eine brisante Aufgabe. Wir können nur hoffen, dass das niemand mitbekommt. Ansonsten sehe ich Frau Kaiser in Gefahr.«

»Warum in Gefahr? Der Mörder oder die Mörderin könnte die Schuld auch auf Frau Kaiser abschieben?«

»Der Gedanke ist mir noch gar nicht gekommen. Oder sie könnte auch ermordet werden. Es könnte einen vorgetäuschten Selbstmord geben. Es ist alles möglich. Wir müssen auf die Frau aufpassen, oder?«

»Auf jeden Fall. Ich bin jedenfalls etwas erleichtert, was die Beschmutzung meiner Bürotür anbelangt. Jetzt weiß ich, wer es war. Es war im tieferen Sinn sogar ein Lob.«

Fünfundzwanzig

Nachdem für Berger anstrengenden Gespräch mit seinem Vorgesetzten Lutz Hesse und seiner Kollegin Doreen Kaiser brauchte er erst einmal eine halbe Stunde für sich. Er verließ die Polizeiinspektion und ging in dem naheliegenden Wald ein Stück spazieren. Frische Luft half ihm immer dabei, einen klaren Kopf zu bekommen. Die Probleme um ihn – ob beruflich oder privat – nahmen Dimensionen an, die ihn beängstigten. Seine Frau Lea sprach nur das Nötigste mit ihm und sein Sohn hatte sich auch nicht sonderlich gefreut, als er ihm erzählte, dass er mit seiner Schulklasse die Polizeiinspektion besuchen durfte. Er überlegte, ob er ihm eine Freude mit Fußballkarten des FC Hansa Rostock machen könne.

In dem Moment klingelte sein Telefon. Eigentlich wollte er eine halbe Stunde seine Ruhe haben und das Telefonat nicht annehmen. Dann sah er auf dem Display, dass es Lea war. Freudig nahm er das Gespräch an.

»Hallo Thomas, kannst du bitte nach Hause kommen?«

»Ist was passiert, Lea? Du hörst dich so niedergeschlagen an.«

»Mir geht es auch nicht sonderlich gut. Kannst du kommen? Oder kannst du nicht weg von der Dienststelle?«

»Ich bin gerade spazieren, um ein wenig zu entspannen. Es dauert noch ein bisschen, da ich gerade am Waldrand hinter unserer Polizeiinspektion bin. Ich gehe zurück und komme dann sofort nach Hause.«

Lea bedankte sich knapp und beendete das Telefonat mit einem »Okay, dann bis gleich.«

Berger war verunsichert. Was ist denn nun schon wieder los? Seine Pechsträhne, so empfand er die letzte Woche, hielt dauerhaft an. Er grübelte, was geschehen sein konnte, warum es Lea nicht gut ging. Ihm fiel nichts ein. Hoffentlich hatte sie nicht irgendetwas Unüberlegtes getan. Vielleicht war sie bei einem Anwalt und hat die Scheidung eingereicht? Er ging immer schneller zur Dienststelle. Ihm war übel, er hatte das Mittagessen wieder einmal vergessen und fühlte sich leicht unterzuckert. Er nahm einen Schokoriegel aus dem Schubfach seines Schreibtisches und schlang ihn runter wie Brot. Auf dem Flur kam ihm Lars Paulsen entgegen.

»Thomas, ich muss unbedingt mit dir sprechen. Du glaubst nicht, was ich als Undercover-Hauskäufer im Hause Lenz für Lügen von diesem Immobilienmakler aufgetischt bekommen habe.«

»Das kann ich mir gut vorstellen. Ich war bei Lenz' Therapeuten und habe von ihm auch viele interessante Dinge erfahren. Wir müssen morgen in Ruhe reden. Lea geht es nicht gut. Ich möchte mich gern um sie kümmern und fahre jetzt nach Hause.«

»Oh, das tut mir leid. Liebe Grüße und gute Besserung. Richtest du das bitte aus – auch im Namen von Kirsten.«

»Danke, das mache ich gern.«

Berger war während der gesamten Autofahrt so angespannt, dass er Musik, nervtötende Werbung oder gar Nachrichten im Autoradio nicht ertrug. Er schaltete alles ab und atmete alle 100 Meter tief ein und dann langsam wieder aus. Ein bisschen Ruhe verschaffte ihm das bewusste Atmen.

Kurze Zeit später kam er zu Hause an. Willi sah er mit seinem Kumpel Martin auf dem Fahrrad davonradeln.

»Hallo mein Schatz, wo bist du?«, rief Berger laut im Flur betont freundlich, als wenn nichts wäre.

»Ich bin oben.«

Er ging die Treppen hoch und sah sie im Gästezimmer auf dem Bett liegen.

»Was ist denn los, Lea? Ich habe mir große Sorgen gemacht.«

»Mir geht es nicht gut.«

»Was ist passiert?«

»Ich hatte vorhin einen Anruf in meiner Praxis.«

»Und?« Berger war verunsichert.

»Meine Ambulanzschwestern waren schon weg und ich habe die monatliche Abrechnung für die Krankenkassen und kassenärztliche Vereinigung gemacht. Dann klingelte das Telefon und eine Stimme – sie war technisch verstellt – drohte mir, dass mein Mann, das Polizistenschwein, umgebracht werde, wenn er nur einen Fuß ins Innenministerium setzen sollte.« Lea weinte los.

Berger sah, dass ein Beruhigungsmittel und ein halbvolles Glas Wasser auf dem kleinen Nachttisch standen. »Das glaube ich nicht.«

»Es ist so, Thomas. Eine Morddrohung gegen dich.«

»War es eine Männerstimme oder die einer Frau?« Berger war derart aufgebracht, dass er stark zu schwitzen begann.

»Ich sagte doch, es war eine technische Stimme wie von einem Computer. Es hörte sich an wie Micky Mouse. Ich kann nicht sagen, ob es ein Mann oder eine Frau war. Jedenfalls hat die Person gezielt bei mir auf dem Festnetztelefon mit einer unterdrückten Nummer angerufen. Es ging alles sehr schnell. Ich war so geschockt, dass ich den Hörer fallen ließ.«

»Lea, es tut mir so leid. Das hängt alles mit dem Mord an Lenz zusammen. Alle Spuren führen ins Innenministerium. Daher bestimmt der Anruf. Es gibt seit Kurzem Sprachverstellungs-Apps. Damit kannst du deine Stimme verstellen, dann hört es sich an wie ein Computer, ein Roboter oder auch wie ein Insekt.«

»Oder eben wie eine Mickey Mouse?«

»Genau. Die Stimme wird verzerrt, Tonhöhe und Geschwindigkeit lassen sich auch verändern. Jugendliche nutzen so etwas häufig, um Freunden einen Streich zu spielen. Diesen Stimmenwechsler kann man sich ganz einfach als App auf das Handy laden.«

»Von einem Streich gehe ich nicht aus, Thomas!«

»Das wollte ich damit auch nicht sagen. Der Anruf war gezielt und es ging um das Innenministerium und es geht um mich!«

»Thomas, ich halte das mit deiner Arbeit und die damit verbundene Aufregung und Unruhe nicht mehr aus. Ich ertrage das nicht. Ich muss mich in meinem Job auch konzentrieren und zu Hause auf Willi, der auch meine volle Aufmerksamkeit braucht, weil du nie da bist.«

»Ja, natürlich, ich weiß das.« Berger senkte seinen Kopf. »Bitte gib uns nicht auf. Das ist der härteste und komplizierteste Fall, den ich in meiner Laufbahn zu lösen habe. Das kannst du mir glauben. Ich mache mich mit meinen Ermittlungen nicht gerade beliebt bei der Polizei.« Von der beschmierten Tür hatte er ihr absichtlich nichts erzählt.

Berger nahm seine Frau in den Arm. Sie ließ es ohne Widerstand geschehen.

»Aber wer will dich denn umbringen, Thomas? Muss ich auch um das Leben von Willi und mir fürchten?«

»Lea, ich brauche einfach Zeit, um aufzudecken, was dort im Innenministerium los ist. Lenz führte wohl ein Doppelleben, von dem niemand bisher etwas geahnt hat.«

»Ich habe keine Kraft für diese Ängste. Ich will das alles nicht mehr. Ich möchte ein entspanntes und ruhiges Leben mit Willi. Ich möchte um niemanden Angst in meiner Familie haben. Ich bin keine Polizisten-Frau. Thomas, ich kann das nicht mehr!«

Lea entzog sich der Umarmung ihres Mannes.

Thomas konnte seine Frau sehr gut verstehen. Aber was blieb ihm anderes übrig? Sollte er seinen Dienst bei der Polizei hinschmeißen? Was sollte er dann beruflich machen, was ihn auch erfüllte?

»Manchmal möchte ich meine Sachen packen und einfach mit Willi verschwinden. Aber ich bin nicht die Frau, die so schnell aufgibt, Thomas. Mir fehlt die Kraft, das hier weiter durchzustehen. Ich liebe dich und ich liebe auch mein Leben. Aber so kann es mit uns nicht weitergehen!«

Thomas schluckte. Er hatte einen Kloß im Hals. Das war zu viel für ihn. Er wusste nicht, was er darauf sagen sollte. Erst Doreen Kaiser mit ihrer unglaublichen Geschichte. Jetzt seine Frau Lea, die anscheinend erwog, die Ehe mit ihm zu beenden. Wohin sollte das alles führen? Wie viel Kraft hatte Thomas Berger eigentlich? Wen interessierte das? Niemanden, war die bittere Erkenntnis. Eins stand für ihn fest: Die Person, die Lea so einen Schreck eingejagt hatte, sitzt im Innenministerium. Er musste das Handy von Lenz nochmals durchforsten lassen. Er benötigte alle Anrufe von dem Zeitraum, in dem Lenz mit Doreen Kaiser auf Dienstreise war. ›Das sollte nicht schwer sein‹, dachte Berger. Doreen Kaiser wusste genau, wann Lenz sie in Rostock zum Sex gezwungen hatte. Von diesem Zeitraum an benötigte er alle ausgehenden Rufnummern. Er hoffte, dass das noch technisch durch das LKA zu ermitteln war.

Wie er seine Ehe mit Lea retten wollte, wusste er in diesem Moment jedoch nicht.

Sechsundzwanzig

Direkt am nächsten Morgen rief Berger im LKA an und bat die Kollegen, gezielt auf dem Handy von Peter Lenz nach einer Telefonnummer vom Innenministerium zu suchen. Er betonte ausdrücklich, dabei auf Telefonzeiten außerhalb der üblichen Bürozeiten zu achten. Irgendwie musste er die Person aufspüren, die Lenz in Innenministerium vermeintlich so nahestand.

Anschließend setzten sich Berger und Paulsen zusammen. Sie brachten sich gegenseitig auf den aktuellen Ermittlungsstand. Paulsen erzählte von seinem Besuch beim Makler und der Hausbesichtigung. Berger berichtete über das Gespräch bei Lenz' Verhaltenstherapeuten. Die ausgewerteten Informationen waren für beide Hauptkommissare sehr aufschlussreich. Das ehrbare Bild, dass sie von ihrem ehemaligen Präsidenten hatten, geriet allmählich mächtig ins Wanken.

Sie hatten noch eine Viertelstunde Zeit, ehe die Videokonferenz, die sie mit einem ehemaligen höheren Beamten der Landespolizei anberaumt hatten, begann. Die SoKo hatte herausgefunden, dass zwischen dieser Person und Lenz ein Konflikt bestand, der sogar vor Gericht gelandet war. Beide hatten sich damals Chancen auf die Stelle des Polizeipräsidenten ausgerechnet und ihren Hut in den Ring geworfen. Letztendlich wurde Lenz Präsident. Diesen Sachverhalt wollte Berger unbedingt aufarbeiten. Die Videokonferenz war zu um zehn Uhr angesetzt. Der damalige Mitbewerber hatte zwischenzeitlich eine hochrangige Position im Bundesinnenministerium angetreten.

»Guten Morgen nach Berlin«, begrüßten Berger und Paulsen ihr Gegenüber auf dem Monitor.

»Schönen guten Morgen nach Schwerin, in meine ehemalige Heimatstadt«, antwortete Klaus Rudnik freundlich lächelnd. Er winkte sogar in die Kamera.

Alle drei hatten sich zu Beginn des Gespräches auf ein gemeinsames Du geeinigt. Normalerweise duzte man sich unter Polizeikollegen, aber bei Rudnik und seiner hohen Position im Bundesinnenministerium war Berger sich nicht sicher. Rudnik bot jedoch sofort das Du an.

Berger stellte sich als Gesprächsführer vor und leitete die Unterhaltung. Paulsen saß neben ihm und protokollierte die wichtigsten Fakten.

»Klaus, wie du dir sicherlich denken kannst, rufen wir dich im Zusammenhang mit dem Mord an unserem Polizeipräsidenten an.«

»Das habe ich mir schon gedacht. Ich habe die Schlagzeilen in der hiesigen Presse gelesen und auch im Ministerium wurde der Mord ausführlich erörtert. Habt ihr denn schon eine heiße Spur?«

»Wir haben mehrere Verdächtige unter Beobachtung, aber zur Festnahme reicht die Beweislage noch nicht aus. Unsere SoKo hat bei den Untersuchungen das Umfeld von Lenz näher in Betracht genommen. Dabei ist sie unter anderem auf deinen Namen und deine Konkurrentenklage vor dem Verwaltungsgericht gestoßen.«

»Verstehe, das ist aus eurer Perspektive nur richtig und spricht für professionelle Ermittlungsarbeit. Aber anhängen wollt ihr mir den Mord nicht, oder?«

»Nein, keinesfalls. Wir wollen von dir nur wissen, was denn damals genau passiert ist.«

»Okay. Dann fange ich mal an: Ich habe mir bei der Landespolizei seinerzeit vieles gefallen und auch während der Zusammenarbeit mit Lenz viele Ungerechtigkeiten über mich ergehen lassen. Aber das Bewerbungsfahren um den Posten des Polizeipräsidenten hat das Fass zum Überlaufen gebracht. Das war zu viel für mich. Es gab nur eine Entscheidung – entweder in Schwerin bleiben oder woanders hingehen. Nachdem ich die Verhandlung, die erst sehr gut für mich lief, auf mysteriöse Weise dann doch verloren hatte, habe ich das Vertrauen in unsere Landespolizei verloren. Ich habe mich danach gleich nach Berlin wegbeworben und sitze nun auf einem interessanten Posten im Bundesinnenministerium. Organisierte Kriminalität und das Banden- und Clangeschehen in der Hauptstadt füllen seither mein berufliches Leben aus. Und wie ihr euch vorstellen könnt, wird es selten langweilig.«

»Du sagtest, dass die Verhandlung vor dem Verwaltungsgericht eine plötzliche Wende genommen hat. Wie meinst du das konkret?«, hinterfragte Berger.

»Es waren mehrere Verhandlungstage angesetzt. Peter und ich hatten zu Beginn die gleichen Ausgangspositionen für den Posten des Präsidenten. Beim Bewerbungsverfahren war das Innenministerium natürlich involviert. Angeblich wurden dann in meiner Personalakte Dinge sichtbar, die dem Amt des Polizeipräsidenten nicht angemessen wären. Ich habe meine Personalakte eingesehen. Dort fand ich nichts, was gegen mich gesprochen hätte. So war auch der Auftakt der Verhandlung vor dem Verwaltungsgericht. Ich habe gegen das Bewerbungsverfahren geklagt, weil ich eine längere Berufserfahrung hatte und einen etwas besseren Abschluss meines Studiums als Lenz vorweisen konnte. Ich war vor Ehrgeiz fast zerfressen. Ich wollte den Posten unbedingt besetzen, hatte mir nie etwas zu Schulden kommen lassen. Letztendlich hat ein Abteilungsleiter im Innenministerium vor Gericht ausgesagt, dass Lenz eindeutig die bessere Auswahl sei und man sich deshalb für ihn entschieden habe. In der Personalie Rudnik seien Ungereimtheiten aufgetreten und nachgeordnete Mitarbeiter hätten meine Führungsqualitäten moniert.«

»Meinst du, das etwas nicht mit rechten Dingen zugegangen ist? Willst du behaupten, dass das Innenministerium dem Gericht Unwahrheiten über dich zugearbeitet hat?«

»Besser könnte ich es nicht formulieren, Thomas!«, bestätigte Rudnik. »Du hast den Nagel auf den Kopf getroffen. Ich wusste, dass nicht ehrlich gearbeitet wurde. Auf eine Anfechtung des Urteils hatte ich keine Lust und vor allem keine Kraft mehr. Ich habe für mich die Position des Polizeipräsidenten abgeschrieben und mich nach Berlin versetzen lassen. Jetzt bin ich darüber ehrlich gesagt nicht einen Tag mehr traurig.«

»Das freut mich, dass du deinen inneren Frieden dort gefunden hast. Ich hätte wohl auch nicht weitergekämpft«, pflichtete Berger ihm bei.

»Thomas, mich wundert es echt nicht, was mit Lenz passiert ist. So etwas gönnt man niemandem, auch seinem damaligen Mitbewerber, der auf Lügenbasis den Posten bekommen hat, nicht. Niemals. Das ist unmenschlich und verbrecherisch. Aber gewundert hat es mich – ehrlich gesagt – nicht. Ich habe mich damals mit einem Kollegen unterhalten, der auch unter Lenz gearbeitet hat und sich über ein Austauschgesuch nach Bayern versetzen lassen hat. Nur wegen Lenz, das muss man sich mal auf der Zunge zergehen lassen.«

»Warum das denn? Weißt du etwas Genaueres?«

»Ja, na klar. Er hat mir erzählt, dass er es nicht mehr aushalten konnte mit ihm. Lenz sei unberechenbar und ungerecht gewesen. Er gab seinen Mitarbeiterinnen und Mitarbeitern kein Feedback. Nach dem Motto »Nicht getadelt ist gelobt genug« lief es in seiner damaligen Dienststelle. Die Motivation ging bei allen drastisch runter. Lenz ging aber sämtlichen Konflikten aus dem Weg und hat die besten Leute rausgemobbt. Von Work-Life-Balance hatte dort niemand etwas gehört. Überstunden durften nicht abgebummelt werden. Befördert wurden nur Leute mit einem Übermaß an Mehrstunden. Der hat die Leute systematisch kaputt gespielt. Burnout hat er als eine Modekrankheit bezeichnet. Selbstbeständiges Arbeiten war ein Tabu für seine Mitarbeiter. Nie hatte er Zeit für seine

Leute. Menschlichkeit oder Empathie für andere – das gab es für ihn nicht.«

»Menschenskinder, das hört sich ja alles fatal an.«

»Aber das Schlimmste, was ich gehört habe, war der Vorwurf, er habe seine Mitarbeiter aus Motiven der Eifersucht und falschem Konkurrenzdenken sabotiert. Sabotageversuche gegenüber Untergebenen, hast du davon schon mal gehört, Thomas?«

»Nein, bisher nicht in der Polizei. Vielleicht in der freien Marktwirtschaft beiläufig, da wird ja in Führungsebenen mit härteren Bandagen gekämpft.«

»Thomas, für ein solches Verhalten gibt es einen Begriff!«, sagte Klaus.

»Ja, wie lautet er denn?«

»Othello-Boss-Syndrom. Peter Lenz ist für mich – beziehungsweise war für mich – das menschliche Sinnbild dieses Syndroms.«

Berger und Paulsen schauten sich an.

»Klaus, wir danken dir für das aufschlussreiche Gespräch und können nur sagen: Wer auch immer »Othello« Lenz ausgebremst hat, wir werden es schon rausfinden«, sicherte Berger optimistisch zu.

»Macht es gut ihr beiden. Viel Erfolg bei der Aufklärung. Vielleicht hören wir uns ja noch einmal. Ich stehe euch gern jederzeit zur Verfügung.«

Siebenundzwanzig

›Was ist das hier für ein Lärm?‹, fragte sich Thomas Berger, als er vor der leicht geöffneten Tür am Gebäude des Bestattungsinstitutes am Ende der Straße des Großen Moors stand. Er lehnte sich an die Tür und lauschte. Keinesfalls wollte er hinein zur Trauerfeier von Peter Lenz gehen, da es seine Frau ausdrücklich nicht wünschte.

»Du Trottel, setz dich in deinen Bus und hau endlich ab.«

Berger erkannte sofort Yvonne Lenz' Stimme. Wen sie gerade ansprach, konnte er noch nicht ausmachen. Vor dem Bestattungshaus stand der schwarze Tesla, jedoch ohne Fahrer. Michael Thalheim musste also auch zugegen sein. Oder hatte sich Yvonne den Wagen von ihm geliehen? Wie auch immer, es war für Berger höchst spannend hinter der Tür zu lauschen.

»Ich werde an der Trauerfeier teilnehmen. Da kannst du machen, was du willst! Du wirst mich nicht daran hindern, hier von meinem Bruder Abschied zu nehmen!«

Aha, es handelte sich also um Jürgen Lenz, der mit seiner Schwägerin Yvonne in Streit geraten war.

»Du gehst jetzt oder ich rufe die Polizei!«, drohte sie mit schriller Stimme.

»Dann ruf sie doch! Wir werden ja sehen, was dann passiert und wer hier gehen muss!«, provozierte Jürgen sie lautstark.

»Michael!«, rief Yvonne in den Trauersaal hinein. »Kommst du mal bitte. Ich brauche dich!«

Michael Thalheim war also bereits im Trauersaal. Berger schritt noch immer nicht in den Vorraum. Versteckt konnte er zu mehr Informationen gelangen, als er bei einer üblichen Befragung erhalten hätte.

»Herr Lenz.« Jetzt sprach vermutlich Thalheim. Berger kannte die Stimme und ihn persönlich noch nicht. »Haben Sie nicht verstanden, was Frau Lenz gesagt hat? Akzeptieren Sie ihren Wunsch einfach und gehen jetzt.«

»Nein, ich werde nicht gehen. Ich gehe erst, wenn ich mich von meinem Bruder hier und jetzt verabschiedet habe.« Er wurde immer lauter. »Wer sind Sie überhaupt? Was erlauben Sie sich, mir so gegenüberzutreten?« Jürgen Lenz legte seinen überdimensional großen Strauß, der aus gelben Gerbera-Blüten und einer schwarzen Trauerschleife gebunden war, auf einem Stuhl ab.

Thalheim und Jürgen verloren anscheinend plötzlich die Nerven. Es begann ein lautes Gerangel. Ein Stuhl flog um.

»Ich darf doch sehr bitten! Sie sind noch zu retten?«, gab eine weitere Männerstimme, die dazu kam, energisch von sich und hob den Stuhl auf. »So etwas Unverschämtes und Pietätloses habe ich hier noch nie erlebt. Wollen Sie die Totenruhe Ihres Angehörigen stören oder wollen Sie ihn seinen Frieden finden lassen? Unglaublich. Können Sie Ihre Streitigkeiten nicht woanders austragen? Ich finde Ihr Verhalten respektlos!«

»Wenn hier einer respektlos ist, dann ist es diese Frau hier!« Jürgen ließ sich auch von dem Mitarbeiter des Bestattungsunternehmens nicht beruhigen.

Jetzt war der Moment für Berger gekommen, einzuschreiten. Er öffnete die leicht angelehnte Tür: »Guten Tag«, begrüßte er alle Anwesenden ruhig und gelassen und gab sich so, als hätte er von dem Streit nichts mitbekommen.

»Sie haben hier gerade noch gefehlt, Herr Berger!«, fuhr ihn Yvonne Lenz an und stellte sich direkt vor Berger, sodass er nicht weiter eintreten konnte. »Hatte ich nicht ausdrücklich darum gebeten, dass hier niemand von der Polizei zu erscheinen hat?«

»Ja, hatten Sie!«

»Na also, dann gehen Sie bitte. Oder wenn Sie schon hier sind, dann können Sie meinen Schwager Jürgen gleich hinausbegleiten. Er wollte gerade gehen.«

»Das würde dir so passen. Ich gehe auf keinen Fall. Eher geht der Herr hier, der überhaupt nichts mit meinem Bruder zu tun hat!« Er zeigte mit dem Finger auf Thalheim.

»Also, meine Herrschaften, mein letztes Angebot an Sie alle, ansonsten fällt die Trauerfeier hier aus. Das verspreche ich Ihnen. Sie nehmen jetzt alle mit großem Abstand zur Urne und zu den jeweils anderen Personen im Trauersaal Platz. Ich möchte kein Wort mehr hören. Sollten Sie sich alle nicht an meine Anweisungen halten, breche ich sofort ab und die Urne wird von unserem Bestattungsinstitut allein und ohne Begleitung irgendeiner Person zum Waldfriedhof gefahren und dort ohne

Ihr Beisein in den Boden gelassen. Sie haben die Wahl!«, sagte der Bestatter.

Die Ansprache saß. Alle Personen, auch Berger, gingen in den Saal. Sie verneigten sich nacheinander vor der schlichten Urne und der weißen Rose, die danebenstand. Anschließend setzten sie sich mit großem Abstand zueinander und schwiegen für ein paar Minuten. Die Gemüter hatten sich beruhigt. Ein Musiktitel erklang leise aus einem CD-Player. Es war die Mondscheinsonate von Ludwig van Beethoven. Dann war Schluss. Keine Rede des Bestattungsunternehmens. Nichts. Yvonne Lenz stand auf und verließ als Erste den Saal. Thalheim folgte ihr. Berger und Jürgen Lenz gingen schweigend hinterher.

Der Mitarbeiter des Bestattungsinstitutes erklärte Yvonne, dass die Urne jetzt – wie vertraglich vereinbart – zum Waldfriedhof gebracht und dort auf der anonymen Wiese beigesetzt werde. Er verabschiedete sich. Berger war sofort klar, dass Yvonne Lenz nicht einmal mehr zum Friedhof fahren würde, um dem letzten Akt der Trauerfeier beizuwohnen.

»Billiger ging es ja nicht, oder? War dir mein Bruder nicht mehr wert?« Jürgen ging auf seine Schwägerin los. »Deshalb sollte niemand kommen! So etwas Unpersönliches und Armseliges habe ich noch nie auf einer Trauerfeier erleben müssen. Schämst du dich gar nicht? Sein Geld hast du gern verprasst. Aber nicht mal einen Redner mit Abschiedsworten für meinen Bruder beauftragt. Nur für eine Rose hat dein Geld gereicht!«

»Jetzt ist aber gut!«, mischte sich Thalheim ein und stellte sich zwischen Yvonne und Jürgen.

»Wer sind Sie? Meine Frage haben Sie immer noch nicht beantwortet!« Jürgen war wütend und nicht zu beruhigen.

»Ich muss mich Ihnen nicht vorstellen. Komm wir gehen«, sagte er zu Yvonne und hakte sich bei ihr unter. Beide gingen langsam zu Thalheims Auto.

»Wir sehen uns beim Notar, zur Testamentseröffnung!«, rief Jürgen seiner Schwägerin laut hinterher. »Ich habe schon Post von ihm bekommen.«

Sie drehte sich um und lächelte hämisch. Einen Kommentar dazu verklemmte sie sich.

»Herr Lenz, jetzt beruhigen Sie sich. Ich kann Ihren Unmut verstehen!«

»Können Sie das wirklich? Diese Schlampe! Das ist bestimmt schon ihr neuer Lover oder wer war das? Wo ist denn ihre Schwester Katrin, die ihr sonst immer so nahestand. Warum ist die nicht einmal hier?«

»Bitte beruhigen Sie sich!«, ermahnte ihn Berger noch einmal. Ein wenig konnte er ihn jedoch verstehen. Er war sein ein und alles. Er hatte – wie auch Berger – nur beiläufig erfahren, wann die Trauerfeier stattfinden würde. Mit so einer billigen und lieblosen Trauerfeier hatten beide nicht gerechnet.

Achtundzwanzig

Eine Person stand vorerst noch auf der Namensliste von Hauptkommissar Berger, die er kontaktieren wollte: Erwin Brauer. Ihn hatte das LKA zuerst in der Anrufliste aus Lenz Telefonkontakten herausgefiltert. Peter Lenz hatte ihn mehrfach früh morgens – meistens gegen zwei oder drei Uhr – angerufen. Über dessen Mobilfunkanbieter hatte Paulsen die Wohnanschrift des Mannes ermitteln können. Erwin Brauer wohnt in Stralendorf hinter der Amtsscheune.

Die kleine Gemeinde Stralendorf – deren Name auf ein holsteinisches Adelsgeschlecht, das in Plön und Umgebung ansässig war, zurückgeht – im Landkreis Ludwigslust-Parchim war nur eine Viertelstunde Autofahrt von Schwerin entfernt.

Berger machte sich am späten Nachmittag auf in Richtung Gemeinde, um Erwin Brauer aufzusuchen. Das ältere Bauernhaus lag direkt hinter der Amtsscheune, so wie das Navigationsgerät es angezeigt hatte. Berger hatte in der Dienststelle vorab den Namen Erwin Brauer durch die polizeiliche Datenbank gejagt, um zu prüfen, ob Erwin Bauer in irgendeiner Weise schon etwas mit der Polizei zu tun hatte. Negativ. Kein Eintrag. Ein unbescholtener Bürger des Jahrgangs 1965.

Er klingelte an dem alten Gebäude. Von außen sah Berger, dass das Haus früher ursprünglich von Bauern bewohnt und für landwirtschaftliche Zwecke genutzt wurde. Gemütlich und einladend sah es auf den ersten Blick aus. Alte Eichen und eine Blühwiese für Insekten aller Art umsäumten das riesige Gelände.

»Guten Tag. Sind Sie Erwin Brauer?«, fragte Berger den Mann, der die Tür sofort öffnete.

»Ja, das bin ich. Guten Tag. Und wer sind Sie?«

»Ich bin Kriminalhauptkommissar Thomas Berger von der Polizeiinspektion Schwerin.« Er zeigte seinen Dienstausweis. »Ich leite die Ermittlungen im Mordfall Peter Lenz.«

»Oh, dann kommen Sie mal rein, Herr Berger.« Das freundliche Lächeln erstarrte zu einem ernsten Gesichtsausdruck.

Berger folgte dem Mann durch einen langen Flur. Es war kühl in den alten Gemäuern, aber gemütlich eingerichtet. Viel Holz an den Wänden und Decken. Antike Bauernmöbel, die mit handgemalten Blumenmotiven verziert waren, fielen sofort in sein Sichtfeld. An einer grün gemalerten Wand war ein riesiges Hirschgeweih befestigt. Das war allerdings nicht Bergers Geschmack. Er liebte lebende Tier, Jagdtrophäen lehnte er ab.

»Nehmen Sie doch Platz, Herr Berger. Darf ich Ihnen etwas zu trinken anbieten?«

»Sehr gern. Ein Glas Wasser wäre schön. Es kann auch Leitungswasser sein«, ergänzte Berger.

»Ich hole es Ihnen. Meine Frau Petra ist im Moment nicht da. Sie ist in unserem Dorfladen kurz einkaufen. Wir wollen heute Abend noch grillen. Wildfleisch. Und jetzt fehlt ihr noch Rosmarin zum Würzen der Kartoffeln. Aber sie ist gleich zurück. Sie hat das Fahrrad genommen«, entschuldigte Brauer die Abwesenheit seiner Ehefrau.

Brauer ging in die Küche und Berger ließ die Einrichtung des schönen Bauernhauses einen Moment auf sich wirken. Entspannend und wohl temperiert empfand er es in dem gemütlichen alten Bauernhaus.

Brauer stellte das Wasser für Berger auf dem Tisch ab. Er selbst trank eine kühle Apfelschorle. »Meine Frau sagt immer, man muss viel trinken bei der Hitze!« Nach einem weiteren Schluck stellte er das Glas ab. »Was kann ich für Sie tun, Herr Berger?«

»Ich muss Sie zu Peter Lenz befragen.«

»Ja, einverstanden. Ein tragisches Schicksal. Petra und ich wir waren so geschockt, als wir von dem grausamen Mord in den Nachrichten gehört haben. Wir brauchten ein paar Tage, um das alles zu begreifen. Es war ein Schock für uns. Sehr bedauerlich fanden wir, dass seine Frau Yvonne uns nicht einmal zur Trauerfeier eingeladen hat. Ich stand Peter sehr nahe. Aber sie wollte das partout nicht. Petra hatte mit ihr mehrfach telefoniert. Wir haben Yvonnes Entscheidung dann missbilligend zur Kenntnis genommen. Ab sofort möchten wir nichts mehr mit ihr zu tun haben.«

»Von der Polizei durfte auch niemand zur Trauerfeier«, besänftige Berger den netten Mann. »In welchem Verhältnis standen Sie zu Peter Lenz?«

»Wir kennen uns schon viele Jahre und sind befreundet gewesen.«

»Herr Brauer, mich hat ein wenig irritiert, dass Peter Lenz Sie hauptsächlich sehr früh morgens angerufen hat, eine Zeit, in der die meisten Menschen noch schlafen. Hat das eine besondere Bewandtnis?«

Brauer lachte. »Ja, Herr Berger. Den Hintergrund kann ich Ihnen erklären. Peter und ich sind Jäger und waren daher schon immer sehr früh auf den Beinen. Wir sind Mitglied im Jagdverein Hubertus.«

»Aaahhh, deshalb das große Hirschgeweih dort an der Wand! Dann ging es im Morgengrauen also gemeinsam auf die Jagd.«

»Richtig. Wildpflege und Jagen, das ist unser Hobby. Peter war durch seine berufliche Ausbildung ein sehr guter Schütze. Er hat viel privates Geld in unseren Verein gesteckt. Die Jagd hat ihm Freude bereitet. Es hatte jedoch alles einen bitteren Beigeschmack. Er durfte keine Jagdutensilien oder das erlegte und verarbeitete Fleisch mit nach Hause bringen. Seine Frau Yvonne hat sein Hobby gehasst. Seine Waffe ist in meinem Waffenschrank gesichert und seine Jagdbekleidung – Stiefel und alle Klamotten – hat er bei uns im Schuppen deponiert. Für mich war das kein Problem. Peter war unter unseren Waidgenossen angesehen. Er hat sich sehr für den Nachwuchs engagiert. Er sollte sogar ehrenamtlich im Vorstand mitarbeiten. Aber das wollte er nicht. Seine Tätigkeit als Polizeipräsident hat viel Zeit in Anspruch genommen. Das haben wir selbstverständlich akzeptiert. Wir waren alle sehr betroffen, als wir von Peters Ermordung hörten und haben eine Trauerfeier hier in unserem Gemeindesaal

– dort drüben in der Amtsscheune – organisiert. Eine Anzeige wird noch in der Schweriner Volkszeitung erscheinen.« Brauer stand auf und zeigte am Fenster auf die naheliegende Amtsscheune. »Erst war der Trauerabend sehr schmerzlich. Dann wurden aber auch lustige Erinnerungen aufgeweckt und sogar Jägerwitze erzählt. Kennen Sie den Spruch: Mit der Linken wird gesoffen, mit der Rechten wird geschossen!«

»Nein, kenne ich nicht.«

»Peter hatte Humor und war wie gesagt ein echter Kumpel. Bei dem einen oder anderen Jägermeister, der an dem Trauerabend getrunken wurde, bedauerten wir alle zutiefst den Verlust seiner Person in unserem Vereinswesen. Dass er dienstlich ein so hohes Amt bekleidete, hat er niemanden spüren lassen. Er befand sich mit uns auf gleicher Ebene. Wie gesagt, seine Frau hatte mit der Jagd nichts am Hut. Unter vier Augen hat er mir mal erzählt, dass seine Ehe nicht zum Besten stand. Ich sagte dann immer, ›komm lass, Junge, du brauchst nicht weitererzählen, wenn es dir unangenehm ist. Wir wollen hier Freude an der Jagd, unseren Wäldern und der einzigartigen Natur haben‹. Den Alltag und die Probleme legten wir mit unseren Klamotten ab. Wenn wir die Jägersachen angezogen hatten, wurde sich nur auf die Jagd konzentriert. Das war unser Motto. Sorgen zu Hause lassen und dem Hobby frönen.«

»Ja, das kann ich nachvollziehen. Ich habe seine Frau schon mehrfach getroffen.« Detaillierte negative Eindrücke schilderte Berger nicht.

»Haben Sie denn schon eine Spur, Herr Berger?«

»Wir ermitteln in viele Richtungen. Eine SoKo wurde auch eingesetzt, die unermüdlich arbeitet. Ihre Schilderungen hören sich alle sehr harmonisch an. Es gab also keine Konflikte im Verein oder Personen, denen Peter Lenz nicht so sympathisch war?«

»Nein. Absolut nicht. Wenn es mal Meinungsverschiedenheiten gab, wurde das von Mann zu Mann, besser gesagt von Jägerfreund zu Jägerfreund, offen und ehrlich geklärt. Damit war der Streit dann sofort beendet. Nachtragend ist hier niemand in unserem Verein«, versicherte Brauer glaubhaft.

»Könnten Sie mir trotzdem eine Namensliste Ihrer Vereinsmitglieder zukommen lassen?«

»Natürlich. Ich werde unseren Vorsitzenden oder den Schriftführer gleich anrufen, um die aktuelle Liste anzufordern. Dann maile ich sie Ihnen zu.«

»Danke, ich lass Ihnen meine Visitenkarte hier.« Berger übergab ihm ein kleines Kärtchen. »Horrido und Waidmannsheil, Herr Bauer. Vielen Dank für das Gespräch. Lassen Sie und Ihre Frau sich den Wildbraten heute Abend gut schmecken. Kann man Wildfleisch bei Ihnen eigentlich auch käuflich erwerben?«

»Nicht direkt bei mir. Aber bei unserem Schatzmeister. Der hat die ganze Gefriertruhe voll. Den Namen und seine Handynummer kann ich Ihnen bei Interesse auch mailen. Also Waidmannsdank, Herr Berger. Finden Sie den bestialischen Menschen, der unserem Peter das angetan hat.«

»Das mache ich«, versprach Berger, stand auf und ging.

Berger öffnete alle Türen von seinem Fahrzeug, da es sich in der prallen Sonne stark aufgeheizt hatte. Er dachte einen Moment über das Gespräch nach und resümierte, dass er von Brauer ein ganz anderes Bild über Peter Lenz bekam. Für einen winzigen Augenblick dachte er: ›War das der wahre Peter Lenz?‹ Die zutiefst menschlichen Eigenschaften, die Brauer erwähnt hatte, hätten eher auf den Bruder Jürgen gepasst.

Als Berger die Fahrzeugtüren schloss und in den Wagen stieg, kam ihm eine Frau auf dem Fahrrad entgegen. Es musste Petra Brauer sein. Sie nickte ihm freundlich zu, stieg vom Rad ab und schob es in Richtung Hauswand.

Berger beneidete die beiden Menschen und sehnte sich nach einem gemütlichen Abend mit Lea. Ein Abend ohne Streit und Vorwürfe. Den Sonnenuntergang mit einem Glas Rotwein und ohne Sorgen genießen. Er startete den Wagen und wusste, dass er von der ersehnten Idylle noch sehr weit entfernt war.

Neunundzwanzig

Es herrschte reger Besucherverkehr im Notariat von Dr. Bertram Wilke am Schweriner Platz der Freiheit. Eine halbe Stunde mussten Yvonne Lenz und Jürgen Lenz im Wartezimmer mit mehreren Wartenden ausharren, bis Herr Wilke seine Bürotür öffnete und die beiden hereinbat. Yvonne und Jürgen hatten sich im Wartebereich keines Blickes gewürdigt. Er las in einer Zeitung. Sie scrollte durch ihr Handy.

Sofort erhob sich Yvonne Lenz von ihrem edlen verchromten Lederstuhl und ging auf Dr. Wilke zu. Sie reichte ihm die Hand: »Guten Tag, Herr Dr. Wilke.«

Jürgen Lenz ging hinterher und nickte Dr. Wilke zu.

Alle drei nahmen in dem riesigen Büro des Notars Platz. »Erst einmal mein tiefempfundenes Beileid Ihnen beiden. Darf ich Ihnen etwas zu trinken anbieten? Entschuldigung für die Verspätung. Ich hatte noch ein sehr wichtiges Telefonat in Ihrer Erbangelegenheit zu führen.«

»Nein. Vielen Dank«, antwortete Jürgen.

Yvonne orderte einen Cappuccino mit den Worten: »Aber nur, wenn das keine Umstände bereitet.«

»Natürlich nicht.« Dr. Wilke bestellte über seine Rufanlage in seinem Vorzimmer einen Cappuccino. Er selbst hatte eine edle Thermoskanne auf dem Tisch, aus der er sich dampfenden Tee in ein Glas goss.

»Bis der Cappuccino da ist, können Sie mir bitte schon einmal Ihre Personalausweise reichen, damit ich abgleichen kann, dass auch wirklich die Personen vor mir sitzen, die ich zur heutigen Testamentsverlesung eingeladen habe.«

Beide reichten ihr Ausweisdokumente zu. Zwischenzeitlich kam der Assistent von Dr. Wilke und fragte höflich, wer den Cappuccino bekäme.

»Ich bitte«, antwortete Yvonne Lenz. Sie nahm gleich die kleine Schokoladenwaffel, die am Rande des Tellers lag und aß sie auf.

»So, dann können wir beginnen.« Dr. Wilke hatte die Papiere vor sich geordnet und seine Lesebrille auf der Nase zurechtgerückt. »Ich habe hier den letzten Willen des Verstorbenen Peter Lenz vor mir liegen. Das Testament ist notariell bestätigt. Es liegen zwei Schriftstücke vor. Ein Testament von vor circa zehn Jahren und ein geändertes Testament, datiert auf den 15. Februar diesen Jahres. Ich werde jetzt beide Dokumente in Ihrem Beisein verlesen.«

»Ja, bitte. Ich bin sehr gespannt«, bat Jürgen freundlich und unterbrach den Notar.

»Das war wieder klar!«, gab Yvonne von sich. »Unterbrich den Notar doch nicht! Lass ihn doch seine Arbeit machen. Wir wollen hier auch nicht ewig sitzen, oder?«

»Ich wollte noch ergänzen«, begann der Notar und rückte sich seine Krawatte zurecht, »jeder von Ihnen bekommt jeweils eine Kopie von mir mit. Mit Stempel, Unterschrift und damit beglaubigt. Mein Assistent hat bereits alles für Sie vorbereitet.«

»Sehr schön. Perfekt!«

Jürgen nickte dem Notar zu.

»Dann beginne ich jetzt mit der Verlesung. Fragen können Sie jederzeit stellen. Es ist alles durch den Verstorbenen, den sogenannten Erblasser, geregelt und notariell beglaubigt. Sie müssen nichts weiter veranlassen als den letzten Willen von Peter Lenz zu respektieren«, bestätigte Dr. Wilke. »Ich habe vorhin noch mit dem zuständigen Amtsgericht telefoniert, da der Sohn von Peter Lenz nicht erschienen ist.«

»Das ist richtig so. Mit unserem Nachwuchs haben wir schon jahrelang keinen Kontakt mehr. Er hat meinen Mann so beleidigt. Der traut sich nicht her!«

»Ja, dann ist von meiner Seite alles gesagt und wir können den Termin beenden, nachdem Sie nun den gesamten Text gehört haben. Haben Sie noch Fragen?« Als dies verneint wurde, verteilte Dr. Wilke die Mappen, in denen die Testamentskopien enthalten waren.

Jürgen bedankte sich und stand auf. Er nahm die Mappe vom Notar entgegen, verabschiedete sich und verließ nach einem Blick auf seine Armbanduhr zügig das Büro.

Yvonne nahm wütend ihre Mappe, schlug sie auf und überflog den Inhalt. Sie blätterte auf die letzte Seite und sah in der Auflistung des Erbes, dass ihr Schwager Jürgen das Haus in der Schlossgartenallee erben sollte und sie nur Geld, das auf einem ihr bisher unbekannten Konto ihres Mannes lag. »Das ist eine Fälschung!«, schrie sie plötzlich laut. »Das ist nicht das Testament meines Mannes. Niemals. Das ist nicht echt!« Hysterisch schrie sie den Notar an. Ihre Stimme überschlug sich.

»Frau Lenz, beruhigen Sie sich!«

»Ich werde mich nicht beruhigen. Das ist ein Skandal. Dieser Idiot hat das Haus geerbt! Der hat das doch alles schon gewusst. Deshalb ist er eben auch schon so schnell los. Der hat seinen Bruder umgebracht, damit er das Haus bekommt und ich ausziehen muss. Diese Drecksau ist ein Mörder.«

»Frau Lenz, ich muss Sie doch sehr bitten sich zu mäßigen! Das sind aber heftige Anschuldigungen! Ihrem Schwager den Mord an Ihrem Mann zu unterstellen!« Jetzt wurde der Notar laut. »Sie müssen den letzten Willen Ihres verstorbenen Mannes akzeptieren! Etwas anderes bleibt Ihnen nicht übrig. Jetzt gehen Sie bitte, ich habe noch weitere Termine.« Er wollte diese garstige Person so schnell wie möglich loswerden.

»Ich werde gehen und zwar zu meinem Anwalt, zum Amtsgericht oder sonst wohin. Der Idiot wird das Haus nicht erben. Es gibt eine gesetzliche Erbfolge und da stehen ich und mein Sohn. Das hat ein bitteres Nachspiel für Sie!«, drohte Yvonne Lenz Dr. Wilke.

»Tun Sie, was Sie nicht lassen können. Der Rechtsweg und die Anfechtung stehen Ihnen offen. Auf Wiedersehen, Frau Lenz.« Mit diesen Worten verließ der Notar sein eigenes Büro und verschwand. Er hoffte inständig, dieses Weibsbild nicht noch einmal vor die Augen zu bekommen. Dennoch stellte er sich auf die gerichtliche Anfechtung durch sie ein.

Yvonne Lenz war so wütend, dass sie am liebsten das Büro von Wilke verwüstet hätte, als sie einen Moment völlig fassungslos allein dort stand. Sie konnte sich gerade noch beherrschen und stürmte mit hochrotem und erhobenem Kopf aus dem Büro.

Die Personen, die im Wartebereich des Notars saßen, sahen sich erstaunt und kopfschüttelnd an. Sie hatten das laute Wortgefecht der beiden deutlich bis ins kleinste Detail vernommen. »Ja, da kann man wieder mal sehen, wie wichtig es ist, vorher alles genauestens zu regeln«, betonte ein älterer Herr.

»Der Mann hat schon gewusst, was er macht. So eine Furie als Frau. Unglaublich, wie die sich eben hier aufgeführt hat.« Missbilligend schüttelte er den Kopf und versank wieder hinter seiner Sportzeitung.

Dreißig

Hauptkommissar Berger hatte sich eine schöne Überraschung für Lea und Willi einfallen lassen. Gerade hatte er per E-Mail die Bestätigung für einen Kurztrip der ganz besonderen Art, ein Abenteuerwochenende, bekommen, da klingelten sein Dienstapparat und sein Handy gleichzeitig. Die Festnetznummer kannte er nicht, auf dem Handydisplay las er den Namen Jürgen Lenz.

»Hallo Herr Lenz, was kann ich für Sie tun?«

»Hallo Herr Berger, entschuldigen Sie bitte, wenn ich Sie störe.«

»Kein Problem. Was gibt es denn?«

»Könnten Sie heute kurz bei mir vorbeikommen?«

»Ist etwas passiert?«, fragte Berger sofort. Er hörte aus der Stimmlage von Jürgen Lenz, dass etwas geschehen sein musste.

»Ich war heute zur Testamentsverlesung beim Notar. Es war ganz schön viel die letzten Tage. Die unangenehme Trauerfeier und heute der Termin beim Notar, Dr. Bertram Wilke.«

Berger schaute auf seine Uhr. »Ich könnte heute Abend vorbeikommen. Aber wirklich nur kurz.« Der Mann tat ihm unendlich leid. Berger wusste, dass er dienstliche Dinge nicht so sehr an sich heranlassen durfte und sich eigentlich mehr um Lea und Willi kümmern wollte.

»Das ist nett von Ihnen. Vielen Dank, dann bis nachher.«
Jürgen Lenz beendete das Telefonat.

Dann rief Berger, die Nummer zurück, die er auf dem Display seines Festtelefons gesehen hatte und in der Anruferliste abgespeichert war.

»Ja, Waltraut Lohmann hier«, hörte Berger eine Frauenstimme. Name und Klang ließen auf eine ältere Dame schließen.

»Hier spricht Hauptkommissar Thomas Berger von der Polizei Schwerin. Sie hatten mich gerade angerufen, Frau Lohmann.«

»Das ist nett, dass Sie mich zurückrufen. Die Telefonzentrale hat mir Sie als Ansprechpartner benannt. Sie leiten doch die SoKo zum Mord von Peter Lenz, oder?«

»Richtig. So ist es.«

»Herr Berger, ich habe lange überlegt, ob ich Sie anrufe, aber nun musste ich es doch tun.«

»In welcher Verbindung standen Sie denn zu Peter Lenz?«
Berger war gespannt, was die ältere Dame zu berichten hatte.

»Ich bin die Nachbarin der Lenzens in der Schlossgartenallee.«

»Oh«, antwortete Berger. »Was haben Sie denn zu berichteten, Frau Lohmann?«

»Es ist mir etwas unangenehm, aber ich möchte zum Mordfall etwas aussagen.«

»Möchten Sie denn in die Inspektion kommen? Oder soll ich zu Ihnen kommen? Was meinen Sie?«, fragte Berger ohne Umschweife und kam gleich auf den Punkt. »Wenn es Ihnen nichts ausmacht, komme ich zu Ihnen.« Berger schaute wieder auf seine Uhr.

»Ganz im Gegenteil. Ich kann nur mit meinem Rollator los. Das dauert ewig. Ich müsste erst den Bus nehmen und dann die Straßenbahn. Ich bin auch nicht mehr ganz die Jüngste. Der Weg zur Polizeiinspektion wäre ein Tagesausflug für mich.«

»Kein Problem, Frau Lohmann. Ich komme zu Ihnen. Würde es jetzt passen? Ich wäre so in einer Viertelstunde bei Ihnen.«

»Ja, das passt mir sehr gut.«

»Wohnen Sie rechts oder links neben dem Haus der Familie Lenz? Ich war schon ein paar Mal dort.«

»Rechts. Wenn Frau Lenz Sie kennt, wäre es mir unangenehm, dass Sie mitbekommt, wer in ein paar Minuten zu mir kommt.«

»Ich werde mein Auto woanders abstellen. Sie wird mich nicht sehen«, versprach Berger der Dame. »Bis gleich, Frau Lohmann.«

Berger grübelte die gesamte Fahrt über, was die Dame ihm wohl erzählen wollte und warum sie erst jetzt den Mut gefasst hatte, ihn anzurufen.

Er hatte die Schlossgartenallee erreicht und stellte sein Fahrzeug circa fünfzig Meter entfernt vom Haus von Frau Lohmann ab. Zügigen Schrittes ging er auf das Haus zu. Er sah sich paar Mal um, ob ihn jemand beobachte. Nichts. Er klingelte an der Haustür und Frau Lohmann ließ ihn schnell ins Haus. Sie selbst blickte auch nach links und rechts, ob jemand das Eintreten des Hauptkommissars beobachtete. Auch sie konnte niemanden entdecken.

»Guten Tag, Herr Berger. Schön, dass Sie gleich gekommen sind.«

»Selbstverständlich. Sie haben mich sehr neugierig gemacht mit Ihrer Ankündigung, Frau Lohmann.«

»Ich hätte mich schon viel eher melden sollen, aber ich dachte, Sie finden den Mörder von Peter Lenz schneller.«

»Das dachte ich auch, Frau Lohmann. Aber so einfach ist der Fall nicht. Es gibt noch zu viele Ungereimtheiten, die einer Klärung bedürfen.«

»Es ist mir etwas unangenehm ...« Die sehr gepflegte ältere Frau stellte den Rollator im Flur ab und bat Berger, ihr die Treppe nach oben zu folgen. Dann gingen beide in ihr Schlafzimmer. »Schauen Sie mal, Herr Berger, hier habe ich den besten Blick hinüber auf das Haus der Lenzens. Ich kann von meinem Schlafzimmer direkt in das Schlafzimmer meiner Nachbarn schauen. Vor allem, wenn abends Licht brennt und die Vorhänge nicht zugezogen sind.«

Berger stellte sich ans Fenster und wollte die weiße lange Gardine zur Seite schieben.

»Halt! Vorsichtig!«, stoppte ihn die Dame vor dem Aufschieben der schweren Gardine. »Nicht, dass Yvonne uns sieht.« Frau Lohmann begann etwas zu zittern.

Berger rührte sich nicht und blieb hinter der Gardine regungslos stehen. Dadurch, dass kein Licht eingeschaltet war, konnten die beiden nicht entdeckt werden.

»Was haben Sie denn von hier aus beobachtet?«, fragte Berger leise und sah sie erwartungsvoll an.

»Seit ein paar Tagen gehen in dem Haus viele Menschen umher. Und dauernd ist seit dem Mord an Peter Lenz ein Mann mit einem schnellen, schwarzen, teuren Wagen anwesend. Manchmal bleibt er auch über Nacht. Und er scheint den Menschen das Haus zu zeigen. Yvonne sah ich mehrere Tage gar nicht mehr. Bis auf heute Nachmittag.«

»Und?«, fragte Berger und sah Frau Lohmann noch erwartungsvoller an.

»Yvonne ist regelrecht ausgerastet.«

»Inwiefern?«

»Sie hat lautstark geschrien, gewütet könnte man sagen. Ich selbst habe Angst bekommen und befürchtet, dass dort etwas Schlimmes passieren könnte. Mein Mann Herbert ist vor ein paar Jahren gestorben. Ich bin sehr einsam seitdem und habe viel Zeit. Da ist mir manchmal langweilig und dann beobachte ich aus allen Fenstern zu allen Seiten immer die Straße und die Leute. Mit meinem Rollator gehe ich nicht so oft heraus. Bei der momentanen Hitze ist es zu anstrengend für meinen Kreislauf.«

»Ich verstehe das. Konnten Sie hören, worum es bei dem Streit ging?«

»Ich habe öfter den Namen Jürgen gehört und wie sie gebrüllt hat, ›den Kerl mache ich kalt. Ich zieh hier niemals aus, nur über meine Leiche!‹, schrie sie. »Sie war so hysterisch, wie ich sie schon lange nicht mehr erlebt habe.«

»Heißt das, Yvonne Lenz wurde öfter mal laut?«

»Und wie! Peter tat mir immer leid. Sie hat in letzter Zeit eigentlich nur mit ihm rumgebrüllt. Ich habe auch gesehen, dass er sie einmal im Schlafzimmer festgehalten hat, um sie zu beruhigen. Peter war ein netter und verständnisvoller Mann. Er hat mir seit Herberts Tod oft die Hecke geschnitten oder auch mal Einkäufe aus der Stadt mitgebracht. Er hat sich wirklich rührend, und mehr als man von seinen Nachbarn erwarten kann, um mich gekümmert. Ich vermisse Herbert und Peter sehr! Mit seiner Frau hatte Peter es wahrlich nicht leicht. Ein richtig garstiges Biest ist sie in meinen Augen. Und faul. Die hat doch nie etwas gemacht. Laufend war der Lieferservice mit Essen da. Und jetzt, Peter ist noch nicht einmal beerdigt, ist schon der nächste Kerl im Haus. Unglaublich«, ereiferte sie sich. »Nachdem ich erfahren habe, dass Peter tot ist, habe ich sie noch gefragt, wann die Trauerfeier sei. Darauf hat sie gesagt, es gäbe eine Seebestattung in kleinstem Kreis. Da würde ich leider nicht hinkommen können.«

Dass die Trauerfeier schon in Schwerin am Großen Moor stattgefunden hatte, behielt Berger für sich. Die Frau redete sich so in Rage, dass er ihr nicht noch mehr Futter geben und sie aufregen wollte.

»Mir tat Peter so leid. Das hat er nicht verdient. Ich verstehe nicht, warum er sich nicht scheiden lassen hat. Herbert hat immer gesagt: ›Mit Yvonne, der Krähe, würde ich es nicht einen Tag aushalten.‹ Frau Lohmann schüttelte den Kopf. »Ich glaube immer an das Gute im Menschen und dachte, irgendwann wird die Frau ruhiger werden. Dann hat

Herbert immer gesagt: ›Aus einer Krähe wird niemals ein Schwan. Yvonne wird sich nicht ändern.‹ Yvonne kommt aus einfachen Verhältnissen – das will ich keinesfalls verurteilen. Aber sie scheint nicht zu wissen, wie froh sie sein konnte, einen so fleißigen und erfolgreichen Mann abbekommen zu haben.«

»Schön, dass Sie mich angerufen haben, Frau Lohmann. Das bestärkt meinen Eindruck von Frau Lenz. Ich hatte schon mehrere Gespräche über sie und alle haben ähnlich schlecht über die Frau gesprochen.«

»Meinen Sie, Herr Berger, dass Yvonne und der unbekannte Mann etwas mit dem Mord zu tun haben?«

»Wollen wir mal sagen: Ich kann es bisher nicht ausschließen. Aber das finden wir heraus. Das verspreche ich Ihnen, Frau Lohmann.«

»Es beängstigt mich, dass vielleicht ein Mörderpaar neben mir wohnt, Herr Berger. Wenn die beiden jetzt noch wissen, dass Sie bei mir waren … Ich weiß nicht, ich habe ein komisches Bauchgefühl.«

»Sie müssen keine Angst haben, Frau Lohmann. Sie sind in Ihrem Haus sicher. Sie haben – wie ich gesehen habe – einen Türspion. Sie müssen niemandem öffnen und keine Person hereinlassen. Wenn Sie sich in Gefahr oder bedroht fühlen, rufen Sie die Polizei sofort an. Lieber einmal mehr anrufen als sich einer bedrohlichen Situation ausgesetzt fühlen. Ich gebe Ihnen zur Sicherheit noch meine Visitenkarte. Unter der angegebenen Handynummer erreichen Sie mich zu jeder Tageszeit.«

»Danke schön.« Sie legte sich die Visitenkarten gleich neben ihren Telefonapparat.

»Frau Lohmann, ich würde mich sehr freuen, wenn Sie vielleicht – nicht aus Neugier, sondern für mich als Unterstützung – Haus weiter in Beobachtung behalten. Aber nur, wenn es nicht zu umständlich für Sie ist.«

»Keineswegs. Ich sagte ja, wie langweilig mir manchmal ist. So habe ich wenigstens eine Aufgabe.«

»Aber Sie bringen sich nicht in Gefahr! Das müssen Sie mir versprechen!«

»Nein, ich bin vorsichtig, Herr Berger. Wenn ich etwas Auffälliges beobachte, dann rufe ich Sie sofort an.«

»Abgemacht, Frau Lohmann. Ich bin dankbar, wenn es Menschen gibt, die mitdenken und genau ihr Umfeld beobachten. So sind schon manche Straftaten verhindert worden.«

»So denke ich auch. Schade, dass ich den grausamen Mord an Peter nicht verhindern konnte. Ich verstehe auch nicht, warum der Sohn der beiden hier nie wieder aufgetaucht ist. Bestimmt hat Yvonne den auch vor Jahren vergrault.«

»Ja, solche Familienstreitigkeiten sind nicht schön, vor allem wenn es endgültig ist und der Kontakt zwischen Familienmitgliedern ganz abbricht.«

Berger verabschiedete sich von Waltraut Lohmann und ging zügigen Schrittes zu seinem Wagen und fuhr mit einem nervösen Gefühl davon.

Einunddreißig

Berger hatte noch etwas Zeit, um direkt bei Jürgen Lenz, der am Telefon sehr bedrückt geklungen hatte, vorbeizuschauen. Eine Viertelstunde wollte sich Berger jetzt noch nehmen.

Als er am mehrstöckigen Mietshaus auf dem Großen Dreesch ankam, klingelte er mehrere Male unten an der Haustür, da man das Haus nur mit Türöffnerbetätigung durch den jeweiligen Mieter betreten konnte. ›Eigenartig‹, dachte Berger, ›dass Lenz nicht öffnete. Erst bittet er um den Besuch und nun hörte er anscheinend die Türklingel nicht.‹

Ein älterer Herr aus der ersten Etage hatte Berger eine Weile beobachtet. »Zu wem wollen Sie denn?«, fragte er misstrauisch aus dem Fenster.

»Zu Herrn Lenz.«

»Ist das der Busfahrer?«

»Ja«, antwortete Berger und wunderte sich, dass man in dem Haus so anonym lebte, dass sich die Mieter anscheinend untereinander nicht einmal mit dem Namen kannten.

»Da werden Sie kein Glück haben.«

»Warum nicht? Ist Herr Lenz weggegangen?«

»Weggegangen nicht! Weggefahren!«

»Gefahren? Er hat meines Erachtens gar kein Auto?« Berger musste dem älteren Mann jede Information aus der Nase ziehen und wurde zunehmend ungeduldiger.

»Warum interessieren Sie sich so für den Busfahrer?«

»Ich bin von der Polizei Schwerin.« Jetzt reichte es Berger langsam. Er stand unter Zeitdruck und wollte wissen, wo Lenz war.

»Wenn das so ist, dann komme ich kurz mal raus.« Der Mann schloss sein Fenster laut und verschwand. Einen kurzen Augenblick später stand er vor Berger.

»Mein Name ist Rudolf Krull. Darf ich Ihren Dienstausweis kurz sehen?«

Berger holte den Ausweis hektisch aus seiner Jacke und hielt ihn Krull direkt vors Gesicht.

»So, das hätten wir geklärt. Wo ist denn nun Herr Lenz?«

»Er wurde vorhin hier unten im Treppenhaus niedergeschlagen!«

»Was? Und wo ist er jetzt? War er bei Bewusstsein oder schwer verletzt?« Berger war außer sich, dass der Mann so langsam mit den für ihn wichtigen Informationen herüberkam.

»Er war ansprechbar, aber leicht benommen. Meine Nachbarin hat dann sicherheitshalber doch einen Notarzt angerufen. Man weiß ja nie …«

»Okay. Danke für die Informationen.« Berger drehte sich beim Gehen noch einmal um: »Hat denn niemand die Polizei informiert?«

»Nö. Hier passiert doch jeden Tag etwas Kriminelles. Da wäre die Polizei ja ständig hier.«

»Sie müssen bei einer Körperverletzung doch die Polizei verständigen!«

Berger schüttelte den Kopf. Er fluchte, stieg in seinen Wagen und fuhr davon.

»So ein Mist, verdammt noch mal!«, sagte Berger zu sich selbst und schaute auf seine Uhr. Er wollte unbedingt pünktlich zu Hause sein, um Lea und Willi seine Überraschung zu präsentieren. ›Das wird doch wieder nichts‹, dachte er und rief Lea an. Er erklärte ihr kurz die Situation, dass er dringend dienstlich in die Helios-Klinik zur Notaufnahme musste und die Angelegenheit nicht aufgeschoben werden konnte. Lea antwortete schnippisch: »Ja, ist klar. Wie immer.« Dann beendete sie das Telefonat ohne weitere Nachfragen oder Kommentare.

Berger raste zur Notaufnahme der Helios-Klinik. Mit vorgehaltenem Ausweis erklärte er der diensthabenden Schwester, dass er unverzüglich Patient Jürgen Lenz sprechen müsse. Er wies darauf hin, dass er in einem Mordfall ermittle und Herrn Lenz diesbezüglich dringend kontaktieren müsse.

Die Schwester rief per Telefon einen Arzt heran, der Berger erklärte, dass Herr Lenz zur Beobachtung im Krankenhaus bleiben müsse. Er hätte eine leichte Gehirnerschütterung und schliefe jetzt.

»Bitte. Können Sie kurz schauen, ob er wirklich schläft? Es ist enorm wichtig für die Ermittlung in meinem Mordfall. Vielleicht muss ich auch Personenschutz für Herrn Lenz anfordern, sollte er in akuter Gefahr sein. Dann ist er hier sicher besser aufgehoben als morgen zu Hause.«

»Das verstehe ich.« Der Arzt verschwand und kam nach einer Weile wieder. »Sie haben Glück. Herr Lenz ist wach.

Aber durch ein Beruhigungsmittel sehr müde. Sie können ganz kurz zu ihm. Aber wirklich nur einen Augenblick. Er darf sich nicht aufregen. Bitte, versprechen Sie mir das!«

»Selbstverständlich«, versicherte Berger und folgte dem Arzt.

»Hallo Jürgen, wie geht es Ihnen?« Berger sprach ihn mit Vornamen an. Er wollte ihm das Gefühl von Vertrautheit vermitteln.

»Es geht so«, antwortete er leicht benommen und leise. »Mir tut der Kopf weh, als hätte ich die ganze Nacht getrunken und nun einen schweren Kater!«

»Was ist denn passiert?«

»Ich kann mich nur ganz schwach erinnern. Es hatte geklingelt und ich dachte, Sie wären das. Der Türöffner unten hat wohl nicht funktioniert. Es hat immer wieder und wieder geklingelt. Dann bin ich runtergegangen. Ich dachte, vielleicht ist es auch die Post oder der Fahrer vom Lieferdienst, der für den Erhalt einer persönlichen Sendung eine Unterschrift benötigt. Ich war gerade an den Briefkästen angelangt, habe aber drinnen und draußen niemanden entdecken können. Und dann wurde mir plötzlich schwarz vor Augen. Danach ist alles verschwommen. Ich kann mich absolut nicht erinnern, was passiert ist.«

»Und Sie haben niemanden gesehen?«

»Nein. Es ging alles so schnell. Gut, dass sich die Nachbarn um mich gekümmert haben.«

»Erholen Sie sich gut, Jürgen!«, Berger spürte dessen Müdigkeit und wollte ihn nicht länger belästigen. »Nur noch eine Frage: Warum sollte ich unbedingt zu Ihnen kommen?«

»Ich wollte Ihnen sagen, dass ich das Haus meines Bruders geerbt habe.« Jürgen schloss die Augen. Er redete mit geschlossenen Augen weiter. »Yvonne war außer sich. Und eins noch, Herr Berger. Können Sie beim Nahverkehr anrufen, dass ich heute nicht zur Nachtschicht kommen kann ...« Dann schlief Jürgen Lenz fest ein und Berger verließ das Krankenhaus am Rande der Schweriner Stadt. Für Berger war klar, dass Jürgen Lenz in Gefahr schwebte. Irgendjemand hatte es auf ihn abgesehen.

Zweiunddreißig

Lutz Hesse, Thomas Berger und Lars Paulsen saßen am nächsten Morgen gemeinsam vor der eilig zusammengerufenen Sonderkommission. Berger hatte einen kurzen Bericht zur aktuellen Lage gegeben. Alle Anwesenden waren der gleichen Meinung wie Berger, dass Jürgen Lenz unter akuter Lebensgefahr stünde. Ein Beamter wurde sofort eingesetzt, um im Krankenhaus vor der Tür von Lenz Wache zu halten. Berger ließ sich auf keine Diskussion mit dem ärztlichen Direktor ein, der behauptete, niemand könne unbemerkt an den Kranken herantreten. Die Größe der Helios-Klinik und das Risiko waren Berger einfach zu beträchtlich. Seiner Meinung nach hätte der erste Angriff auf Lenz fatale Folgen haben und ganz anders ausgehen können.

Berger besorgte sich einen Durchsuchungsbeschluss für das Haus von Yvonne Lenz. Wer sonst sollte es auf Jürgen Lenz abgesehen haben? Sie war in seinen Augen die Einzige, die ein Motiv hatte. Schließlich stand ihr Wohnsitz auf dem Spiel. Der Hausverkauf konnte nunmehr nicht stattfinden, da das Haus in den Besitz von Jürgen Lenz übergegangen war.

In kürzester Zeit hatte Berger den Beschluss des Amtsgerichts in der Hand und raste mit Paulsen zu Yvonne Lenz in die Schlossgartenallee. Sie klingelten mehrfach. Schließlich öffnete Michael Thalheim.

»Was wollen Sie denn hier, Herr Paulsen?«, fragte Thalheim erstaunt und blickte Lars Paulsen stur in die Augen.

»Wir haben einen Durchsuchungsbeschluss für das Haus und das gesamte Grundstück.« Paulsen hielt ihm das Papier zur Kenntnis vor die Nase.

»Sagen Sie nicht, dass Sie bei der Polizei arbeiten?« Thalheim blickte Paulsen hämisch an. »Sie wollten doch das Haus mit ihrer esoterischen Frau kaufen!« Er war wütend auf Paulsen und kniff die Augen zusammen.

»Ja und? Dürfen Beamte privat keine Häuser kaufen? Ich habe Ihnen doch gesagt, dass ich Beamter bin, oder nicht?«

»So etwas Verlogenes!« Thalheim konnte sich kaum beruhigen.

»Wo ist Frau Lenz? Wir werden jetzt das Gebäude und das gesamte Grundstück durchsuchen.«

»Frau Lenz ist nicht da. Sie können gern in einer Stunde wiederkommen!«

»Wir beginnen sofort. Sie muss nicht unbedingt dabei sein. Wir können auch einen Zeugen oder eine Zeugin hinzuziehen. Vielleicht einen Nachbar oder eine Nachbarin?« Berger rief die Kollegen der SoKo heran und teilte sein Team in verschiedene Bereiche zur Durchsuchung auf.

Widerstand war zwecklos für Thalheim: »Ich lasse Sie dann mal allein. Frau Lenz wird ja in Kürze hier sein. Aus der Nachbarschaft braucht niemand zu kommen«, legte er fest.

Berger erkannte sofort, dass Thalheim vorhatte, abzuhauen. Die Sache wurde ihm anscheinend zu heiß.

»Sie bleiben schön hier, Herr Thalheim.« Berger wies einen Kollegen an, sich um ihn zu kümmern. »Es besteht akute Verdunklungsgefahr! Sie rühren sich hier nicht von der Stelle und Ihr Handy geben Sie mir auch sofort!«

»Was soll das alles?« Thalheim war wütend und gab Berger widerwillig sein Handy. »Darf ich mich denn wenigstens in mein Auto setzen?«

»Nein. Sie bleiben hier in meiner Sichtweite und setzen sich dort auf den Stuhl!« Berger blieb konsequent. »Die Autoschlüssel Ihres Wagens geben Sie mir auch gleich.«

»Warum das denn?« Thalheim wurde nervös. »Mein Auto dürfen Sie gar nicht durchsuchen. Das gehört mir und nicht Frau Lenz.«

»Ich will es ja nicht durchsuchen. Ich möchte nur sichergehen, dass Sie nicht das Grundstück verlassen. Und nun geben Sie mir endlich die Schlüssel!« Berger duldete keine Diskussion bei seinen Anweisungen.

Thalheim gab Berger widerstrebend seine Schlüssel.

»Jetzt setzen Sie sich hin und warten, bis wir Ihnen sagen, dass Sie das Grundstück verlassen dürfen.« Berger behielt die Autoschlüssel in der Hand und verließ das Haus. Er wollte sich das Auto von Thalheim genauer anschauen. Dann war es eben Gefahr im Verzug. Als er zum Tesla ging, hörte er ein Hüsteln in seiner unmittelbaren Nähe. Er sah sich um. Niemand. Dann hüstelte wieder eine Person. Jetzt sah Berger zum Nachbarhaus und entdeckte Waltraut Lohmann an ihrem Schlafzimmerfenster. Sie winkte Berger zu. Berger lächelte und winkte der älteren Dame, die ihren

Wachposten im Schlafzimmer bezogen hatte, zurück. Er warf ihr sogar einen Handkuss zu und rief ihr zu: »Es wird alles gut, Frau Lohmann. Keine Gefahr!«

Sie nickte freundlich.

Euphorisch durchsuchte Berger den Wagen des Immobilienmaklers. Berger war sich ziemlich sicher, dass Thalheim Jürgen Lenz niedergeschlagen hatte. Yvonne hatte ihn aufgehetzt und er ist zu Lenz gefahren. Vielleicht hatte Yvonne Lenz ihn auch auf ihren eigenen Ehemann angesetzt und ihn töten lassen. Den beiden war alles zuzutrauen.

»Na also! Was haben wir denn hier!« Berger rollte eine Decke im Kofferraum des Teslas auseinander und fand einen alten Handfeger aus massivem Holz. Der alte Handfeger passte gar nicht in den Wagen. Die Schaufel dazu konnte er nicht entdecken. Er zog sich einen Handschuh über und nahm den Handfeger mit ins Haus.

»Herr Thalheim, was haben Sie denn mit dem alten Handfeger vor?«

Thalheim wollte sich kurz aufregen rutschte dann aber nervös auf seinem Stuhl hin und her, als er das Ding in Bergers Händen sah. »Wieso? Darf man im Auto keinen Handfeger haben? Damit fege ich die Fußmatten im Wagen ab.«

»Herr Thalheim, entschuldigen Sie bitte. Sie sehen nicht gerade aus, als wenn Sie Ihren teuren Wagen allein reinigen würden!« Berger grinste. Er hatte genau bemerkt, wie erschrocken Thalheim schaute, als er das Teil entdeckt hatte.

»Natürlich putze ich meinen Wagen von innen allein.«

»Na ja«, widersprach Berger skeptisch. »Ich werde mir den Handfeger mal ausleihen und ihn etwas genauer von unseren Kriminaltechnikern anschauen lassen.«

»Das ist ja lächerlich. Was soll denn mit dem alten Handfeger sein?«

»Das werden wir ja sehen!« Berger lief zur Höchstform auf und positionierte sich vor Thalheim: »Sollte ich an Ihrem Handfeger nur ein Haar oder eine Hautschuppe von Jürgen Lenz finden, dann war es das für Sie!«

»Ich möchte gern mit meinem Anwalt telefonieren!«

»Das können Sie gern machen, Herr Thalheim. Wir brauchen hier noch eine Weile, dann bekommen Sie Ihr Handy und dann können Sie wieder mit Gott und der Welt telefonieren. Dann können Sie auch Frau Lenz informieren, dass wir weg sind und sie nach Hause kommen kann. Ach ja, es ist ja gar nicht mehr ihr Zuhause. Der Hauskauf hat sich ja vermutlich von selbst erledigt. Das Haus gehört ja nun Jürgen Lenz«, verbesserte sich Berger. »Mal schauen, ob er im Krankenhaus überlebt!«, log Berger, obwohl er genau wusste, dass er vermutlich nur eine leichte Gehirnerschütterung auskurierte. »Vielleicht haben Sie ja auch Peter Lenz auf dem Gewissen? Vielleicht sind ja auf *Ihrem* Handfeger auch noch DNA-Spuren von *Peter Lenz* zu finden?«

»So eine Unterstellung! Sind Sie verrückt geworden? Sie haben ja eine blühende Fantasie, Herr Berger. Unglaublich!«

»Meinen Sie? Für meine mörderische Fantasie bin ich in Schwerin bekannt.« Berger grinste sarkastisch und holte symbolisch noch ein Ass aus dem Ärmel: »Es sieht nicht gut aus für Sie, Herr Thalheim. Jürgen und Peter sind eineiige Zwillinge. Da ist die DNA identisch. Dann haben Sie vielleicht nicht nur Jürgen niedergeschlagen, sondern auch Peter Lenz getötet!«

»Das ist ja lächerlich. Der wurde ja erstochen, soweit ich weiß.«

»Ja, er wurde erstochen … nachdem er vielleicht zuerst niedergeschlagen wurde; mit Ihrem Handfeger …«

Die vermutete Beweislage reichte der Staatsanwaltschaft aus, um Michael Thalheim mitzunehmen und weitere Untersuchungsergebnisse abzuwarten. Es bestand Fluchtgefahr und so wurde Thalheim erst einmal von Berger mit in die Polizeiinspektion genommen.

Anschließend fuhr er noch einmal zum Mietshaus von Jürgen Lenz. Der Rentner im Erdgeschoss saß wieder am Fenster. Er bestätigte Berger, dass er am Nachmittag das schwarze Auto, das ihm Berger auf einem Foto zeigte, definitiv vor dem Haus gesehen habe. Berger bedankte sich und fuhr innerlich zufrieden zur Dienststelle zurück.

Dreiunddreißig

Berger hatte Paulsen beauftragt, vor dem Haus auf Yvonne Lenz zu warten. Irgendwann musste sie ja zurück sein. Auch sie stand jetzt in unmittelbarem Verdacht, Jürgen und/oder Peter gegenüber straffällig geworden zu sein. Sollte sie bis Mitternacht nicht zurück sein, konnte Berger immer noch eine Personenfahndung auslösen. Berger hatte Michael Thalheim nur ein Telefonat mit seinem Rechtsanwalt gestattet. Yvonne durfte er aus ermittlungstaktischen Gründen nicht kontaktieren.

Gegen neunzehn Uhr erschien Yvonne Lenz mit ihrem Fahrrad am Haus. Paulsen stieg aus und ging sofort auf sie zu und wies sich als Polizeibeamter aus. Nach den temperamentvollen Erzählungen von Berger, war er froh gewesen, dass sie die Hausdurchsuchung, die vor zwei Stunden stattgefunden hatte, erst einmal nicht mitbekommen hatte. Er forderte sie auf, ihn sofort in die Dienststelle zu Hauptkommissar Berger zu begleiten. Ohne weiteres Aufsehen zu erregen, stieg Yvonne in seinen Dienstwagen. Sie hatte sich vorher zu den Nachbarn umgeschaut und vergewissert, dass niemand das Vorgehen beobachtete.

Im Auto ging die Diskussion dann los. Was Hauptkommissar Berger sich rausnehmen würde, sie einfach so *vorzuladen.* Sie wollte wissen, was man ihr vorwerfen würde und warum sie nicht in *ihrem* – das Wort *ihrem* betonte sie

ganz besonders – Haus zur Befragung hätte bleiben können. Paulsen ließ sich auf keine Diskussion mit ihr ein und
fuhr stumm zur Polizeiinspektion. Er brachte sie direkt ins
Büro von Berger. Als sie sah, dass Michael Thalheim erkennungsdienstlich untersucht wurde – von ihm wurden
gerade die Fingerabdrücke erfasst – wurde Yvonne Lenz
hysterisch laut: »Was wollt ihr von mir und Michael? Wir
haben nichts mit dem Mord an Peter zu tun. Seid ihr alle
verrückt geworden?« Sie duzte alle Beamte, die um sie her-
umstanden.

Berger ließ sich nicht aus der Ruhe bringen. »Bringt Frau
Lenz bitte einen Moment ins Nachbarbüro. Wir sind hier
gleich fertig.« Er betonte auch in ihrem Beisein noch, dass
Herr Thalheims Anwalt gegebenenfalls noch erscheinen
würde, obwohl er das nicht wusste und dieser vermutlich
nicht extra aus Berlin oder sonst irgendwoher anreisen würde.

»Ich sage nichts, Yvonne! Mach du auch von deinem
Schweigerecht Gebrauch!«, rief Thalheim ihr laut zu, bevor
Paulsen sie vorsichtig ins Nachbarbüro schob.

Die Szene war geglückt. Berger war zufrieden. Mit so einem Aufeinandertreffen der beiden hatte er gar nicht gerechnet, zumal er nicht gewusst hatte, ob Yvonne noch in
der Schlossgartenallee auftauchen würde. Jetzt hatte er sie
beide verunsichert. Sicherlich würde auch sie gleich obliga-
torisch mit *ihrem* Anwalt drohen. Dessen war Berger sich
absolut sicher.

Mit Michael Thalheim waren Bergers Kollegen erkennungsdienstlich fertig. Berger erklärte Thalheim, dass er jetzt

in den Gewahrsamsraum der Polizei käme. In den nächsten vierundzwanzig Stunden würde die Staatsanwaltschaft entscheiden, was mit ihm passieren wird. Sollte sich der Anfangsverdacht bestätigen, dass er Jürgen Lenz mit dem Handfeger niedergeschlagen hat, würde der Ermittlungsrichter eventuell Untersuchungshaft anordnen. Wenn in den nächsten vierundzwanzig Stunden kein richterlicher Beschluss vorliegen würde, könnte Thalheim auch im Notfall für achtundvierzig Stunden festgehalten werden oder er müsste wieder auf freien Fuß gesetzt werden. Davon ging Berger jedoch nicht aus. Für ihn war absolut klar, dass Thalheim und Yvonne gemeinsame Sache im Fall Jürgen Lenz gemacht hatten und dass sie vielleicht auch in den Fall Peter Lenz verstrickt waren.

Im nachfolgenden Gespräch mit Yvonne Lenz ging Berger gleich aufs Ganze. »Ich habe gehört, dass Ihr Schwager Jürgen das Haus geerbt hat. Ist das korrekt?«

»Ja, im Testament hat es Peter so festgelegt. Ich war heute aber schon bei einem Anwalt und werde das Testament anfechten. Wir haben beim zuständigen Nachlassgericht eine Anfechtungserklärung eingereicht. Peter muss doch krank gewesen sein oder nicht mehr bei allen Sinnen! Warum sollte sein Bruder Jürgen unser Haus erben und nicht ich?« Sie schüttelte den Kopf. »Vielleicht hat Jürgen seinem Bruder Peter Gewalt angedroht, sodass er das Testament so zu seinen Gunsten geändert hat. Das können Sie ja dann herausfinden, Herr Berger!«

»Wir finden erst einmal heraus, wer Ihren Schwager niedergeschlagen hat. Alles Weitere wird sich dann ergeben.

Im Moment deutet alles darauf hin, dass Herr Thalheim auf dem Großen Dreesch am Haus Ihres Schwagers war. Die Anschrift und weitere Details wird er sich ja nicht ausgedacht haben. Sie haben ihm zu mindestens gesagt, wo er wohnt. Vielleicht waren Sie ja auch selbst dabei und haben Ihren Schwager niedergeschlagen. Das ist alles in Prüfung. Ihrem Schwager geht es gut. Er ist im Krankenhaus und auch vernehmbar. Wir werden sehen, wie es weitergeht. Wir nehmen jetzt auch Ihre Fingerabdrücke erkennungsdienstlich auf.«

Yvonne Lenz wurde wieder wütend: »Das dürfen Sie doch gar nicht!«

»Doch«, widersprach Berger ruhig und sachlich. »Zur Aufklärung einer Straftat darf ich das veranlassen. Ich habe konkrete Anhaltspunkte und möchte eine Straftat aufklären. Selbstverständlich werden Ihre Fingerabdrücke aus datenschutzrechtlichen Gründen *umgehend* wieder gelöscht, wenn Sie mit der Straftat nichts zu tun haben. Davon gehe ich momentan allerdings nicht aus«, setzte er nach.

»Wollen Sie jetzt auch noch DNA-Spuren von mir haben?«, fragte sie Berger in einer hohen Stimmlage, die Berger Kopfschmerzen bereitete.

»Nein. Das ist wiederum unzulässig. Schrift-, Sprech- und Stimmproben sowie eine DNA-Entnahme sind im Rahmen einer erkennungsdienstlichen Behandlung rechtlich nicht erlaubt«, erwiderte Berger mit seinem besten Ermittlungswissen souverän.

»Das hätte ich auch nicht gestattet«, antwortete sie zickig und zog eine Augenbraue hoch.

»Was meinen Sie denn, wer Ihren Schwager niedergeschlagen hat, nachdem ihm jetzt das Haus gehört?« Diese
Provokation konnte Berger sich nicht verkneifen.

»Das weiß ich doch nicht. Wer weiß in welchen Kreisen
der dumme Busfahrer verkehrt und warum er niedergeschlagen wurde. Ich habe damit nichts zu tun. Das müssen
Sie erst einmal beweisen.«

»Genau. Daran arbeite ich, Frau Lenz. Ich habe außerdem
nicht den Eindruck gewonnen, dass Jürgen Lenz dumm ist
oder denken Sie über alle Busfahrer so?« Berger war sauer
über die anmaßende und arrogante Äußerung der Frau.
»Und so lange wir nicht wissen, was für eine Rolle Sie hier
spielen, werden Sie Schwerin – Ihren Hauptwohnsitz – nicht
verlassen. Sie können jetzt nach Hause gehen. Mein Kollege
Paulsen fährt Sie zurück. Dann können Sie ihm gleich Ihren Personalausweis und Ihren Reisepass aushändigen. Ich
vermute, Sie haben beides nicht dabei, oder?«

»Nein. Natürlich nicht!«, antwortete sie mit einem pat-
zigen Unterton.

Berger sah ihr an, dass sie erleichtert war, nicht ebenfalls
in den Polizeigewahrsam genommen zu werden wie Michael
Thalheim. Aber ihre Pläne, wie auch immer diese aussahen,
hatte er vorerst durchkreuzt.

Vierunddreißig

Schon seit Langem beobachtete Berger das gleiche morgendliche Ritual bei seiner Frau Lea. Sie stand auf und ging um sieben Uhr zehn in die Küche. Dort trank sie in ihrem zerknitterten Nachthemd ein Glas lauwarmes Wasser mit dem Saft einer ausgepressten Zitrone. Im Ayurvedischen sollte dies einen guten Start in den Tag bereiten, das Immunsystem pushen – also ein Kick für ihr Wohlbefinden sein. Nach ihren Aussagen hatte Lea nach dem ersten Schluck die schönen gelben und großen Zitronen aus dem letzten gemeinsamen Urlaub an der herrlichen Amalfi-Küste in Italien vor ihrem inneren Auge. Das unbeschwerte und fröhliche Leben der Italiener.

Heute begann Leas Tag dagegen mit dem Blick aus dem Küchenfenster. Von montags bis freitags sah sie gegenüber den jungen Vater, der jeden Morgen seine kleine Tochter mit den Worten »Ich liebe dich« zur Schule verabschiedete. Er drückte das hübsche Mädchen mit ihren langen Haaren kräftig an sich. Wusste die Kleine überhaupt, was sie für ein Glück im Leben hat, dachte Lea dabei.

Auch Leas Ambulanzschwester im Büro sagte ihrer Tochter jedes Mal zum Ende eines schnellen Telefonats zwischen zwei Patientinnen »Hab dich lieb, bis später«.

Nur zu Lea sagte es selten jemand. Ihr Sohn Willi tat sich schwer, noch mit seiner Mutter zu kuscheln. Das sei nicht cool, begründete er sein Verhalten. Ihr Ehemann Thomas, der sie über alles liebte, nahm sie meist nur nach entsprechender Aufforderung in den Arm. »Halt mich bitte mal ganz fest«, bat sie ihn mit einem liebevollen Blick und er tat es. Warum hungerten Leas Körper und ihre Seele nach Liebe? Was war der Grund?

Als kleines Mädchen wurde Lea liebevoll *Süßi* genannt. Nicht von ihren Eltern, sondern einem Ehepaar aus der Nachbarschaft. Fand sie jemand überhaupt süß? An ihre Kindheit konnte sie sich nicht erinnern. Schon gar nicht an ihren Vater. Nur ein altes schwarz-weiß Foto mit gezacktem Rand, das Hochzeitsfoto aus den 60er-Jahren, hatte ihre Mutter ihr wortlos überlassen. Lea ließ ihre Gedanken immer wieder um ihren Vater kreisen. Warum kannte sie ihn nicht? Hatte sie mit ihm Ähnlichkeit oder doch mehr mit ihrer Mutter? Warum interessierte er sich nicht für ihr Leben? Was hatte sie ihm mit ihren jungen Jahren angetan, dass sie nicht ein Teil *seines* Lebens geworden war?

Lea war jetzt über fünfzig Jahre alt und vermisste ihren leiblichen Vater. Vor Kurzem hatte sie endlich einen Versuch unternommen und ihn einfach besucht. Ihre Patentante Liesel hatte ihr die Anschrift ihres ehemaligen Schwagers Anton heimlich zugesteckt. Ihrem Mann Thomas hatte sie nichts davon erzählt. Er war eh selten zu Hause und sie wollte ihn mit ihren eigenen Problemen nicht noch zusätzlich belasten.

Zitternd stand sie an einem späten Samstagvormittag vor der Tür und wollte ihren Vater Anton einfach überraschen.

Thomas war im Dienst und Willi bei seinem Kumpel in der Nachbarschaft gut aufgehoben. Der Tag gehörte ihr. Ihre Intuition ließ sie mit ihrem Auto losfahren. Anton wohnte mit seiner Frau nur fünf Kilometer entfernt von ihr. Fünf Kilometer, die sich für sie anfühlten wie die Länge des Äquators. Fünf Minuten Fahrzeit, die doch wie Sekunden verflogen. Alles nur für den einen Augenblick. Sie wollte mit Anton Kontakt aufnehmen. Entweder wollte sie den Tag glücklich mit ihm beenden und vielleicht in eine gemeinsame Zukunft schauen. Oder sie würde mit ihrem leiblichen Vater abschließen – und zwar für immer.

Sie drückte auf den Klingelknopf der maroden Doppelhaushälfte und wäre vor Aufregung am liebsten davongelaufen. Gern hätte sie nun doch den Strauß mit den kräftigen Sonnenblumen vor der Tür mit einer Karte abgelegt und wäre verschwunden. Aber damit wäre sie nicht einen Schritt weiter gekommen und als Feigling davongefahren. Das wiederum lag ihr in dem Moment fern.

Eine ältere Frau öffnete. Sie hatte Lockenwickler in ihrem grauen Haar und atmete tief die frische Morgenluft ein. Ein paar Sekunden später, nachdem die Frau sie von oben bis unten gemustert hatte, drehte sie sich um und rief laut in den Flur: »Schatz, komm mal bitte, deine Tochter ist hier an der Tür!« Der Satz war an Sarkasmus nicht zu übertreffen. Leas Vater Anton kam langsam an die Haustür. Sie wusste nicht, was sie zu dem alt und gebrechlichen wirkenden Mann sagen sollte. Ein Schweigen, das lange anhielt, zwischen ihr und dem grauhaarigen Senior, der wacklig auf seinen Füßen stand. Ihm standen plötzlich die Tränen in den Augen. Seiner Frau stand der blanke Hass im faltigen Gesicht und ihren starren kühlen Augen. Anton brachte kein Wort über seine blassen zitternden Lippen.

Lea hatte einen Kloß im Hals. »Ich wollte euch ein schönes Wochenende wünschen«, überspielte sie die unangenehme Situation. Sie ertrug es nicht, zitterte und verabschiedete sich mit einem »Macht's gut!«. Die Sonnenblumen hatte sie dem fremd wirkenden Mann schnell noch in die Hand gedrückt.

Sie wollte dem alten Mann nicht unnötig wehtun. Die Tränen, die Anton vor ein paar Minuten über dessen Gesicht liefen, rollten bei der Autofahrt nach Hause nun auch über Leas hochrote Wangen. Sie war aufgeregt und konnte keinen klaren Gedanken fassen. Hätte sie Thomas von ihrem Vorhaben erzählen sollen? Er hätte ihr bestimmt geraten: »Lass es, Lea! Verdirb uns nicht das Wochenende! Du weißt nicht, wie das ausgeht!« Thomas war immer besorgt um sie.

Und wie war es ausgegangen? Lea weinte unerbittlich und ließ all den Schmerz, der sich über viele Jahre angestaut hatte, heraus. Später setzte sie sich hin und schrieb alles auf, was sie bedrückte. Fragen über Fragen verwandelten das weiße Blatt in einen langen vorwurfsvollen Brief. Das linierte Papier war benetzt mit Tränen, die nicht enden wollten. Viele der Fragen hatte sie schon unzählige Male ihrer Mutter gestellt, die überfordert war und selbst keine Antworten für ihre Tochter fand. Thomas zeigte sie den Brief nicht.

Warum hatte ihr Vater ihre Mutter erst drei Tage nach ihrer Geburt im Krankenhaus aufgesucht? Warum hat er sich nicht zu ihrer Einschulung gemeldet? Wo war er bei ihrer Jugendweihe? Warum konnte er ihr nicht zum Abitur und zum Abschluss ihres Studiums gratulieren? Wusste er nicht, dass sie geheiratet hatte und vor Jahren eine Frauenarztpraxis in der Mecklenburgstraße eröffnet hatte? Warum hat er damals nicht einmal Unterhalt an ihre Mutter gezahlt? Warum stand der Name ihres Vaters nur auf ihrer Geburtsurkunde und Anton niemals vor ihrer Haustür? Warum musste sie den Kontakt zu ihrem Vater suchen? War er krank oder warum tat er ihr das alles an? Warum weinte er an diesem Samstag an der Tür? Bereute er sein Verhalten oder schämte er sich? All diese Fragen hatte sie zu Papier gebracht. Den Brief warf sie noch am späten Samstagabend in den Briefkasten von Anton ein. Das zweite Mal fuhr sie entspannter zu dessen Haus. Sie hatte keine Antwort erwartet und wollte es auch nicht. Sie hinterließ nicht ihren Absender auf dem Briefumschlag. Sie wusste, dass ihre Patentante ihrem ehemaligen Schwager die Telefonnummer geben könnte, so er dies fordern sollte.

Und tatsächlich klingelte an diesem Abend ihr Handy. Ihr Vater war am Apparat – und ihr Mann, als ihre moralische Stütze, im Dienst. Wie immer, wenn sie ihn brauchte. Sie war so perplex, dass sie nicht ein Wort über die Lippen brachte und auflegen musste. Sie hatte keine Kraft. Sie wollte ihn nicht sprechen. Sie blockierte sofort die Telefonnummer und entschloss sich, das Kapitel abzuschließen, ehe es überhaupt begann. Sie hatte fünfzig Jahre keinen Vater gehabt. Sie sah plötzlich keinen Sinn mehr an einem Verhältnis und war wütend auf ihn. Sie konnte für den alten Mann, der weinend in der Tür stand, nur Mitleid empfinden. Sie verzieh ihm. Hatte sie doch am selben Morgen auf ihrem Küchen-Abreißkalender den schönen Spruch von Anselm Grün »Ohne Vergebung sind wir immer gebunden an den, der uns verletzt hat.« gelesen und verinnerlicht. Sie hatte ihrem Vater vergeben, ohne mit ihm zu sprechen. Liebe kann niemand erzwingen – auch Lea nicht. Aber vergeben und verzeihen, das konnte Lea. Sie nahm sich am selben Abend vor, künftig, wenn sie in der Woche um sieben Uhr zehn aus dem Küchenfenster sah, sich mit dem glücklichen Vater und seiner Tochter mitzufreuen.

Plötzlich fing Lea an zu zittern, zu schwitzen und zu frieren. Alles im Wechsel. Ihr wurde schwindelig und übel. Dann begann ihr Herz zu rasen und ihr Puls schoss in die Höhe. Sie bekam kaum noch Luft. Ihr Hals schnürte sich zu. Mit letzter Kraft schleppte sich Lea zu ihrem Nachbar und bat diesen, einen Notarzt zu rufen. Der Notarzt traf zehn Minuten vor ihrem Ehemann ein.

»Oh Gott, was ist mit meiner Frau?« Thomas zitterte. Adrenalin schoss durch seinen Körper. Er drückte Lea fest an sich.

Der Notarzt beruhigte Berger und bat auch ihn, langsam tief ein- und auszuatmen. »Bitte ruhig atmen, so wie Ihre Frau, Herr Berger. Ihre Frau hatte eine Panikattacke. Die ist jetzt vorüber. Es geht ihr wieder einigermaßen gut. Sie braucht jetzt nur Ruhe und Entspannung.

Berger schlief die ganze Nacht nicht. Immer wieder ging er ins Gästezimmer und schaute nach Lea. Morgens um drei Uhr bat er sie, mit ins Schlafzimmer zu kommen, weil er kein Auge zu bekam. Lea ging mit und schmiegte sich an ihren Mann. Am nächsten Tag meldete Berger sich krank. Das Wohl seiner Frau war ihm wichtiger als alles andere auf der Welt. Er wusste, dass Lea gefangen in ihrer Vergangenheit war und er der Einzige war, der ihr mit Liebe und Zuwendung helfen konnte.

Fünfunddreißig

Am nächsten Morgen ging es Lea schon etwas besser. Sie hatte sich vorgenommen, ein paar Tage zu Hause zu bleiben. Die Schwestern in ihrer Praxis hatten daher einiges zu tun, um die Termine der Patientinnen neu zu koordinieren. Dr. Lea Engel fehlte selten im Dienst. Ihre Schwestern machten sich Sorgen und ließen ihr einen Genesungsstrauß zukommen. Die herrlich duftendenden rosafarbenen Lilien erfreuten Lea sehr und zauberten ihr ein Lächeln ins Gesicht, als der Bote morgens mit den Blumen vor ihrem Haus stand.

Am frühen Nachmittag hatte Lea kurzfristig einen Termin bei ihrer Ayurveda-Spezialistin Johanne in Wittenförden vereinbart. Lea befasste sich schon eine Weile mit der über fünftausend Jahre alten Heilkunde aus Indien, die Körper, Geist und Seele in ihrer Gesamtheit betrachtet. Von Johanne hatte sie viel über Ernährung und Lebensführung gelernt, die ihr Wohlbefinden positiv beeinflussten. Zudem hatte sie zahlreiche Bücher zum Thema gelesen.

Schon bei den letzten Behandlungen hatte Johanne gespürt, wie angespannt Leas Körper und ihre Seele waren. Sie riet ihr jedes Mal, mehr auf ihren Körper und seine Signale zu achten und sich auch einmal eine Auszeit zu gönnen.

Johanne nahm Lea, nach der nächtlichen Panikattacke erst einmal fest in ihre Arme. Tränen liefen sofort über Leas Gesicht. »Lass alles raus, Lea!«, riet sie ihr mit ihrer beruhigenden Stimme. »Nichts unterdrücken. Gefühle und Emotionen müssen den Körper verlassen und sollen sich nicht anstauen.«

Nachdem Lea sich beruhigt hatte, bereitete Johanne alles für eine ayurvedische Ölmassage mit Lavendel vor. »Das wird dir guttun und dich in deine Balance zurückführen«, versprach Johanne. Und so war es auch. Das warme Öl, die angenehme Massage und der beruhigende Duft von Lavendel taten Lea so gut, dass sie in ein paar Minuten auf der bequemen Liege eingeschlafen war. Bei der Verabschiedung riet Johanne ihr, reichlich warmen Tee zu trinken und achtsam zu bleiben. Wichtig sei auch, Probleme, die ihr auf der Seele lagen, zu klären. Sie empfahl ihr, Atemübungen zu machen, vielleicht Yoga-Übungen zu praktizieren und ihren Stress mit Entspannungsbädern zu lindern. Lea drückte ihre gute Seele und bedankte sich von ganzem Herzen. Sie nahm sich vor, von nun an viel öfter mal etwas Gutes für sich zu tun und nicht erst dann, wenn es ihr schlecht ging.

Am späten Nachmittag hatte Thomas vorgeschlagen, am Schweriner Schloss ein Motorboot auszuleihen und eine kleine Fahrt zu machen. Er wollte sie anschließend im Restaurant *Pier7* zu einem leckeren Schokoladeneis mit Sahne und Eierlikör einladen. Lea stimmte zu und freute sich auf die gemeinsame Zeit mit ihrem Mann. Ganz unbeschwert verbrachten sie einen schönen Nachmittag. Es war so entspannt wie schon lange nicht mehr. Probleme wurden nicht diskutiert. Lea wollte erst einmal wieder Kraft gewinnen und dann mit Thomas über das Thema Vater sprechen.

Als Thomas die zwei Eisbecher auf der schönen Terrasse des Pier7 bezahlte, klingelte sein Handy leise. Er hatte die Lautstärke extra gedrosselt, um Lea nicht zu stressen. Er sah Lea an und war sich nicht sicher, ob er das Telefonat annehmen sollte.

»Geh schon ran, Thomas«, sagte sie ruhig und freundlich. »Wir können deinen Job und die Aufklärung des Mordes an Lenz nicht ausblenden. Es ist eben so wie es ist. Ich muss mich damit abfinden. Nein, ich möchte mich damit abfinden«, verbesserte sie sich sofort. »Du bist ein toller Polizist und ich möchte dich in deinem Job und deiner Ermittlungs-arbeit nicht ausbremsen. Ich muss nur mehr auf mich selbst achten und meine Freizeit vielleicht auch mehr nach mei-nen Bedürfnissen ausrichten. Vielleicht melde ich mich zu einem Yoga-Kurs an.«

Thomas lächelte Lea an. Er freute sich über ihre Erkennt-nisse, stand auf, ging vom Tisch weg und telefonierte in Ruhe. Lea genoss den herrlichen Blick auf das Schweriner Schloss und beobachtete die vielen Urlauber, die auf die Dampfer stiegen, um die Schweriner Seen auf einer Fahrt zu erkun-den. ›Was für eine schöne Stadt‹, stellte Lea immer wieder fest, wenn sie in der Altstadt von Schwerin unterwegs war. Für kein Geld der Welt würde sie Schwerin als ihren Arbeits-ort und die Gemeinde Wittenförden als Wohnort verlassen.

»Gibt es was Neues?«, fragte sie Thomas, als er an den Tisch zurückkehrte.

»Das kann man wohl sagen. Es gibt Neuigkeiten. Das LKA hat mich gerade informiert. Sie haben herausgefunden, mit wem Lenz im Innenministerium ständig telefonischen Kontakt hatte. Ich denke, ich werde dort auf kriminelle Machenschaften stoßen. Der Sache muss mit äußerster Vorsicht nachgegangen werden. Ich kläre das Vorgehen morgen mit meinem Chef ab. So eine Untersuchung im Innenministerium kann ich nicht ohne Weiteres allein durchführen. Der Innenminister hat Hausrecht, das dürfen wir auf keinen Fall übergehen.«

»Und wenn der Innenminister vielleicht selbst an diesen Machenschaften beteiligt ist? Was dann?« Lea sah ihren Mann fragend an.

»Das wäre der größte Skandal.« Berger runzelte seine Stirn. »Deshalb muss ich morgen mit Hesse unter vier Augen sprechen und genau klären, wie wir vorgehen wollen. Sollte alles harmlos sein, wovon ich jedoch nicht ausgehe, kann mich ein Fehlverhalten meinen Job und mein Image kosten. Ein eklatanter Fehler und das war's dann.« Berger wurde nach dem Anruf unruhig. »Lass uns nach Hause fahren, Lea. Vielleicht gehen wir noch ein Stück bei uns im Dorf spazieren.«

»Gute Idee. Wir können doch zu den Pferden gehen, wo Willi Reiten gelernt hat. Oder möchtest du noch zu deiner Dienststelle fahren? Ich sehe doch, wie dich der Anruf gedanklich beschäftigt.«

»Nein. Auf keinen Fall. Ich habe mich für heute abgemeldet und so bleibt es auch. Die Person, die im Innenministerium arbeitet, sitzt auch morgen noch dort. Die paar Stunden halte ich jetzt auch noch aus. Du bist mir viel wichtiger, mein Schatz. Es muss auch mal einen Tag ohne mich gehen.«

»Sehr gute Entscheidung. Dann lass uns los. Die Pferde werden meines Wissens immer so gegen neunzehn Uhr gefüttert. Vielleicht hat Willi Lust, uns zu begleiten?«

»Ich würde gern mit dir allein dorthin spazieren. Wir brauchen auch mal Zeit für uns. Ich mag heute keine Schulprobleme eines Erstklässlers diskutieren. Der Nachmittag und der Abend gehören uns.« Er küsste seine Frau seit Langem mal wieder auf den Mund. Lea schloss die Augen genoss es und war glücklich.

Sechsunddreißig

»Guten Morgen, Lutz, ich muss dich unbedingt sprechen!«
Berger war noch nicht einmal in seinem eigenen Büro angekommen und kündigte bereits hektisch auf dem Flur seinem Chef ein dringendes unaufschiebbares Gespräch unter vier Augen an.

»Moin. Okay. In zehn Minuten in meinem Büro. Ich muss
erst einmal die aktuelle polizeiliche Lage der vergangenen
Nacht durchschauen. Dann können wir sofort loslegen.«

In der Zwischenzeit sprach Berger schnell mit dem Revierleiter Matthies Roloff, der verantwortlich für den Besuch der Schulklasse seines Sohnes war. Die Klasse wollte
um zehn Uhr in der Inspektion sein.

»Setz dich, Thomas.« Lutz Hesse bat ihm einen Stuhl an.
»Ist etwas mit deiner Frau?«, fragte er vorsichtig, weil Berger den gestrigen Tag nicht im Dienst war.

»Nein. Lea geht es wieder gut. Ich muss mich einfach etwas mehr um sie kümmern. Das steht definitiv fest, wenn
ich sie nicht durch eine Scheidung verlieren will.«

»Ja, das Zeitproblem haben wohl alle Polizisten. Daran ist
schon manche Ehe in die Brüche gegangen und gescheitert.«

»Aber deshalb bin ich nicht hier«, antwortete Thomas.
»Ich habe gestern Abend aus dem LKA einen Anruf bekommen. Sie haben weitere Informationen für mich hinsichtlich
der Telefonkontakte von Peter Lenz. Es fällt auf, dass Lenz

mit einem Mitarbeiter im Innenministerium sehr häufig telefoniert hat. Selbst am Tag des Mordes hat er dort mehrmals vormittags angerufen.«

»Wer ist es?«, fragte Hesse sofort.

»René Scheller. Aus dem Polizeireferat des Innenministeriums.«

»Scheller? Scheller, der Name sagt mir nichts. Kennst du den Mann?«

»Nein. Ein leitender Beamter kann das nicht sein! Ich habe auch noch nie etwas von ihm gehört.«

»Vielleicht sind es auch alles harmlose Telefonate und für uns gar nicht relevant?«

»Das denke ich nicht. Scheller ist unter anderem für Drogenkriminalität in unserem Bundesland zuständig und – du erinnerst dich – bei Lenz wurden Drogen gefunden. Ich sehe da einen kausalen Zusammenhang.«

»Klar. Da müssen wir schon nachhaken. Das hatte ich gar nicht mehr so im Blickfeld. Ich sehe eher die Ehefrau und den Immobilienmakler als dringend tatverdächtig an.«

»Vielleicht auch eine gemeinsame Sache von drei Personen. Ich würde bei Scheller dennoch eine Durchsuchung im Büro veranlassen. Wenn die beiden so oft telefoniert haben und Lenz selbst mit Drogen am Mann umgebracht wurde, müssen wir dort nachforschen.«

»Das wird allerdings nicht so einfach in die Behörde des Innenministers vorzustoßen, um eine Bürodurchsuchung durchzuführen! Wir benötigen einen richterlichen Beschluss.«

»Das sehe ich auch so. Deshalb wollte ich dich fragen, ob du nicht zeitnah mit dem Innenminister telefonieren könntest?«

Hesse runzelte die Stirn und kratzte sich an seinem Kinn: »Uns bleibt ja wirklich nichts erspart in diesem mysteriösen Mordfall. Aber das muss ich dann wohl machen. Ohne das Einverständnis des Innenministers, dem Hausherren, können wir dort keine Durchsuchung machen! Das geht absolut nicht.«

»Ich bin mir auch nicht sicher, ob wir die ganz große Überraschungsnummer durchziehen oder mit Ankündigung dort bei Scheller suchen?«, fragte Berger skeptisch.

»Wenn, dann nur mit Überraschung. Alles andere bringt in meinen Augen nichts. Der Scheller hat sonst genügend Zeit, Beweismittel zu vernichten.«

»Genau. So sehe ich das auch. Ich lese schon gedanklich die Schlagzeile in der Presse: Razzia im Innenministerium.«

»Davon müssen wir ausgehen. So etwas bleibt nicht geheim. Irgendeiner quatscht doch immer. Wir machen es so. Ich versuche sofort ein Telefonat mit dem Innenminister zu bekommen. Der Dienstweg über das Präsidium entfällt für mich. Wenn ich das dort offiziell anmelde, dann weiß Scheller schon vorher, dass wir bei ihm aufschlagen. Den Ärger nehme ich auf meine Kappe. Die Sache ist zu heiß. Sollte der Innenminister zustimmen, komme ich auch mit ins Innenministerium. Da bin ich mit dabei, Thomas.«

»Das ist gut. Im Team ist das eh besser.« Berger schaute auf seine Uhr. »Gleich kommt die Schulklasse meines Sohnes zur Besichtigung unserer Inspektion. Ich laufe dort kurz mit. Der Revierleiter führt die Klasse. Ich bin jederzeit für dich erreichbar.«

Berger verließ das Büro seines Chefs. Hesse wies sein Vorzimmer an, im Sekretariat des Innenministers anzurufen und mitzuteilen, dass der Leiter der Polizeiinspektion den Minister dringend und vertraulich sprechen müsse.

Kurze Zeit später staunte Berger, als er sah, dass die Schulklasse seines Sohnes mit der Klassenleiterin eintraf. Denn die Klasse wurde auch von Lea begleitet. Ihren freien Tag wollte sie nutzen, um die Dienststelle ihres Mannes genauer anzuschauen. Bisher hatte sich das noch nie ergeben. Berger musste kurz schlucken, so sehr freute er sich, dass Lea mit dabei war. Er zwinkerte ihr liebevoll zu. Willi war stolz bis über beide Ohren, dass sein Papa und seine Mama vor Ort waren. Er ließ sich das allerdings vor seinen Klassenkameraden nicht anmerken und hielt gebührenden Abstand zu seinen Eltern.

Der Revierleiter begrüßte die Kinder. Als erstes gingen sie auf den Innenhof des Reviers und besichtigten einen Streifenwagen, die Ausrüstung der Beamten, die schweren schusssicheren Westen und Helme. Lea schaute sich auch sehr interessiert alles an. Von Erzählungen ihres Mannes kannte sie die meisten Gegenstände. Aber live war natürlich alles viel interessanter. Die Besichtigung der Gewahrsamszelle war der Höhepunkt der Führung. Mit weit aufgerissenen Augen inspizierten die Schulkinder den karg eingerichteten Raum. Alle waren der Meinung, dort niemals festgehalten werden zu wollen. Ein kleines Mädchen ergriff nach der Besichtigung die Hand von Berger und ließ diese bis zum Schluss des Rundgangs nicht mehr los. Die Klassenleiterin bemerkte dies und erklärte Berger, dass die kleine Sophie vor Kurzem erst ihren Vater verloren hatte und sehr anhänglich sei. Dies berührte Berger emotional so sehr, dass er ihr zum Abschluss einen kleinen Polizeiteddybären schenkte.

Am Ende der einstündigen Führung ging es noch einmal nach draußen. Dort wurde praktisch vorgeführt, wie ein Lasergerät zur Geschwindigkeitsmessung bei Fahrzeugen eingesetzt wird. Rundum war es eine interessante Führung für die Kinder und erst recht für Lea. Berger verabschiedete sich von der Klasse und drückte seiner Frau heimlich einen zärtlichen Kuss auf die Lippen. Aus dem Fenster sah Lutz Hesse das Geschehen. Er atmete tief durch, als er das Ehepaar Engel-Berger so vertraut sah.

Nach dem Besuch ging Berger zu seinem Dienstwagen. Er hatte dort etwas liegen, was er seinem Chef unbedingt zeigen wollte.

»Komm rein, Thomas!«, rief Hesse seinem besten Ermittler zu. »Das Telefonat hat geklappt und die Schulklasse war wohl auch zufrieden.« Weitere Details nannte Hesse erst einmal nicht, bevor seine Bürotür verschlossen war.

»Ich habe hier noch etwas Interessantes!«, erklärte Berger ihm.

»Also ich zuerst«, begann Lutz Hesse. »Der Innenminister ist involviert. Er setzt auf eine lückenlose Aufklärung und gestattet uns die Durchsuchung bei René Scheller. Er möchte sofort im Anschluss über die Ergebnisse unterrichtet werden. Ohne großes Gewese, werden wir in Schellers Büro auftauchen und alles durchforsten. Sollten wir dort nicht fündig werden, startet bei ihm zu Hause zeitgleich eine Hausdurchsuchung. Das muss klappen!«

»Bin ich froh!« Berger war erleichtert. »Ein gutes Signal vom Innenminister. Dann wissen nur drei Personen über die Aktion Bescheid.«

»Und Scheller weiß erst Bescheid, wenn die Razzia – ich spreche mal im Presse-Jargon – durch ist. So, jetzt du. Was hast du noch Interessantes herausgefunden?« Hesse sah Berger über seinen Lesebrillenrand gespannt an.

»Schau mal, Lutz.« Berger holte einen Parkzettel aus seiner Hosentasche.

»Was ist das?«

»Der Parkzettel lag in Michael Thalheims Tesla!«

»Sag nicht, du hast den ohne Thalheims Wissen einfach mitgenommen!«

»Doch.«

»Bist du verrückt? Was willst du damit?«

»Ich bin keineswegs verrückt, lieber Lutz. Dieser Parkschein beweist, dass Michael Thalheim – allein oder mit Yvonne Lenz – am Abend des Mordes in der Arsenalstraße – also direkt am Innenministerium – mit seinem Wagen geparkt hat.«

»Du weißt, dass wir das keinesfalls als Beweismittel vor Gericht nutzen dürfen!«

»Ja, das weiß ich. Aber, für unsere Ermittlungen ist es sehr wichtig zu wissen, dass Thalheim in der Mordnacht am Pfaffenteich war und schau mal – sogar für mehrere Stunden.«

»Du kannst ihm aber schlecht seinen eigenen Parkzettel vorhalten und dazu befragen! Deine Entnahme ist rechtswidrig. Jeder Anwalt würde uns in der Luft zerreißen. Außerdem beweist der Zettel allein noch gar nichts ...«

»Nein, für das Gericht auf keinen Fall. Das ist mir klar. Aber ich kann schon vor Thalheim behaupten, dass sein Wagen in der Mordnacht am Pfaffenteich gesehen wurde. Den Parkzettel behalte ich für mich. Den vermisst er bestimmt nicht mal und wenn doch: Von dem Zettel wissen nur wir beide was. Aber wir wissen jetzt definitiv, dass er abends dort war.«

»Da hast du natürlich recht. Von dem Zettel erfährt niemand etwas. Wir dürfen uns nicht angreifbar machen, hörst du?« Hesse war wieder einmal erstaunt über die vortreffliche Arbeitsweise von Berger. Er schüttelte den Kopf: »Berger, Berger ... mit illegalen Beweismitteln wieder ans Ziel kommen. Das ist ja nichts Neues!« Er schmunzelte und wahr insgeheim froh, dass Berger so umsichtig handelte. »Clever wäre gewesen, du hättest das Ticket im Auto gelassen und mit dem Handy nur für uns fotografiert!«

»Das stimmt. Deshalb bist du ja Chef und nicht ich!« Berger war erleichtert, dass er so offen mit seinem Vorgesetzten sprechen konnte. Das lockere Gespräch wurde durch den Ton einer eingegangenen SMS-Nachricht auf Bergers

Handy unterbrochen. »Ah, der Rechtsmediziner bittet um meinen Rückruf … Bis später. Ich bereite die Durchsuchung bei René Scheller vor und dann legen wir zusammen los.«

Siebenunddreißig

Für siebzehn Uhr war die Durchsuchung des Büros von René Scheller im Innenministerium geplant. Zu dem Zeitpunkt waren für gewöhnlich nur noch wenige Mitarbeiterinnen und Mitarbeiter im Arsenal. Es war ein historisches, unter Denkmalschutz stehendes Gebäude, das 1990 zum Sitz des Innenministers wurde. Das großherzogliche Zeughaus wurde von 1840 bis 1844 nach den Plänen von Hofbaumeister Georg Adolf Demmler gebaut. Sechs Millionen Mauer- und Dachsteine wurden hier am Südufer des Schweriner Pfaffenteichs verbaut.

Ohne Ankündigung gingen Lutz Hesse, Lars Paulsen und Thomas Berger in das Büro. Der Pförtner des Ministeriums hatte die strikte Anweisung, Herrn Scheller an seinem Arbeitsplatz *nicht* über Gäste zu informieren.

Hesse klopfte und öffnete sofort die Tür. René Scheller saß an seinem Schreibtisch. Den ledernen Schreibtischstuhl weit nach hinten geklappt. Seine Beine lagen auf dem Schreibtisch. ›Besser konnte das Überraschungsmoment nicht sein‹, dachte Berger.

»Wer sind Sie?« Scheller nahm hektisch die Füße vom Schreibtisch und stand erschrocken auf.

»Wir sind von der Polizeiinspektion Schwerin und ermitteln im Mordfall Peter Lenz.« Lutz Hesse stand jetzt direkt vor Scheller, der sich blitzschnell erhob.

»Und was wollen Sie von mir?« Völlig irritiert versuchte Scheller, normal und nicht aufgeregt zu reagieren. Es gelang ihm nicht.

»Nach unseren Ermittlungen, in deren Rahmen wir auch das Telefon sowie die ein- und ausgehenden Anrufe von Peter Lenz ausgewertet haben, hatten sie regelmäßig telefonischen Kontakt mit Herrn Lenz. Worum ging es dabei? Herr Lenz hat mit Ihnen häufiger telefoniert als mit dem Innenminister!«, stellte Berger mit einem Schriftstück in der Hand fest.

»Es ging um ermittlungstaktische Dinge!«, antwortete Scheller zögerlich. »Das konkret zu erläutern, ginge jetzt zu sehr ins Detail.«

Paulsen beobachtete das Gespräch und ging im Büro umher. »Schönen Ausblick haben Sie hier. Direkt auf den Pfaffenteich mit der kleinen Fähre«, stellte er fest.

»Ja, um den Ausblick wurde ich schon oft beneidet. Besonders im Sommer, wenn die Fontaine auf dem Pfaffenteich eingeschaltet ist und sich darum ein herrlicher Regenbogen bildet.«

»Es ging also immer um dienstliche Dinge bei den Gesprächen mit Herrn Lenz oder verkehrten Sie auch privat miteinander?«, hakte Berger nach.

»Nur um dienstliche Sachverhalte«, bestätigte Scheller.

Thomas Berger fiel auf, dass Scheller zu schwitzen begann und zusehends nervöser wurde. »Herr Scheller, wir werden uns Ihren Computer genauer anschauen und in Ihre Akten, die dort stehen, reinschauen. Ihr privates Handy legen Sie bitte dort auf den Schreibtisch!« Berger zeigte mit dem Finger, wohin er es ablegen sollte.

»Was soll das Ganze? Was wollen Sie denn von mir? Weiß der Innenminister, was Sie hier gerade mit mir veranstalten?«

»Selbstverständlich. Es ist alles mit dem Innenminister abgesprochen und von ihm genehmigt.« Lutz Hesse versuchte, Scheller mit diesem Satz zu beruhigen. Auch ihm fiel auf, wie nervös Scheller plötzlich wirkte. Schweißperlen sammelten sich an Schellers Haaransatz.

Berger schaute Scheller in die Augen: »Herr Scheller, Sie haben so große Pupillen. Nehmen Sie Medikamente? Oder geht es Ihnen nicht gut?«

»Ja, ich nehme Tabletten gegen Bluthochdruck! Bei der Hitze bin ich mit meinem Kreislauf immer sehr anfällig.«

»Illegale Substanzen konsumieren Sie aber nicht?«, provozierte Berger. »Das wäre schon ein Ding, wenn der Mitarbeiter für Drogendelikte selbst Drogen konsumiert und vielleicht sogar damit handelt!« Berger hatte den Nagel auf den Kopf getroffen.

»Ich nehme keine Drogen. Was wollen Sie mir hier eigentlich unterstellen? Muss ich mir Sorgen machen und meinen Anwalt anrufen?«

Berger konnte die Drohungen mit den Anwälten nicht mehr hören. »Das können Sie nur allein einschätzen, ob Sie einen Anwalt benötigen! Am besten, Sie setzen sich mit Ihrem Schreibstuhl vor Ihr Büro und mein Kollege Paulsen wird Ihnen dabei Gesellschaft leisten. In der Zwischenzeit schauen wir uns in Ihrem Büro mal genauer um.«

»Aber was sollen die Kollegen denken, wenn Sie mich hier auf dem Flur sitzen sehen?«

»Wissen Sie was, Herr Scheller, das ist uns völlig egal!« Berger war in Höchstform. Er vermutete, dass der Mann zu einhundert Prozent Drogen konsumierte und forderte ihn auf, sein Büro mitsamt Stuhl zu verlassen. Paulsen ging mit ihm auf den Flur.

Berger schaute sich zuerst sämtliche Laufwerke auf dem Rechner an. Die Ordner und Dateien waren ordentlich strukturiert und übersichtlich angelegt. Drogendelikte aus allen Landkreisen und kreisfreien Städten von Mecklenburg-Vorpommern. Statistiken für das Bundeskriminalamt, Schriftverkehr mit dem Landeskriminalamt – alles digital abgelegt. Berger wünschte sich, dass so eine Ordnung auch auf seinem Computer herrschte. Davon konnte er nur träumen. Er hasste Schreibtischarbeit und die Ablage von Schriftstücken. Er war eher der praktische Ermittler. Den Schreibkram überließ er gern Lars Paulsen, der aus einer Buchhalterfamilie stammte und dem das Registrieren von Schriftstücken vermutlich im Blut lag.

Jetzt wurde es interessant. Die Ordnergruppe Privates erregte sofort Bergers Interesse. Der Ordner war mit einem Passwort gesichert, kein schnelles Öffnen möglich. Berger ging auf den Flur und fragte Scheller nach dem Passwort.

»Das sage ich Ihnen nicht. Das ist Privatsache und hat nichts mit meiner Tätigkeit hier zu tun.«

»Private Dinge auf dem dienstlichen Rechner? Herr Scheller, wir können den Rechner auch mitnehmen und im LKA die Dateien öffnen lassen. Dann wird es vermutlich noch peinlicher für Sie. Ich meine ja nur, weil Sie doch so bedacht darauf sind, was Ihre Kolleginnen und Kollegen von Ihnen denken.«

Scheller atmete tief durch und sagte das Passwort: »Rellehcs!«

»Wie lautet das Passwort? Bitte noch einmal wiederholen!« Berger wurde ungeduldig.

»Rellehcs«, wiederholte er noch einmal. »Es ist mein Nachname nur rückwärts geschrieben.«

»Wie geistreich!«, antwortete Berger und ging mit Spannung an den Rechner zurück.

Lutz Hesse schaute sich zwischenzeitlich in den Schränken von Scheller genauer um. In einem Schrank fand er im unteren hinteren Teil ein Paar alte Turnschuhe. »Schau mal, Thomas, was hier in den verdreckten Turnschuhen steckt.« Lutz Hesse holte fünf kleine durchsichtige Plastiktütchen mit weißem Inhalt heraus.

»Bestimmt Backpulver!«, scherzte Berger. »Ich fasse es nicht! Was für ein Skandal! Und niemand im Innenministerium hat etwas mitbekommen? Scheller ist vermutlich Dealer und Konsument.«

Berger scrollte die Dateien durch. Drei Dateien fielen ihm aufgrund der Namen sofort auf. Nummer eins: Doreen Kaiser. Die Social-Media-Beauftragte, die Lenz zum Sex gezwungen hatte und schriftlich niederlegen musste, dass der Geschlechtsverkehr einvernehmlich war. Nummer zwei: Klaus Rudnik. Er hatte sich wie Lenz um den Posten des Polizeipräsidenten beworben. Und Nummer drei: Frauenärztin Lea Engel. Berger stockte der Atem. Er war sprachlos und öffnete die Datei zuerst. Er fand alle Kontaktdaten zur Frauenarztpraxis seiner Frau. Berger nahm sich das Telefon von Scheller vor und ließ die Anrufliste durchlaufen. Tatsächlich, der Kerl hatte mehrfach in Leas Praxis angerufen. Berger war außer sich. Er nahm Schellers Handy vom Schreibtisch auf und scrollte alle Apps durch. Für Berger war es nur eine Frage der Zeit, bis er fand, was er suchte. Berger starrte sie einen Moment an und war fassungslos. Eine App mit der Bezeichnung *Stimmwechsler/Sprachverstellung*. Die verstellte Sprachnachricht war sogar noch abgespeichert. Der Text war so, wie Lea es ihm geschildert hatte. Berger stand auf, rannte zur Tür, riss sie auf und stürzte auf René Scheller zu. Mit der geballten Faust schlug er Scheller ins Gesicht, der sofort vom Stuhl fiel. Paulsen konnte gerade noch rechtzeitig ausweichen, sonst hätte Scheller ihn mit zu Boden gerissen.

»Thomas, hör auf, bist du bescheuert? Lass das!«

Lutz Hesse kam ebenfalls aus dem Büro und fragte entsetzt: »Was ist denn los?«

Berger hatte einen hochroten Kopf. Er konnte und wollte sich nicht beruhigen.

»Was ist passiert?«, fragte Hesse mit weit aufgerissenen Augen.

»Gar nichts!«, antwortete Paulsen.

»Danach sieht es aber nicht aus!« Hesse reichte Scheller seine Hand und zog ihn hoch.

»Herr Berger ist handgreiflich geworden!«, stotterte Scheller. Er zitterte vor Aufregung. »Er hat mich geschlagen. Das hat ein Nachspiel, das versichere ich Ihnen! Das lasse ich sofort von einem Arzt dokumentieren.«

»Das ist mir scheißegal! Ich fahre dich auch noch zum Arzt, wenn es sein muss.« Berger war so wutentbrannt, dass er ein zweites Mal ausholen wollte und Paulsen ihn gerade noch rechtzeitig festhalten konnte.

»Schluss jetzt!«, rief Hesse energisch und laut.

»Mit dem Schwein ist noch lange nicht Schluss. Er hat in der Praxis meiner Frau angerufen und mit einer Stimmverstellungs-App eine Morddrohung ausgesprochen.«

Scheller schrie Berger an: »Das können Sie mir gar nicht nachweisen!«

»Du erbärmlicher Kerl beweise erst einmal, dass ich dich geschlagen habe und nicht irgendein Drogendealer mit dem du dreckige Kontakte pflegst. Oder hast du als Drogenkonsument schon Halluzinationen?«

Scheller schluckte: »Das war ja klar. Polizeibeamte, die gewalttätig werden und dann schön alles vertuschen. Zustände wie in den USA. Wollt ihr mich jetzt gemeinsam zusammenschlagen?« Scheller provozierte alle drei Beamte.

»Ruhe jetzt!« Hesse rief alle laut zur Raison. »Wir fahren jetzt in die Dienststelle. Sie kommen mit, dann machen wir einen Drogentest und werten die weiteren Beweismittel, die wir in Ihrem Büro sichergestellt haben, aus. Kommissar Berger wird sich für sein Verhalten verantworten müssen. Da gibt es keine Diskussion. Ich informiere jetzt in den

Innenminister über das, was hier vorgefallen ist. Und Sie, Herr Scheller, können sich schon mal überlegen, inwiefern Peter Lenz in Ihre Drogengeschäfte involviert war. Wir haben nämlich genau so ein Tütchen auch bei ihm gefunden!«

Scheller versuchte zu retten, was noch zu retten war: »Peter wollte an dem Tag Drogen mitnehmen und sie seiner Frau unterjubeln. Er wollte sie loswerden! Er selbst nahm keinerlei Drogen. Das war nicht seine Welt!«

Berger war nach dieser Aktion klitschnass vom Schweiß. Mit vielem hatte er bei diesem Einsatz gerechnet, aber nicht damit, dass René Scheller, ein leitender Beamter im Innenministerium, seine Frau telefonisch bedroht hatte. Er ging auf die Toilette auf dem Flur und ließ sich im Waschraum kaltes Wasser über den Kopf und den Puls am rechten Armgelenk laufen. Der Einsatz war definitiv zu viel für ihn. Noch nie hatte Berger einen Menschen angegriffen und geschlagen, wenn er sich nicht verteidigen musste. Er hatte eine Hemmschwelle übertreten; so kannte er sich nicht und das machte ihm Angst. Er trocknete sich mit Papierhandtüchern ab und verließ mit gesenktem Kopf den Waschraum. So etwas Unprofessionelles war ihm noch nie passiert. Im Gegenteil, oft hielt er Kollegen vor spontanen Gewaltaktionen zurück. Erstmals konnte er sich in deren Lage versetzen. Sofern die eigene Familie in Gefahr gerät, ist eben keiner vor einer Handlung im Affekt sicher. Auch nicht ein langjährig erfahrener Hauptkommissar, bei dem für einen Augenblick die Nerven blank lagen und die Sicherungen durchbrannten. »So eine Scheiße! So was darf einfach nicht passieren!

So etwas darf mir nicht passieren!« Berger fluchte vor sich hin. Niemand hörte seine verzweifelten Sätze.

Hesse, Paulsen und Scheller warteten im Auto auf Berger. Berger winkte ab und rief: »Ich komme mit dem Taxi nach!«. Er ertrug es nicht, im gleichen Auto wie Scheller zu sitzen.

Achtunddreißig

Thomas Berger hatte gerade im Taxi Platz genommen und den älteren Fahrer des beigefarbenen Mercedes angewiesen, wohin er ihn fahren sollte, da klingelte sein Telefon.

»Wollen Sie nicht rangehen?«, fragte der ältere Herr in seinem karierten Hemd und seiner schwarzen, an den Taschen abgefetzten, Lederweste.

Berger reagierte nicht. Er war tief in Gedanken versunken.

»Hallo, Ihr Telefon klingelt!« Der Taxifahrer sprach Berger noch einmal an. Sie fuhren gerade über den Obotritenring.

Erschrocken kramte Berger das Smartphone aus der Tasche und sah, dass es Doktor Brandenburg war.

»Hallo Thomas, ich dachte du rufst mich mal zurück. Ich hatte dir doch schon eine SMS geschrieben«, musste Berger sich anhören.

»Entschuldige, Karsten. Das ist mir durchgerutscht.«

»Was ist denn mit dir los? Fährst du gerade Auto? Passt es nicht? Ich rufe gern später noch einmal an.«

»Ich sitze in einem Taxi und werde gefahren.«

»Du hörst dich so gereizt an. Ich hatte eigentlich mit einem Anraunzer gerechnet, weil ich mich heute erst melde. Sonst kann es dir nicht schnell genug gehen.«

»Kein Problem.«

Dr. Karsten Brandenburg war verunsichert. Sonst begrüßte Berger ihn immer mit einem lockeren Spruch.

»Nun sag schon, was los ist!« Der Rechtsmediziner gab keine Ruhe.

»Ich habe eben völlig die Kontrolle über mich verloren und bin das erste Mal gewalttätig geworden.«

Der Taxifahrer hörte das Telefonat mit an und schaute fortan permanent besorgt in den Rückspiegel und beobachtete Berger.

Plötzlich bremste er und fuhr in die Bushaltestelle am Alten Friedhof. »Steigen Sie bitte aus!«, bat er Berger freundlich, aber bestimmt.

»Was ist denn los? Wieso soll ich aussteigen?«, fragte Berger verunsichert.

»Ich möchte, dass Sie aussteigen. Ich möchte keine Menschen befördern, die gewalttätig sind und mich selbst in Angst und Schrecken versetzen. Sie steigen jetzt aus. Bezahlen brauchen Sie nicht! Ich fahre nicht weiter, ehe Sie nicht ausgestiegen sind. Ich habe doch gesehen, dass Sie eine Waffe bei sich tragen.«

»Ich steige nicht aus. Sie fahren mich, wie besprochen zur Polizei in die Graf-York-Straße auf dem Großen Dreesch! Was erlauben Sie sich denn?«

Der Fahrer tippte auf sein Funkgerät. Die Sache wurde ihm zu heiß. »Ich informiere jetzt die Zentrale und Sie steigen sofort aus.«

»Das werden Sie schön lassen! Ich bin von der Polizei!« Berger kramte seinen Dienstausweis heraus und zeigte dem Mann das Dokument.

»Menschenskinder, wieso sagen Sie das denn nicht gleich. Ich habe gedacht …«

»Sie werden nicht fürs Denken bezahlt, fahren Sie mich einfach, wohin ich möchte!«

Berger führte sein Handy wieder zum Gesicht: »Hallo Karsten, bist du noch dran?«

»Ja. Ich habe alles mitgehört.« Der Rechtsmediziner war verunsichert und wusste nicht, ob er weiterreden sollte. So empathielos und von oben herab, wie Berger gerade mit dem Taxifahrer gesprochen hatte, kannte er ihn gar nicht.

»Was hast du denn für mich? Ich war gerade zu einer Durchsuchung im Innenministerium. Die Geschichte ist aus meiner Sicht etwas aus dem Ruder gelaufen. Erzähle ich dir ein anderes Mal.«

»Okay. Bist du soweit in Ordnung oder bist du verletzt?«

»Physisch alles bestens, aber mental fühle ich mich schrecklich!«

»Ich wollte mich entschuldigen, dass ich mich jetzt erst melde. Ein Hexenschuss hat mich ein paar Tage völlig ausgebremst. Jedenfalls habe ich heute mit einem Rechtsmediziner aus dem Schwarzwald gesprochen. Ich hatte doch erwähnt, dass ich mit der Tatwaffe, mit der Lenz dreizehnmal erstochen wurde, so meine Schwierigkeiten hatte. Aber jetzt kann ich dir sagen, womit Lenz erstochen wurde.«

»Na, womit? Jetzt machst du es aber spannend, Karsten!« Berger war wieder etwas ruhiger. Der Taxifahrer gähnte während der Fahrt auf der Ludwigsluster Chaussee. Die Anspannung hatte sich bei ihm gelegt. Er wirkte nach dem heftigen Streitgespräch mit Berger leicht erschöpft.

»Die Tatwaffe ist ein Saufänger!«

»Was ist das denn?«, fragte Berger. »Oder scherzt du?«

»Nein, ein Saufänger ist eine Jagdwaffe. Ein schwerer, beidseitig geschliffener Dolch, der dem Abfangen von Schwarzwild dient.«

»Eine Jagdwaffe? Wie seid ihr darauf gekommen?«

»Mein Kollege aus Süddeutschland ist passionierter Jäger. Mich haben die Spuren von Hirschhorn bei Lenz verunsichert.«

»Kannst du mir das genauer erklären, sodass ich es meinen Chef in einfachen Worten wiedergeben kann? Ich habe gerade nichts zu Schreiben bei mir.«

»Der Saufänger ist eine Jagdwaffe, mit der man verletzte Tiere – zum Beispiel nach einem Verkehrsunfall oder einem schlechten Schuss – schnell von seinen Leiden erlösen kann. Sie muss nach den Einstichen zufolge vierundzwanzig Zentimeter lang gewesen sein. Die Klinge ist in einen Hirschhorngriff – also ein Naturprodukt – gefasst. Deshalb haben wir auch Teile von Hirschhorn an den Einstichstellen gefunden. So ein edler Dolch kann bis zu 300 Euro kosten. In einem normalen Haushalt findest du den bestimmt nicht. Der oder die Täter oder die Täterin müssen Jäger sein. Anders kann ich mir das nicht erklären.«

»Lenz selbst war auch Jäger. Kann er sich die Verletzungen selbst zugefügt haben?«

»Nein. Niemals. Das war eindeutig Fremdverschulden. Ansonsten hättet ihr bei den schweren Verletzungen auch den Saufänger irgendwo neben ihm aufgefunden.«

»Okay.«

»Dann haben wir an Mund und Nase Zellstoff sichergestellt. Meine Vermutung ist, dass er vor den Einstichen betäubt wurde. Seinen Lungen nach zu urteilen, ist er nicht erstickt.«

»Also kann ich in Jägerkreisen den Mörder von Lenz suchen«, stellte Berger zusammenfassend fest.

»Ja, so meine These, Thomas.«

»Danke, Karsten. Ich melde mich wieder bei dir. Dann trinken wir mal wieder einen Whisky zusammen. Wird mal wieder Zeit, oder?«

»Gern. Ich warte auf deinen Anruf. Eiswürfel habe ich immer im Kühlfach. Ich wünsche dir einen entspannten Feierabend.« Karsten Brandenburg verabschiedete sich.

Zwischenzeitlich war der Taxifahrer an der Polizeiinspektion angekommen. Das Taxameter zeigte zwölf Euro fünfzig an. Berger gab dem Mann zwanzig Euro mit den Worten: »Stimmt so. Und Entschuldigung. Tut mir echt leid. Das ist heute nicht mein Tag.«

Der Taxifahrer bedankte sich nickend und war froh, dass es für ihn die letzte Fahrt des Tages war.

Berger ging nicht in die Dienststelle. Er setzte sich in sein Auto und fuhr nach Stralendorf zu Erwin Brauer, Lenz' früherem Jagdfreund.

Neununddreißig

Thomas Berger blickte nachdenklich auf seine Uhr. Sie zeigte zwanzig Uhr an. Konnte er um diese Zeit noch bei Erwin Brauer – dem Mitglied des Jagdvereins Hubertus – in Stalendorf klingeln?

Er tat es einfach. Frau Brauer öffnete.

»Guten Abend, Polizei Schwerin, Berger mein Name.«

»Guten Abend, Herr Berger. Sie ermitteln doch im Mordfall Lenz, oder?« Die Frau lächelte ihn freundlich an.

»Genau. Ich müsste Ihren Mann dringend kurz sprechen«, kam Berger ohne Umschweife gleich auf den Punkt.

»Das tut mir leid. Der schläft schon.« Sie schüttelte den Kopf.

»Um diese Zeit?«

»Ja. Er will morgen früh um drei Uhr zur Jagd los. Erwin hat sich gerade hingelegt.«

»Dann schauen Sie doch bitte, ob er schon schläft. Es ist wirklich wichtig.«

»Wie Sie möchten. Kommen Sie doch rein. Wenn Erwin dann schlechte Laune hat, sind Sie aber schuld!«, sagte sie lächelnd. Sie verschwand und ging die Treppe hoch.

Ein paar Minuten später erschien Erwin Bauer in einem hellblauen kurzen Pyjama. »Guten Abend, Herr Berger, da haben Sie aber Glück, dass ich noch wach bin. Ich nehme sonst immer ein paar Schlaftropfen, sonst komme ich um diese Uhrzeit nämlich nicht in den Schlaf. Und wenn ich die Tropfen genommen habe, bekommt mich meine Frau nicht so leicht wach.«

»Es ist auch nur kurz, dann können Sie wieder ins Bett gehen.« Berger war gespannt, ob Erwin Brauer ihm Rede und Antwort stehen würde.

»Was gibt es denn so wichtiges? Bestimmt geht es noch einmal um Peter, nicht wahr?«, beantwortete er sich selbst die Frage. »Da fällt mir ein, ich hatte Ihnen ja noch gar nicht unsere Vereinsmitgliederliste gemailt. Wir haben hier so ein schlechtes Internet. Aber morgen hätten Sie sie von mir per E-Mail bekommen«, versicherte Brauer. »Setzen wir uns einen Moment ins Wohnzimmer.«

Beide saßen auf der Couch, nachdem Brauer sich einen leichten Bademantel übergezogen hat.

»Ich habe von der Rechtsmedizin erfahren, dass die Mordwaffe ein sogenannter Saufänger war.«

»Oh, wie schrecklich!«

»Sie kennen so einen Dolch, richtig?«

»Na, klar.«

»Haben Sie einen Saufänger zu Hause?«

»Ja. Warum?«

»Ich würde den gern einmal sehen. Im Internet habe ich nur ein Bild dazu gefunden. Gern würde ich mir so einen Dolch mal real anschauen. Aber nur, wenn es keine Umstände bereitet.«

Brauer überlegte einen kurzen Moment und sah seine Frau an. »Kleinen Augenblick, ich muss raus in den Schuppen gehen und ihn holen.«

»Vielen Dank, das ist sehr nett!« Berger blickte auf den Fernseher in der Wohnstube. Gerade wurde der Wetterbericht in der Tagesschau ausgestrahlt. Es sollte am Wochenende weiterhin so heiß bleiben, kein Regen in Sicht. Ideales Wetter für die Abenteuer-Überraschung, die er übers Wochenende für seine Familie geplant hatte.

»Hier ist mein Saufänger!«, Brauer hielt ihm den spitzen Dolch zur Ansicht hin. »Seien Sie vorsichtig, der ist sehr scharf. Die Klinge ist beidseitig geschärft.«

Berger nahm ihm das Teil ab: »Oh, der ist ja locker über zwanzig Zentimeter lang. Und sogar traditionell mit Hirschhorngriff versehen. Hatte Peter Lenz auch so einen Saufänger?«

»Nein, soweit ich das auf der Jagd mitbekommen hatte, nicht. So oft kommt der Dolch ja auch nicht zum Einsatz. Das ist eher selten der Fall. Ich habe meinen einmal bei einer Treibjagd gebraucht. Aber das ist auch schon sehr lange her.«

»Ob ich Ihren Saufänger mal mitnehmen kann? Was meinen Sie? Können Sie den ein paar Tage entbehren?« Berger war auf seine Antwort gespannt.

»Ich weiß nicht«, antwortete er misstrauisch.

»Nun stell dich nicht so an, Erwin«, mischte sich seine Frau ein. »Du wirst doch einmal auf der Jagd ohne ihn auskommen. Du hast doch noch andere Jagdmesser!«

»Ich bin immer sehr eigen mit meinen Jagdutensilien. Was wollen Sie denn damit ein paar Tage lang machen?«

»Ich wollte ihn unserer SoKo vorlegen.« Berger war froh, dass ihm einfiel, dass ja das Wochenende dazwischenlag.

»Montag ist wieder ein Meeting angesetzt. Da möchte ich den Saufänger als Mordwaffe vorführen. Danach bekommen Sie ihn von mir persönlich wieder zurück. Ich weiß, dass der Saufänger sehr teuer ist. Ich gebe ihn nicht aus der Hand und verspreche Ihnen, dass ich ihn persönlich wieder vorbeibringe.«

»Sie sagten eben, die Mordwaffe vorführen. Mein Saufänger ist doch nicht die Mordwaffe, oder?« Erwin wurde blass im Gesicht.

»Natürlich nicht. Es sei denn, jemand anderes hat ihn ohne Ihr Wissen benutzt. Aber das hätten Sie doch bemerkt, oder?«

»Na ja, jeden Tag schaue ich auch nicht im Schuppen nach, ob das Ding da ist.«

»Ich nehme ihn mit und Sie bekommen ihn von mir wieder. Wenn wir schon dabei sind, dann kann ich doch auch gleich die Vereinsmitgliederliste mitnehmen, dann brauchen Sie sie morgen nicht mailen«, schlug Berger vor.

»Leider habe ich Sie nicht ausgedruckt, sondern nur auf dem Rechner abgespeichert. Der Toner ist alle. Ich kann momentan nichts ausdrucken. Meine Frau wollte schon vor ein paar Tagen eine neue Farbpatrone mitbringen.« Seine Frau guckte irritiert, als hörte sie den Wunsch Ihres Mannes zum ersten Mal.

»Dann gehe ich mal zum Auto. Ich denke, ich habe noch einen USB-Stick dabei, dann können wir die Liste gleich auf meinem Stick abspeichern.«

»Eigentlich möchte ich nicht mit einem fremden Stick an meinen Rechner ... wegen der Virenübertragung. Das ist mir zu unsicher, Herr Berger! Nicht, dass ich nachher einen TroNilser auf dem Rechner habe.«

»Kein Problem, aber ein TroNilser ist kein Virus, sondern ein Schadprogramm«, verbesserte Berger ihn. »Ich schlage wegen Ihrer Bedenken vor, dass Sie die Datei öffnen und ich fotografiere sie schnell mit dem Handy vom Monitor ab.« Berger war wie immer ein Fuchs. Für jedes Problem hatte er prompt eine Lösung.

»Gut. Dann gehe ich mal ins Arbeitszimmer und ruf die Datei auf. Sie können gleich nachkommen.«

»Ach, ich komme schon mit. Umso schneller können Sie wieder ins Bett und schlafen.«

Berger folgte Brauer.

Nervös startete er den Rechner. Er mochte es anscheinend nicht, wenn man ihm so auf die Finger sah. »So, da haben wir die Liste schon.« Er öffnete die Datei. Alphabetisch waren alle Vereinsmitglieder mit Namen, Geburtsdatum, Anschrift und Telefonnummer geordnet.

»Perfekt.« Berger fotografierte jede einzelne Seite ab.

Während Brauer den Rechner wieder hinterherfuhr, überflog Berger schon die Namen auf seinem Handy. Auf den ersten Blick kannte er niemanden. Beim Buchstaben W grübelte Berger einen Moment. Wo hatte Berger den Namen Wilke gehört? Er konnte sich partout nicht erinnern.

»Ist irgendwas mit der Liste, Herr Berger?«, fragte Brauer, der bemerkte, wie genau Berger die Liste kontrollierte.

»Der Name Wilke kommt mir bekannt vor. Aber ich weiß nicht so schnell, wohin ich ihn stecken soll. Bertram Wilke und dann noch mit Doktortitel? Ist Wilke Mediziner? Kenne ich ihn daher?«

»Nein, Herr Berger. Er ist kein Arzt. Doktor Bertram Wilke ist Notar.«

Jetzt dämmerte es Berger. Den Namen hatte Jürgen Lenz erwähnt. Bei ihm war Lenz zur Testamentsverlesung. Wilke hatte verkündet, dass Lenz das Haus seines Bruders in der Schlossgartenallee geerbt hat. ›So ein Zufall‹, dachte Berger. Und an Zufälle in Mordfällen glaubte Berger nicht. »Okay, dann habe ich jetzt alles, Herr Brauer. Ich wünsche Ihnen morgen eine erfolgreiche Jagd. Entschuldigen Sie bitte die Störung. Auf Wiedersehen und bis bald.«

»Wieso bis bald?«, fragte Brauer nervös.

»Na, ich bringe doch Ihren Saufänger wieder her. Schon vergessen?«

»Ach, ja. Ich bin etwas durcheinander, entschuldigen Sie!«

Berger fuhr los und brachte den Saufänger noch am gleichen Abend zur kriminaltechnischen Untersuchung. Er war auf das Ergebnis der Kollegen gespannt. Gab es verwertbare Spuren am Dolch würde es die KTU schnell herausfinden.

Vierzig

Thomas Berger hatte seiner Familie ein abenteuerliches Wochenende versprochen. Das wollte er jetzt einlösen. Nicht einmal auf Drängen von Lea und Willi hatte er verraten, wohin es gehen würde. Es gab lediglich die Ansage, Schlafsäcke und Zahnbürsten einzupacken. Um den Rest wollte er sich kümmern. Lea fragte mehrfach nach, wohin es gehen sollte, weil sie nicht wusste, welche Kleidung sie für sich und Willi einpacken sollte. Alles ganz leger und locker, empfahl Berger gut gelaunt am frühen Samstagmorgen.

So ging es nach dem Frühstück von Wittenförden los. Lea und Willi waren sehr gespannt, wohin die Fahrt ging. Sie wunderten sich, weil Schlafsäcke, aber kein Zelt mitgenommen wurde. Thomas Berger hatte einen großen Picknickkorb vorbereitet. Er ließ jedoch niemanden in den vollen und abgedeckten Korb schauen.

»Also, Angeln fahren wir schon einmal nicht«, stellte Willi fest. »Die Angeln hätte ich bei Papa im Auto gesehen.« Willi war so gespannt, dass er nicht einmal in das Buch schaute, das er sich für die Fahrt mitgenommen hatte. Er blickte nur aus dem Autofenster und versuchte mehrfach zu erraten, wohin die Fahrt gehen würde. Thomas hatte seinen Spaß dabei. So einen Ausflug hätten sie schon längst gemeinsam unternehmen sollen.

Nach einer Stunde Fahrt kamen Sie in Güstrow an. Die siebtgrößte Stadt Mecklenburg-Vorpommerns mit rund dreißigtausend Einwohnern kannte Willi noch nicht. Zuerst fuhr Thomas zum historischen Residenzschloss, anschließend durch die Altstadt. Er erklärte Willi, dass im Dom eine ganz bekannte Figur von einem Künstler hängen würde: Ein Nachguss des Schwebenden von Ernst Barlach.

»Das wird jetzt aber keine Seitsiehing-Tour, Papa, oder? Lea lachte mütterlich über Willis Aussprache des englischen Wortes Sightseeing. »Was lacht ihr denn so? Das hat doch nichts mit Abenteuer zu tun!«, rechtfertigte Willi seine Kritik. »So heißen doch diese Stadtrundfahrten, die wir im Urlaub immer machen, mit diesen offenen Bussen, wo man immer ein- und aussteigen kann, wie man möchte.«

»Nein, wir wollen keine Sightseeing-Tour machen. Wir wollen heute einfach mal andere Gesichter sehen«, erklärte Thomas seinem Sohn.

»Was?«, fragte Lea erstaunt. »Ich bin nicht passend gekleidet. Du hast uns doch Abenteuer versprochen.« Lea klappte sofort den Autospiegel in der Sonnenblende vor ihr auf und betrachtete sich. Sie hatte nicht einmal Make-up aufgelegt. Ohne ihr Gesicht leicht zu schminken, verließ sie nie das Haus.

Jetzt musste Thomas herzhaft lachen. Herrlich, die Aufregung, weil niemand wusste, wohin es ging. Das Wetter war fantastisch, der Ausflug konnte nur von Erfolg gekrönt sein.

Nach einer Viertelstunde hatte Thomas sein Ziel erreicht. Er parkte auf einem großen Parkplatz ein. Lea und Willi sahen sich erstaunt an. »Wo sind wir hier?«

»Das ist der Wildpark von Güstrow. Die Wildnis ruft! Ich hatte euch Abenteuer und andere Gesichter versprochen – hier haben wir beides!«

»Uuuiiihhh«, freute sich Willi. Er sah jetzt am Ende des Parkplatzes die großen Tierbilder. Dann las er langsam – er hatte jetzt in der ersten Klasse alle Buchstaben des Alphabets erlernt: Errleeebe Wolf, Bär und Co, wilder als im Zoooo! Was ist Co, Papa?«, wollte Willi wissbegierig, wie er seit Schulbeginn war, sofort erklärt bekommen.

»Co steht für weitere Tiere wie Luchse, Eulen und andere einheimische Tierarten«, erläuterte Thomas. Berger selbst war aufgeregt wie ein kleiner Junge und freute sich, die Überraschung war gelungen. »Hier gibt es abenteuerliche Wege, Kletterpfade, Brücken und Höhlen, Wurzeltunnel und Moore«, ergänzte er euphorisch.

Lea war etwas verunsichert: »Du, Thomas, wofür haben wir unsere Schlafsäcke mit? Sag nicht, dass wir im Wildpark im Freien übernachten. Das mache ich nicht. Das traue ich mir nicht zu.«

»Lea, meine Angsthäsin. Vertrau mir bitte. Die richtige Überraschung kommt ja noch. Ich habe uns heute Abend für eine Wolfswanderung in der Dämmerung angemeldet. Gemeinsam mit einem Experten geht es in der anbrechenden Dunkelheit los. Ein Highlight wird sein, dass wir die Wölfe nachts füttern. Das Mindestalter für Kinder ist sechs Jahre. Also darf Willi auch mit und er hat bestimmt keine Angst, oder?«

Willi schrie laut: »Nein!«

»Die Braunbären dürfen wir auch mit süßen Leckereien füttern. Darauf freue ich mich auch sehr.« Berger klatschte laut in die Hände.

»Thomas, jetzt für mich die wichtigste Frage: Wo schlafen wir denn mit unseren Schlafsäcken?«

»Ach, mein Schatz. Wir schlafen mitten im Wolfsgehege!«

»Was! Aber ohne mich!«

»Warte doch erst einmal ab: Es ist eine Hütte im Gehege, idyllisch am kleinen Wolfsee gelegen. Die Hütte ist sicher umzäunt. Da grillen wir abends Bratwürste und können mit Taschenlampen nachts die Wölfe beobachten und mit viel Glück auch heulen hören. Lasst euch überraschen!«

Jetzt waren sie am Eingang des Umweltparks eingetroffen. »Ihr beiden holt euch zur Erfrischung erst einmal ein Eis«, wies Berger seine Lieben an. Er zeigte auf den Eisstand und gab Willi zehn Euro in die Hand. »Ich kläre hier alle Details und komme dann zu euch!«

Lea und Willi gingen zur Eisbude. Thomas zum Eingang, wo er Schlüssel und einen Bollerwagen für den Picknickkorb und die Schlafsäcke abholen wollte.

»Willkommen im Wildpark. Schön, dass Sie das sind!«, wurde Berger von einem jungen Mann nett begrüßt. »Hier sind die Schlüssel, der Informationsbogen und dort drüben steht Ihr Bollerwagen.«

»Perfekt. Vielen Dank.«

»Ach, eins noch Herr Berger.«

»Ja, bitte.«

»In der Wolfshütte ist keine Toilette. Die Toilette ist vor dem Wolfsgehege. Ein Waschraum ist beim Spielplatz, ungefähr zweihundert Meter von der Hütte entfernt. Und noch eine Kleinigkeit, in der Hütte ist ein Siebenschläferpärchen. Aber das ist so ängstlich, das bekommen Sie nicht zu sehen. Viel Spaß mit Ihrer Familie und bis morgen früh zur Rückgabe der Schüssel.«

»Ganz lieben Dank und bis morgen!« Berger fragte noch einmal, wann die Wolfsführung begann und ging dann zu Lea und Willi. Er kaufte sich ein Buttermilch-Zitronen-Eis.

»Na, ihr beiden, schmeckt euch das Eis? Freut ihr euch auf unser Abenteuer? Wir haben den ganzen Tag Zeit, uns im Wildpark umzusehen. Um einundzwanzig Uhr werden wir durch den Park geführt. Die Hütte können wir jetzt schon beziehen und uns dort häuslich einrichten. Wir dürfen sogar ein kleines Feuer in einer Metallschale machen. Also, los geht es – alles ist sicher und bestimmt spannend.«

Stundenlang wanderten sie durch den wunderschönen Park. Lea war begeistert, dass man eine herrliche Sicht auf die Tiere hatte. Besonders das Damwild mit Jungen konnte man aus unmittelbarer Nähe ohne Einzäunungen beobachten. Willi hatte seinen Spaß bei den Wildschweinen, die sich in der feuchten Erde im Schatten der Bäume suhlten.

»Und, ist es nicht schön, mal in andere Gesichter, in Tiergesichter, zu schauen?«, fragte Thomas seine Frau. Er selbst konnte vom Mordfall abschalten. Nur ein wenig tat ihm die rechte Faust noch von dem Schlag in Schellers Gesicht weh. Er hatte sich beruhigt. Die Konsequenzen würde er mit Stolz tragen. Einen Tag später sah die Welt für Thomas Berger wieder entspannter aus. Den Schlag bereute er nicht. Der Idiot hatte es nicht besser verdient. Er hatte abends Lea nur kurz berichtet, dass aufgeklärt sei, wer die Morddrohung telefonisch ausgesprochen hatte. Von seinem Ausraster hatte er ihr nichts erzählt.

»Es ist so schön hier, Thomas! Eine tolle Idee von dir. Auch die Wolfshütte ist schön und so urig und karg eingerichtet. Herrlich, wir heute Nacht alle zusammen in der einfachen Hütte. Simpel ist manchmal auch schön. Es muss nicht immer Luxus sein.« Lea war äußerst zufrieden mit dem Tag in der wunderschönen Natur und den vielen Tieren.

Die gegrillte Bratwurst schmeckte und die Nachtführung war sehr interessant. Berger löschte das Feuer in der Schale ab. Dann gingen sie in die Hütte, verriegelten alles mehrfach und legten sich in die Schlafsäcke. Willi hörte als erstes, wie ein Wolf zu heulen begann. Thomas schmunzelte. Zwei Bier am Feuer hatten ihn ermüdet. Lea hatte von ihrer halb geleerten Flasche Rotwein auch die nötige Bettschwere. Alle schliefen sofort in den riesigen Holzbetten, die mit Stroh ausgelegt waren, in ihren gemütlichen Schlafsäcken ein. Ab und zu heulte ein Wolf und die aktiven Nachtvögel sangen oder jagten nach Beute.

Nach etwa einer Stunde schrie Lea plötzlich laut auf: »Hilfeeeeeee! Thomas mach die Taschenlampe an!«

Thomas richtete sich erschrocken auf und griff nach der Taschenlampe neben sich. »Was ist denn Lea? Hast du geträumt? Was ist passiert? Bist du wach?«

Jetzt wurde auch Willi wach: »Was ist denn los?«, fragte er seine Eltern schlaftrunken. Auch er schaute jetzt in Richtung seines Vaters und auf den Leuchtkegel der Taschenlampe.

Lea kletterte aus ihrem Schlafsack und aus dem Bett. Sie zitterte, so sehr hatte sie sich erschrocken: »Mir ist ein Tier über das Gesicht gelaufen!«

»Ach wo, das hast du geträumt, Mama. Die Türen und Fenster sind alle geschlossen!«, beruhigte Willi seine Mutter.

»Nein, ich habe nicht geträumt. Es muss eine Maus oder so etwas gewesen sein. Ich habe doch die kleinen Füße auf meiner Wange gespürt. Ich will hier sofort raus. Ich bekomme hier kein Auge zu. Bitte lasst uns alle aufstehen und nach Haus fahren!«

»Jetzt? Mitten in der Nacht?«, stöhnte Willi und gähnte laut.

Thomas ahnte schon, was Lea vermutlich über das Gesicht gelaufen war, sagte aber nichts. »Was sollen wir denn jetzt machen? Die Taschenlampe anlassen oder was meinst du?«

»Ich bleibe definitiv nicht in dieser Hütte!«, legte Lea fest. »Ich schlafe im Auto weiter. Ihr könnt gern hierbleiben. Ich nicht!«

Thomas und Willi überlegten einen Moment. Gut, dass er einen Schlüssel vom Eingangstor des Wildparkes hatte. »Ja, dann müssen wir zum Auto gehen. Willst du wirklich allein auf dem Parkplatz schlafen?«, fragte er Lea entgeistert.

»Ja. Ihr könnt hier schlafen! Ich kann das nicht!« Lea wollte den beiden den Ausflug nicht verderben, aber hoffte insgeheim, dass sie alle gemeinsam nach Hause fahren würden.

»Was meinst du, Willi?« Thomas wollte ihm die Entscheidung überlassen.

»Wir bringen Mama zum Auto und wir zwei Männer bleiben in der Wolfshütte!«, antworte Willi mutig.

»Okay, so machen wir das. Wir gehen jetzt zusammen zum Parkplatz. Mama schläft im Auto und wenn es morgen früh hell wird, holen wir sie wieder ab. Um acht Uhr ist ja die Bärenfütterung!«

So brachten sie Lea zum Auto und richteten ihr den Beifahrersitz so ein, dass sie dort ruhen konnte.

Thomas und Willi machten sich es in der Hütte in ihren Schlafsäcken wieder bequem. Willi legte sich sein Basecap übers Gesicht und Thomas ein dünnes Shirt.

»Du, Papa, meinst du wirklich, dass Mama eine Maus über das Gesicht gelaufen ist?«, fragte Willi beim Einschlafen.

»Nein, bestimmt nicht.«

»Woher willst du das wissen?«

»Weil mir am Eingang des Wildparkes gesagt wurde, dass sich ein Siebenschläferpärchen hier eingenistet hat. Das Pärchen bekommen sie nicht eingefangen.«

»Waaasss?« Willi riss sich das Basecap vom Gesicht und saß im Schlafsack. »Was sind das für Tiere? Sind die gefährlich?«

»Nein, die sind sehr schreckhaft. Der Mann sagte, dass sie ungefährlich sind und wir sie gar nicht zu Gesicht bekommen.«

»Das hast du vorher gewusst und uns nichts gesagt?«

»Ja«, antwortete Thomas Berger ehrlich. »Ich dachte, dass ihr dann nicht hierbleibt und nach Hause wollt. Es war doch

ein so herrlicher Tag.« Berger stellte sein Handy an und goo-
gelte nach dem Tier Siebenschläfer. »Willi, schau mal, das
ist ein Siebenschläfer.« Er zeigte ihm das bunte Tierfoto und
las laut vor: »Siebenschläfer, ein nachtaktives Nagetier, das
mit seiner Gestalt an ein Eichhörnchen erinnert.«

»Niedlich«, antwortete Willi, »wirklich wie ein kleines
Eichhörnchen. Duuu, Papa, wir sagen Mama nichts davon,
oder?«

»Nein, besser nicht!«, pflichtete er seinem Sohn bei.

»Sonst ist Mama sauer auf dich und schläft zu Hause wieder im Gästezimmer!« Auch Willi hatte bemerkt, dass seine
Mama seit ein paar Tagen wieder bei ihrem Papa im Schlafzimmer schlief.

»Es bleibt unser Geheimnis, mein Sohn.«

»Ja, unser Geheimnis.«

Thomas und Willi blieben noch eine ganze Weile wach,
bis sie selbst im Morgengrauen völlig ermüdet einschlie-
fen. Den Siebenschläfer in der Hütte musste Lea durch ihren nächtlichen Schrei vertrieben haben. Das Tierchen ließ
sich die restlichen Nachtstunden über nicht mehr blicken.
Oder es scheute das Taschenlampenlicht, das zwischen Thomas und Willi die ganze Nacht unentwegt brannte und ihnen etwas Sicherheit vor dem kleinen Nager gab.

Einundvierzig

Nach dem harmonischen Familienwochenende fuhr Berger am Montagmorgen hochmotiviert zum Notar. Dr. Bertram Wilke, Mitglied des Hubertusvereins und Notar von Peter Lenz, stand jetzt mit oberster Priorität auf der Vernehmungsliste des Hauptkommissars.

Notar Wilke hatte Berger zwischen zwei feststehenden Terminen auf telefonische Nachfrage hin zugesagt.

»Kommen Sie herein«, bat ihn der Notar freundlich in sein Arbeitszimmer. »Montagmorgen bin ich immer noch nicht ganz wach. Möchten Sie auch einen starken Espresso?«

»Sehr gern. Vielen Dank, dass ich so kurzfristig zu Ihnen kommen darf.«

»Kein Problem. Das passt schon. Den Montag lasse ich immer ruhig angehen. Erwin Brauer hatte mir am Samstag bei unserer Jagd schon berichtet, dass Sie mich mit großer Wahrscheinlichkeit aufsuchen werden.«

»Waren Sie denn erfolgreich auf der Jagd?«, fragte Berger als zwei Espressi von Wilkes Assistentin serviert wurden.

»Es ging so. Ich will mal so sagen, wir waren schon erfolgreicher. Es gibt am Rande der Jagd natürlich immer wieder Gespräche zum Tod von Peter. Wir sind alle sehr betroffen, ein Vereinsmitglied auf so grausame Weise verloren zu haben. Erwin erzählte mir, dass die Tatwaffe ein Saufänger ist. Das ist ja makaber.«

Berger trank seinen Espresso in einem Schluck aus und ließ sich die beigelegte Giotto-Haselnusskugel auf der Zunge zergehen. »Ja, deshalb bin ich auch zu Ihnen gekommen. Der Bruder von Peter Lenz sagte mir, dass er das Haus geerbt hätte. Das hat ihn wohl sehr verwundert und mich – ehrlich gesagt auch.« Dass Jürgen Lenz niedergeschlagen wurde, erwähnte Berger nicht.

»So ist das manchmal im Leben. Es passieren Dinge, mit denen wir oft nicht rechnen. In diesem Fall hat Jürgen Lenz bestimmt überhaupt nicht damit gerechnet.«

»Hatten Sie einen guten Draht zu Peter Lenz?«

»Ja, als Jagdfreunde kamen wir sehr gut miteinander zurecht. Für mich war es natürlich ein Schock: Der Tod von Peter und dann die Testamentseröffnung mit seinem Bruder. Ich wusste zwar, dass er einen Bruder hat, aber dass es ein eineiiger Zwillingsbruder mit so viel Ähnlichkeit ist, das habe ich erst später erfahren, als ich das Geburtsdatum von Jürgen Lenz mit dem von Peter Lenz abglich. Erst dachte ich, das ist ein Versehen. Aber dann stand Jürgen vor mir. Ich hätte ihn am liebsten geduzt, so vertraut kam er mir allein durch sein Aussehen vor. Auch die Stimme ist so ähnlich. Im Nachhinein habe ich mich sehr gefreut für Jürgen. Peters Ehefrau habe ich am Tag der Testamentsverlesung zum ersten Mal erlebt. Was für eine unsympathische Person, wenn ich mir die Bemerkung unter uns vertraulich erlauben darf.«

»Da kann ich Ihnen nur zustimmen!« Berger starrte auf die Giotto-Kugel am Tassenrand von Wilke. »Möchten Sie meine Haselnusskugel auch, Herr Berger?« Wilke grinste.

»Oh, gern. Die sind echt köstlich … Können Sie mir etwas zu Peter und seinem Testament und zu seinen Beweggründen, es im Sinne seines Bruders zu ändern, sagen? Sie kannten ihn durch den Jagdverein ja privat.«

»Wir haben Privates – und hier in meinem Büro Vertragliches – sehr strikt getrennt. Ich kann Ihnen aber erzählen, was er mir auf Jagdausflügen oder im geselligen Beisammensein im Anschluss anvertraut hat. Zu Erwin Brauer und mir hatte er ein gutes Verhältnis. Wir haben oft über vertrauliche und sehr private Dinge diskutiert. Über seinen Job als Polizeipräsident hat er aber kaum etwas verlauten lassen.«

»Ich bin gespannt.« Berger lächelte ihn an und trank ein Schluck Wasser. »Ich kann zum Beispiel nicht verstehen, warum sich Peter Lenz nicht von seiner Frau scheiden ließ?«

»Das habe ich auch nicht. Er hatte schon lange die Vermutung, dass sie nicht treu war und mehr als einmal ein anderer Mann in ihrem Leben eine Rolle spielte. Vielleicht hinderte ihn die Blamage einer öffentlichen Scheidung oder es waren steuerrechtliche Vorteile, die er nicht aufgeben wollte. Mir wäre beides – ehrlich gesagt – egal gewesen. Von der Frau hätte ich mich definitv getrennt. Sie war meiner Meinung nach auch völlig unter Peters Niveau. Ich vermute, dass er deshalb das Haus seinem Bruder vererbt hat. Es ist schon reichlich naiv gewesen, dass Yvonne gar nicht im Grundbuch für das Haus als Besitzerin eingetragen war. Laut Peter stand Bargeld für sie immer an erster Stelle. Sie hatten getrennte Konten und Peter war sich ziemlich sicher, dass sie ihn betrog. Auf das Konto, was er für sie als Erbkonto angegeben hat, sollten nur schlappe 10 Euro liegen.« Wilke lachte hämisch.

»Sein Bruder Jürgen hat für Peter eine schwere Schuld auf sich genommen ... Wissen Sie davon?«

»Was da in der Jugend vorgefallen ist, weiß ich nicht. Aber auf seinen Jürgen hat er nichts kommen lassen. Er hat nur gesagt, er könne niemals gutmachen, was er für ihn getan habe. Auf jeden Fall hat er ihm oft Geld zugesteckt. Und jetzt das Haus vererbt. Yvonne wird dagegen klagen. Aber kein Gericht wird ihr Recht zusprechen. So ist das eben! Peters Testament ist notariell abgesichert und nicht antastbar. Da kann sich die hübsche Yvonne auf den Kopf stellen. Das wird nichts. Sie weiß übrigens nicht, dass ich mit Peter befreundet war.«

»Mich wundert noch, dass der Sohn von Peter Lenz seit vielen Jahren keinen Kontakt zu seinen Eltern hatte. Wissen Sie dazu vielleicht auch etwas mehr? Kennen Sie die Gründe?«

»Da muss etwas Schlimmes vorgefallen sein. Über seinen Sohn wollte Peter nämlich nie sprechen. Er war es, der den Kontakt abbrach. Vielleicht war es nicht sein leiblicher Sohn? Yvonne ist, denke ich, auch so etwas zuzutrauen. Aber das ist nur eine Vermutung.«

»Noch eine andere Frage: Sagt Ihnen der Name René Scheller etwas? Vielleicht hat ihn Peter in seinen Erzählungen mal erwähnt?«

»Ja, den Scheller hat mir Peter sogar mal vorgestellt. Die beiden saßen nachmittags auf der Pfaffenteich-Terrasse und tranken Kaffee. Scheller wirkte in seinem Auftreten ziemlich schleimig auf mich und erschien mir auch etwas ungepflegt. Als Peter bei der Vorstellung sagte, dass René Scheller im Innenministerium tätig ist, war ich überrascht.«

»Herr Dr. Wilke, haben Sie einen Verdacht, wer Peter umgebracht haben könnte?«

»Nein. Natürlich nicht. Sonst hätte ich mich schon an die Polizei gewandt. Genügend Aufrufe gab es in den Medien ja. Ich bin sehr traurig über den Tod von Peter. Für mich war er ein feiner Jagdkumpel. Aber wer weiß, vielleicht kannte ich eine andere Seite an Peter nicht und er hat uns Vereinskameraden etwas vorgespielt. Man weiß ja nie …«

Nach dieser geäußerten Vermutung des Notars, die Berger nicht kommentierte, bedankte und verabschiedete er sich und fuhr zur Dienststelle auf den Großen Dreesch. Dort war ein großes Meeting der SoKo durch Lutz Hesse anberaumt worden.

Zweiundvierzig

Helena Kurth, die einzige weibliche Beamtin der SoKo, verteilte zu Beginn des eilig angesetzten Meetings für jeden Beamten ein Stück von ihrem selbstgebackenen Schneewittchen-Kuchen. Es dufte herrlich nach frischem Kaffee im Beratungsraum der Polizeiinspektion. Die Kollegin hatte Geburtstag und wollte den Kolleginnen und Kollegen eine kleine Freude bereiten.

Lutz Hesse betrat den Raum zuletzt. Er hatte als Inspektionsleiter natürlich alle Geburtstage seiner Beamtinnen und Beamten im Blick und für die beliebte Kollegin einen Strauß mit orangefarbenen Gladiolen dabei. Er gratulierte ihr und die Kollegen sangen gemeinsam spontan *Happy Birthday*.

Nach dem Männergesang begann Hesse: »So, nach diesem schönen Beginn und dem lecker aussehenden Kuchen von Helena müssen wir uns nun wieder den ernsten Dingen widmen. Ich möchte, dass wir uns jetzt alle auf den aktuellen Stand unserer Ermittlungen bringen. Ich werde mit einigen Fakten beginnen, da ich selbst bei Vernehmungen von Tatverdächtigen anwesend war, sie teilweise auch durchgeführt habe. Es ist wichtig, dass alle Informationen hier streng vertraulich behandelt werden. Was hier heute und überhaupt zu dem Mordfall besprochen wird, bleibt innerhalb der SoKo. Haben wir uns da verstanden?« Hesse blickte in die Runde und machte bewusst eine kleine Pause.

»Ja«, murmelten die Anwesenden. Für sie war es natürlich selbstverständlich.

Axel Brenner fügte laut hinzu: »Wir müssen unserem Polizeipräsidenten ein ehrendes Andenken bewahren. Das sind wir ihm alle schuldig.«

Hesse sah ihn skeptisch an: »Axel, da muss ich dir leider widersprechen. Es sind bei unseren Ermittlungen auch nicht so schöne Dinge ans Licht gekommen, die dem Ansehen unserer Landespolizei enorm schaden. Das betrifft nicht nur die Polizei, sondern auch unser Innenministerium. Wenngleich ich betonen möchte, dass der Innenminister uns bei unseren Ermittlungen unterstützt hat.«

Die Kollegen sahen sich erstaunt an. Damit hatte niemand gerechnet.

Hesse fuhr fort: »Ich bitte daher nochmals um Vertraulichkeit. Es geht hier um die Aufklärung eines Mordes. Charakterliche Eigenschaften und private Verfehlungen haben wir nicht zu beurteilen und schon gar nicht in die Medien zu tragen. Das ist eine strikte dienstliche Anweisung und kein Wunsch meinerseits.«

Thomas Berger meldete sich zu Wort: »Ich denke, wir arbeiten alle sehr professionell und werden dies berücksichtigen. Dieser Fall ist extrem fordernd und nervenraubend. Ich selbst habe vor ein paar Tagen die Kontrolle über mich verloren und bin gegenüber einem Beamten des Innenministeriums handgreiflich geworden. So etwas darf nicht passieren! Ich werde mich einem Disziplinarverfahren stellen und die Konsequenzen tragen. Hier wird nichts vertuscht.«

Hesse bewunderte den Mut von Berger. Er hätte sich nicht vor der Runde outen müssen. Aber so war Berger nun einmal, immer offen und geraderaus. Er stand zu seinen Fehlern und diese Eigenschaft wurde von den meisten sehr geschätzt.

»Dann beginnen wir gleich mit dem Innenministerium«, fuhr Hesse fort. »René Scheller, Beamter des Innenministeriums, wurde vom Innenminister fristlos entlassen. Auf ihn wartet ein gerichtliches Verfahren. Er war mit unserem Polizeipräsidenten befreundet, hat mit Kokain gehandelt, selbst Kokain konsumiert und eine manipulierte Personalakte von Klaus Rudnik auf seinem Computer abgespeichert. Rudnik, selbst ein ranghoher Beamter, hatte sich seinerzeit – wie Lenz – um die Stelle des Polizeipräsidenten beworben. Er hat im Anschluss gegen das Bewerbungsverfahren geklagt, aber verloren. Gut möglich, dass Peter Lenz niemals unser Präsident geworden wäre, wenn damals alles rechtlich einwandfrei verlaufen wäre. Das ist aber noch nicht alles. Scheller hat außerdem der Ehefrau von Kommissar Berger eine Morddrohung mit einer Sprachverstellungs-App übermittelt. Für seine kriminellen Machenschaften wird er zur Verantwortung gezogen. Unglaublich, dass dieses Fehlverhalten bislang im Innenministerium unentdeckt geblieben ist.«

Die Kollegen waren entsetzt und konnten jetzt allzu gut verstehen, warum Berger handgreiflich geworden war. Sie schauten ihn an. Berger senkte den Kopf, kommentierte die Aussagen von Lutz Hesse aber nicht weiter.

Lutz Hesse verschwieg den Anwesenden allerdings, dass Peter Lenz die Social-Media-Beauftragte Doreen Kaiser sexuell missbraucht hatte. Dieser Vorfall trug nach seiner Einschätzung nichts zur Aufklärung des Mordfalls bei. Er wollte die Kollegin Kaiser schützen. Deshalb fuhr er fort: »Ihr habt ja mitbekommen, dass unser ehemaliger Präsident einen Zwillingsbruder namens Jürgen hat. Dieser wurde vor Kurzem niedergeschlagen und aus diesem Grund unter Personenschutz gestellt. Wir haben ermittelt, dass Michael Thalheim ihn mit einem Handfeger verletzt hat. Die KTU hat es eindeutig nachgewiesen. Thalheim wird sich wegen Körperverletzung verantworten müssen. Der Immobilienmakler ist mit der Witwe von Lenz befreundet. Weiter möchte ich nicht ins Detail gehen. Das ist Privatsache und für uns nicht mehr relevant. Im Auftrag von Yvonne Lenz hat dieser Makler Peter Lenz am Innenministerium beobachtet. Sie wollte wissen, ob Lenz eine Affäre unterhält. Nachdem Frau Lenz nun testamentarisch das Haus verloren hat, hat sich Thalheim aus dem Leben der Witwe verabschiedet.«

Axel Brenner stand auf und verließ den Raum.

Hesse sah das. Er vermutete, dass Brenner zur Toilette ging und nutzte noch einmal das Wort für eine kurze Ansprache in Brenners Abwesenheit: »Ich kann gut nachvollziehen, dass einige von uns entsetzt sind, was hier über unseren Präsidenten aufgedeckt wird. Aber das Leben steckt voller Überraschungen und bei kriminellen Geschäften, wo es um viel Geld geht, ist schon so mancher Beamter schwach geworden, meinte cleverer als andere zu sein und dass das eigene Fehlverhalten niemals aufgedeckt würde.«

Als Brenner kurze Zeit später wieder im Raum erschien, ergriff Thomas Berger erneut das Wort: »Ich möchte euch heute die Tatwaffe zeigen.« Berger hielt den Dolch hoch und verbesserte sich sofort. »Es ist nicht die Tatwaffe. Es ist ein Saufänger. Mit so einem Dolch, der einen Griff aus Hirschhorn hat, wurde Peter Lenz erstochen. Dieser Dolch gehört einem Mitglied des Hubertusvereins, das ist ein Jagdverein in Stralendorf, dem Lenz auch aktiv angehörte. Die KTU konnte an diesem Dolch kein Menschenblut feststellen, nur Tierblut. Ich habe noch weitere Gespräche mit Mitgliedern des Jagdvereins geführt, jedoch ohne relevante Ergebnisse. Jetzt muss der Sohn von Peter Lenz ausfindig gemacht werden. Er soll nach Angaben von Frau Lenz in Süddeutschland wohnen. Zur Familie hat er seit vielen Jahren keinen Kontakt. Ich möchte die Gründe für das familiäre Zerwürfnis erfahren.«

»Das brauchst du nicht, Thomas!«, meldete sich Gerd Radtke zu Wort. »Ich habe vor einer Stunde etwas Interessantes vom LKA reinbekommen. Peter Lenz hat einem Mann, der in Wismar wohnt, zehntausend Euro überwiesen!«

»Ja, und?«, fragte Berger. »Hast du schon den Namen des Mannes und den Grund?«

»Nein. Ich habe die Informationen doch eben erst bekommen«, rechtfertigte Gerd sich. »Das LKA hat in den Bankunterlagen von Lenz die große Überweisungssumme entdeckt, aber jetzt kommt das Allerwichtigste!«

Alle sahen gespannt in Richtung Gerd Radtke.

»Nun los, Gerd. Spuk es aus!«, rief Lars Paulsen ihm zu. »Wir haben nicht ewig Zeit!«

»Ja, ja. Ich komme ja schon auf den Punkt. Der Empfänger hat die Summe sofort, nachdem der Tod von Peter Lenz öffentlich bekannt wurde, zurücküberwiesen.«

»Ich brauche sofort Name und Anschrift des Mannes in Wismar!« Berger sprang auf. »Komm, Lars. Wir fahren sofort nach Wismar!«, forderte er Lars Paulsen auf.

»Seid vorsichtig! Fordert auf dem Weg nach Wismar Unterstützung durch das SEK an! Wenn sich Scheller und Lenz in der Drogenszene bewegen, kann es gefährlich werden!«, rief Hesse seinen beiden hochmotivierten Beamten hinterher und beendete, selbst zutiefst nachdenklich, die Sitzung der SoKo.

Dreiundvierzig

Berger und Paulsen ließen sich nach der aktuellen Lagebesprechung mit der SoKo vom LKA alle wichtigen Daten per E-Mail zukommen. Nils Boldt hieß der Mann, den sie umgehend in Wismar aufsuchen wollten, um zu klären, was hinter der Überweisung von zehntausend Euro stand. Und warum Boldt das Geld nach Lenz' Tod direkt zurücküberwiesen hatte. Vorsorglich ließ Berger den Namen durch das Polizeinetz laufen, um zu prüfen, ob Boldt in seinem Leben schon straffällig geworden war. Negativ. Trotzdem gingen Berger und Paulsen auf Nummer sicher und prüften ihre Waffen.

Die dreißigminütige Fahrt nach Wismar verlief zügig. Berger erzählte von seinem Familienausflug in den Wildpark Güstrow und der nächtlichen Störung durch den Siebenschläfer.

Lars Paulsen war dagegen nur noch auf seine bevorstehende Hochzeit fokussiert. Für diesen besonderen Tag im Leben war alles perfekt vorbereitet. Die Anspannung stieg jedoch nicht nur bei Kirsten, sondern auch bei ihm, von Tag zu Tag an.

»Wie geht es denn Lea? Habt ihr eure Ehe wieder in Balance gebracht? Ich kann doch mit euch beiden auf meiner Hochzeit rechnen? Schließlich seid ihr unsere Trauzeugen.«

»Wir kommen beide und freuen uns auf das Ereignis. Versprochen. Lea hatte eine Panikattacke und ist momentan in therapeutischer Behandlung. Bitte sprich darüber mit niemanden«, bat er seinen Kollegen, obwohl er wusste, dass er private Dinge diskret für sich behielt und bisher nie etwas weitergetragen hatte. »Sie hat außerdem mit der Aufarbeitung ihrer Kindheit schwer zu tun. Sie erzählte mir, dass sie ihren leiblichen Vater aufgesucht hat, allerdings über keinerlei Erinnerungen an ihre Kindheit verfügt. Die setzen erst mit Beginn der Schulzeit ein.«

»Meine Erinnerungen gehen schwach bis in die Kindergartenzeit zurück«, erwiderte Paulsen verblüfft. »Da habe ich schon alles, was ging auf den Kopf gestellt und meine Eltern oft zur Verzweiflung gebracht.«

»So geht es mir auch«, bestätigte Berger. »Immer an vorderster Front und nur dummes Zeug mit den Kumpels im Kopf. »Lea hat einen Psychologen aufgesucht, um herauszufinden, warum sie sich nicht erinnern kann. Vielleicht unterzieht sie sich sogar einer Hypnose.«

»Was sagt denn der Psychologe so?«

»Der Mann hat ganz interessante Ansätze. Wissenschaftlich ist nachgewiesen, dass kindliche Erinnerungen erst dann im Gedächtnis abgespeichert werden und abrufbar sind, wenn sie ihre Muttersprache beherrschen. Viele Erinnerungen, von denen wir aus früher Kindheit berichten, haben wir selbst nur von anderen Personen gehört. Wir denken, dass wir uns erinnern. Wir erinnern uns aber nur an das, was uns erzählt wurde – was die ganz frühe Kindheit betrifft.«

»Das heißt also, wenn Kinder ihre Erlebnisse noch nicht in Worte fassen können, werden diese auch nicht in ihrem Gedächtnis gespeichert«, fasste Paulsen zusammen.«

»Richtig. Genau so hat es Lea gesagt. Jetzt arbeitet sie ihre Vergangenheit mit ihrem leiblichen Vater auf, der sich das ganze Leben nicht um sie – aus welchen Gründen auch immer – gekümmert hat. Stell dir vor, der Mann wohnt nur ein paar Kilometer von uns entfernt. Ich würde dem Herrn Vater gern richtig den Kopf waschen und ihm ein paar Takte erzählen …«

»Ich würde mich da nicht reinhängen!«, empfahl Paulsen.

»Nein. Um Gottes Willen. Das habe ich auch nicht vor und Lea möchte das auch nicht. Sie muss das Thema für sich allein be- und verarbeiten. Ich denke aber, dass sie sich dazu entschlossen hat, die Vergangenheit ruhen zu lassen und nicht weiter aufzuwühlen. Unser Familienzusammenhalt steht für sie an erster Stelle und ich bin der wichtigste Mensch in ihrem Leben – nicht nur als ihr Ehemann, sondern vielleicht auch ein bisschen wie der väterliche Beschützer, den sie niemals hatte.«

»Das kann ich mir gut vorstellen. Da wirst du deiner Rolle gerecht werden, Thomas. Davon bin ich fest überzeugt. Wir – Kirsten und ich – sind immer für Lea da. Sag ihr das bitte. Sie ist eine tolle Frau. Nach außen wirkt sie immer so stark, aber innerlich geht es ihr anscheinend nicht so gut, wenn ich das so höre.«

»Das stimmt absolut. Du kannst in niemanden hineinsehen. Lea leidet unter Verlustängsten, sagt der Psychologe. In letzter Zeit war ich dienstlich viel unterwegs und als dann noch die Morddrohung gegen mich kam, stand Lea unter einem enormen Druck, der das Fass zum Überlaufen gebracht hat. «

Die Silhouette der Hansestadt Wismar tauchte am Horizont auf, deren historische Altstadt 2002 in die UNESCO-Welterbeliste aufgenommen wurde. Daran arbeitete Bergers Heimatstadt Schwerin auch seit ein paar Jahren.

Kommissar Berger lenkte den Wagen direkt zum Marktplatz, dem – mit seinen einhundert mal einhundert Metern – größten Platz Norddeutschlands. Sie erblickten das Wahrzeichen der Stadt, die Wismarer Wasserkunst im Renaissancestil und das klassizistisch erbaute weiße Rathaus.

»Da könnte man auch mal wieder essen gehen«, schlug Berger vor und zeigte auf das backsteingotische Bürgerhaus, das 1360 erbaut wurde und ein beliebtes Restaurant war. »Aber ohne Reservierung hat man keine Chance, einen Tisch zu bekommen.«

Berger parkte den Wagen seitlich neben dem Rathaus ein und legte die Sonderparkgenehmigung sichtbar für das Ordnungsamt auf dem Cockpit ab.

Die beiden Kripomänner gingen in eine Seitengasse, prüften den Sitz ihrer Waffen und machten sich auf zu Nils Boldt. Laut Handynavigation waren sie nur zwei Minuten von dessen Wohnhaus in der Krämerstraße entfernt. Zuvor ließen sie das Stammhaus von Karstadt, das Rudolph Karstadt im Mai 1881 in Wismar eröffnet hatte, hinter sich und bereiteten sich gedanklich auf Nils Boldt und die bevorstehende Befragung vor. Beide waren gespannt, was Boldt mit Lenz zu tun hatte. Es ging immerhin um zehntausend Euro, die auf den Konten hin- und herwechselten.

Das Haus mit der Anschrift von Boldt befand sich in der Fußgängerzone. »Wer wohnt denn hier in diesen schönen Giebelhäusern?«, fragte sich Berger. »Das Motiv kenne ich noch von einer Briefmarke. Mein Vater hat doch leidenschaftlich Briefmarken gesammelt«, berichtete er.

»Hier entlang. Es geht auf den Hinterhof, Thomas«, forderte Paulsen seinen Kollegen auf.

Sie standen vor einem alten kleinen, im Hinterhof gelegenen Wohnhaus.

»Hier – im Hinterhof – wohnten früher das Gesindel oder die Dienstboten der wohlhabenden Kaufleuten, die seinerzeit mit Gewürzen, Tuchwaren, Garn und Besteck handelten«, glänzte Berger mit seinem Wissen über die alte Hansestadt.

»Sieht ganz danach aus«, bestätigte Paulsen schmunzelnd.

»So, dann wollen wir mal …« Berger sah Paulsen an. Paulsen nickte und Berger betätigte den Klingelknopf. Es ertönte klassische Musik. Berger drückte den Knopf gleich noch einmal, die Melodie gefiel ihm.

Vierundvierzig

»Guten Tag, sind Sie Nils Boldt?«

Der großgewachsene junge Mann, um die dreißig Jahre alt, in kurzer Jeans und hellblauem T-Shirt, nickte und grüßte zurück: »Ja, das bin ich.« Er fuhr sich mit der rechten Hand durch sein kurzes und gepflegtes Haar.

»Mein Name ist Thomas Berger. Das ist Lars Paulsen. Wir sind von der Polizeiinspektion Schwerin und ermitteln im Mordfall Peter Lenz.« Beide zeigten gleichzeitig ihre Dienstausweise.

»Kommen Sie doch bitte rein. Ich dachte mir schon, dass irgendwann mal jemand von der Polizei bei mir auftauchen wird.« Nils Boldt wirkte auf die beiden ruhig und entspannt.

»Schöner Klingelton«, betonte Berger beim Eintreten. Paulsen und Berger folgten dem jungen Mann, der barfuß vor ihnen durch den Flur ging. Es sah nicht gerade aufgeräumt aus. Schuhe standen im Weg des schmalen Ganges. Sportklamotten lagen auf einer Anrichte und ein Rucksack hing an der Flurgarderobe.

»Es riecht nach Ölfarbe,« stellte Paulsen fest. »Haben wir Sie beim Renovieren gestört?«

»Nein, das haben Sie nicht. Kommen Sie bitte mit in die Küche, da kann ich Ihnen etwas Kaltes zu trinken anbieten bei diesem schwülen Wetter. Und dort können wir in Ruhe reden. Ich werde mal die Fenster öffnen. Mal sehen, ob ein bisschen frische Luft hereinkommt. Heute weht ja absolut kein Lüftchen.«

In dem Moment krachte es laut und ein paar Sekunden später donnerte es.

»Endlich. Ein Sommergewitter. Hoffentlich kühlt es sich jetzt ab«, sagte Berger und pustete laut hörbar vor sich hin. »Die Hitze hält man nur schwer aus.«

»Möchten Sie ein Wasser trinken?«, bot Nils Boldt den beiden Hauptkommissaren an. »Kaffee habe ich leider nicht, aber Tee hätte ich im Angebot.«

»Sehr gern. Es kann auch Leitungswasser sein«, antwortete Paulsen für beide.

»Gut. Ich habe noch Eiswürfel im Gefrierfach. Dann ist das Wasser erfrischender.«

Berger und Paulsen nahmen in der kleinen und gemütlichen Küche Platz. Nils Boldt füllte drei Gläser mit Wasser und ließ dann die Eiswürfel hineinfallen.

»Danke schön, Herr Boldt.« Berger trank gleich einen großen Schluck. Draußen krachte es erneut. Jetzt war es so heftig, dass Paulsen dachte, nebenan hätte der Blitz eingeschlagen.

»Das wird gleich kräftig regnen«, stellte Boldt mit einem Blick aus dem Fenster fest und schloss es vorsorglich. Da hat sich eine dunkle Wolkenwand zusammengeschoben. »Ich liebe den Duft, wenn es tagelang so heiß war und es dann plötzlich regnet. Ein Landregen wäre mir heute am liebsten.«

»Herr Boldt, leben Sie in dieser herrlichen Gegend allein?«

»Ja. Es ist schon besonders und absolut angenehm mitten in der historischen Altstadt zu wohnen.«

»Wir haben zwei Fragen: Die erste betrifft die zehntausend Euro, die Peter Lenz Ihnen überwiesen hat und die Sie sofort nach seinem Tod zurücküberwiesen. Wofür haben Sie das Geld erhalten? Und warum haben Sie es wieder zurückgezahlt? Können Sie uns das bitte erklären?« Berger legte alle Fakten gleich auf den Tisch.

»Natürlich kann ich Ihnen das erklären. Ich bin freischaffender Künstler. Ich male Bilder. Deshalb riecht es auch nach Ölfarbe. Im ersten Stock – in diesem kleinen und entzückenden Haus – habe ich mein Atelier.«

»Und der Geldtransfer mit Lenz?«, bohrte Berger nach.

»Herr Lenz hat bei mir drei Ölbilder gekauft. Die hat er per Überweisung bezahlt und ich wollte sie ihm zukommen lassen.«

Berger und Paulsen sahen sich erstaunt an. Lenz – ein Kunstliebhaber?

»Sind das besondere Bilder?« Berger war immer noch sichtlich erstaunt.

»Es sind Ölgemälde mit Schwerin-Motiven. Die Bilder entstanden nach Fotovorlagen. Es sind alles Sehenswürdigkeiten, die Sie aus Schwerin bestens kennen: Das Schloss, der Dom, das Museum. Herr Lenz hatte die Bilder bezahlt. Ist dann aber bedauerlicherweise …« Er sprach nicht weiter, sondern senkte betroffen seinen Kopf. »Weiter brauche ich ja nicht zu erzählen … Die Bilder habe ich noch hier und das Geld deshalb umgehend auf das Konto zurücküberwiesen.«

»Verstehe. Wir sind hier, um alle Ungereimtheiten zu beseitigen. Wir gehen deshalb allen Kontakten von Peter Lenz nach. Der Geldtransfer hat uns verwundert. Könnten wir einmal Ihr Atelier sehen?«, bat Berger.

»Natürlich. Kommen Sie. Ich zeige Ihnen mein Atelier.«

Alle drei gingen die äußerst schmale Treppe nach oben. Dann standen Sie in dem kleinen Arbeitsraum, in dem Skizzen und Fotos von Gebäuden, Ölfarben und Leinwände standen.

Berger und Paulsen schauten sich um.

»Wirklich schöne Bilder. Sie sind sehr talentiert!«, stellte Berger fest.

»Danke schön, Herr Berger.« Boldt freute sich über die Anerkennung. »Ich habe schon viele Bilder öffentlich zugänglich in Cafés, Kanzleien, Praxen und auch in einer Bankfiliale ausgestellt. Im nächsten Jahr plane ich eine eigene Ausstellung.«

In diesem Moment klingelte Bergers Telefon. Er sah auf das Display. Er lächelte, denn er sah auf dem Handy das Bild seiner Frau. »Entschuldigung. Ich muss kurz rangehen.« Berger drehte sich von den beiden weg. »Hallo Lea, ich bin gerade bei einem Künstler in Wismar. Hast du etwas Dringendes? Ich würde dich sonst in zehn Minuten zurückrufen. Ich bin hier gleich fertig.« Berger hörte seiner Frau stumm zu. »Ach, du meine Güte! Okay! Ich mache mich sofort auf den Weg!«

»Was ist denn, Thomas?« Paulsen erkannte nicht nur aus seinen Worten, sondern auch aus Bergers Gesicht sofort, dass etwas passiert sein musste.

»Willi hat sich beim Fußball verletzt. Der Trainer hat gerade Lea informiert. Sie kann nicht so schnell aus der Praxis weg. Hat dort gerade wieder für ein paar Stunden am Tag die Arbeit aufgenommen. Ich muss sofort nach Schwerin.« Berger war aufgewühlt.

»Ist es schlimm?«, fragte Nils Boldt nach.

»Er ist gestürzt. Der Trainer sagte, er hat sich das Handgelenk gebrochen. Mehr weiß ich nicht. Entschuldigen Sie, Herr Boldt, wir waren ja eh fertig. Wir müssen los.«

»Sie müssen sich doch nicht entschuldigen. Alles Gute für Ihren Sohn. Wenn Sie mal Lust haben, kommen Sie gern mal mit Ihrer Frau vorbei.«

»Das machen wir bestimmt, Herr Boldt«, antwortete Berger ehrlich. »Auf das Angebot kommt meine Frau sicher zurück.«

Beide Kommissare verabschiedeten sich und rannten durch die Altstadt zum Auto. Es schüttete wie aus Eimern. Bereits am Ende der Krämerstraße waren beide Kommissare völlig durchnässt. Die Luft hatte sich sofort um ein paar Grad abgekühlt.

Fünfundvierzig

Berger und Paulsen fuhren, so schnell es die Scheibenwischer ihres Fahrzeuges bei diesem starken Regen zuließen, zurück nach Schwerin.

Berger raste, keineswegs den extremen Wetterbedingungen angepasst, sodass Paulsen mulmig wurde. »Thomas, ich möchte nicht mit Aquaplaning von der Straße abdriften. Du weißt, ich will nächste Woche vor den Altar treten. Bitte fahr langsamer!«, forderte er seinen Kollegen in Höhe der Ortschaft Medewege auf.

»Ich habe mit den Reifen Kontakt zur Fahrbahn. Keine Angst! Ich bin doch kein Fahranfänger. Du wirst schon nächste Woche heiraten können«, schmetterte Berger zurück.

Paulsen hielt sich zurück und sagte erst einmal nichts mehr. Es waren nur noch fünf Minuten, die er bis zur Helios-Klinik überstehen musste.

»Weißt du was? Ich halte an der Klinik an und du fährst mit dem Wagen in die Dienststelle zurück. Ich nehme mir dann ein Taxi«, schlug Berger ungeduldig vor.

»Können wir so machen.« Dann schwieg Paulsen.

»Tut mir leid, ich bin so aufgeregt wegen Willi und seinem Arm.«

»Ist schon gut. Dort am seitlichen Eingang beim Glaskasten kannst du ja aussteigen. Der Bereich ist überdacht. Dann fahre ich weiter.«

»Meine Sachen sind klitschnass. Ist das eklig. Eigentlich müsste ich erst nach Hause fahren und mich umziehen. Aber das kann ich Willi und Lea nicht antun. Das dauert einfach zu lange.«

Paulsen beäugte seinen Kollegen kritisch: »Lass wenigstens deine Waffe im Auto. Du siehst aus wie ein durchgeknallter Amokläufer!«

»Gute Idee. Bis später, Lars! Danke.« Berger stieg aus und rannte zum Eingang.

»Alles Gute für Willi!«, rief Paulsen ihm hinterher.

»Richte ich aus.«

Berger ging in den Notfallbereich der Klinik. Da stand auch schon Lea.

»Ich habe es doch noch schnell geschafft«, begrüßte Lea ihren Mann mit einem flüchtigen Kuss.

»Schneller konnte ich bei diesem Sauwetter aus Wismar nicht kommen. Wo ist Willi?«

»Sein Handgelenk wurde gerade geröntgt. Das Gelenk ist gebrochen, muss aber nicht operiert werden.«

»Das ist ja schon mal erfreulich. Der Schreck sitzt mir dennoch in den Knochen. Er wird wohl einen Kunststoffverband mit Schiene bekommen. Mit Gips wird ja heutzutage gar nicht mehr gearbeitet, oder?«

»Warten wir mal ab. Es wird bestimmt nicht mehr lange dauern. Soll ich uns einen Kaffee aus der Cafeteria holen? Oder willst du mal in den Waschraum gehen und dich ein bisschen herrichten? Du siehst aus wie ein begossener Pudel.«

»Ja, ich gehe. Kaffee möchte ich nicht. Hoffentlich ist im Waschraum ein elektrischer Händetrockner. Da kann ich mein Shirt kurz reinhalten und vielleicht etwas trocknen.«

Lea blieb im Wartebereich sitzen und wollte den behandelnden Arzt zum Abschlussgespräch nicht verpassen. Nach Kaffee war ihr auch nicht mehr zumute.

Berger verschwand und suchte einen Waschraum.

Nach einer Viertelstunde kam Willi aus dem Behandlungszimmer. Er sah etwas blass aus in seiner beschmutzten Fußballbekleidung. Nachdem er seine Eltern entdeckte, lächelte er erleichtert. »Ich war sehr tapfer, hat der Arzt gesagt.« Er küsste seine Mutter auf den Mund. »Andere Kinder hätten längst geweint. Ich muss auch nicht operiert werden.«

»Hast du dolle Schmerzen, mein Schatz?«

»Vorhin ja. Ich habe dann eine Spritze gekommen. Jetzt sind die Schmerzen fast weg. Guck mal meinen Verband an. Das ist Plastik, ganz leicht.« Willi zeigte stolz sein linkes Handgelenk, das in einem dunkelblauen Verband steckte. Den Verband muss ich jetzt vier Wochen tragen, hat der Arzt gesagt und dann ist wieder alles gut. Die Jungs in meiner Klasse werden morgen staunen.«

Lea richtete den Blick zu ihrem Mann: »Wenn ich mit dem Arzt gesprochen und die Krankenkassenkarte eingelesen wurde, können wir alle drei nach Hause fahren. Ich muss nicht mehr in die Praxis zurück.«

»Okay. So machen wir das. Ich habe keinen Wagen hier. Wir nehmen dann deinen Wagen. Und Willi, du erzählst mir jetzt erst einmal genau, wie der Unfall auf dem Fußballplatz passiert ist.« Berger nahm seinen Sohn behutsam in seine Arme. »Mensch, hast du mir einen Schrecken eingejagt, mein Dicker«, tröstete er seinen Sohn.

Nachdem alles geklärt war, fuhren sie nach Hause. Draußen war es wieder sonnig und der Himmel strahlte hellblau. Nicht eine Wolke war mehr zu sehen. Die Luftfeuchtigkeit war enorm hoch. »Ich schlage vor, wir machen uns zu Hause alle etwas frisch und dann fahren wir ein Eis essen.«

»Oh, ja! Ich weiß auch schon wo, Papi!«

»Na, wo denn, mein kleiner Cristiano Ronaldo?«

»Da, wo im Wald die Reppiner Burg ist. Da gibt es doch an der Straße das leckerste Eis.«

»Er meint die Eisdiele *Westphal*. So hieß die doch früher. Wie der Eisladen jetzt heißt, kann ich mir nicht merken«, erklärte Lea.

»Ist ja auch egal wie der Laden heißt, Lea. Das Softeis schmeckt dort köstlich und wir fahren dort nachher gemeinsam hin.«

Alle drei, besonders Willis Eltern, waren froh, dass der Sportunfall verhältnismäßig glimpflich ausgegangen war. Berger war überrascht, wie Willi den Unfall wegsteckte. Bei Lea hatte er, wie er sie im Krankenhaus sah, kurze Bedenken, dass sie durch den Stress wieder eine Panikattacke erleiden würde. Dies war Gott sei Dank nicht der Fall.

Auf der Fahrt zum Eisladen rief Berger Paulsen noch einmal an und bat ihn, die Wohnanschrift von Lenz Junior über das Einwohnermeldeamt ermitteln zu lassen. Das hatte sich Berger eigentlich für heute vorgenommen. Aber ein leckeres Eis mit seiner Familie war für ihn jetzt ausnahmsweise wichtiger.

Sechsundvierzig

Nachdem Willi von seiner Mutter noch eine Schmerztablette bekommen hatte, schlief er völlig erschöpft ein.

Thomas und Lea gingen an diesem Abend auch zeitig schlafen. Der gemeinsame Besuch im Eiscafé tat allen gut.

Gegen drei Uhr morgens wälzte sich Berger in seinem Bett hin und her. Er stand auf, ging in die Küche und trank ein Glas Wasser. Dann schlich er ins Schlafzimmer zurück. Gegen fünf Uhr träumte er heftig und hatte reale Bilder vor sich: Er sah seine Bürotür, die erneut besprüht war. Diesmal stand das Wort VERSAGER mit riesigen Buchstaben an der Tür. Willi schnitt mit einem scharfen Saufänger einen Apfel auf und drohte, sich dabei in den Finger zu schneiden. Lea himmelte Notar Wilke an. Sie stand im weißen langen Kleid vor dem Traualtar im Schweriner Dom. Plötzlich küsste Wilke seine Lea auf ihren sinnlichen Mund, nachdem er ihr zuvor einen Ehering übergestreift hatte. Paulsen und seine Frau Kirsten waren Trauzeugen und saßen in der ersten Reihe des Doms. Berger schreckte mit einem Schrei hoch, als er vor seinem inneren Auge Peter Lenz in seinem Schlafzimmer mit einem Gemälde stehen sah, dass er Berger schenken wollte. Auf dem Gemälde war Bergers Vater portraitiert. »Nein«, schrie er laut und saß aufrecht im Bett.

»Was ist mit dir?« Lea schreckte ebenfalls hoch. »Du hast geträumt, Schatz. Du bist jetzt wach. Beruhige dich.«

»Oh, Gott. Ich habe alle möglichen verrückten Sachen geträumt!«, stellte Berger fest. Sein Schlafshirt war nass. Er zitterte leicht und musste das Licht auf der Nachttischlampe kurz einschalten.

Lea bat ihn, sich wieder hinzulegen und nahm seine Hand. »Ich massiere dir mal die Hand. In den Fingerkuppen ziehen sich feine Nervenbahnen. Das wird dich gleich entspannen. Das macht Johanne mit ayurvedischen Ölen bei mir auch.«

»Ooohhh, das tut guuut. Ich muss wohl auch mal zur Ayurveda-Massage«, stellte Thomas flüsternd fest. Er wollte Lea gerade erzählen, was er geträumt hatte.

Sie fiel ihm ins Wort: »Pssst, ruhig. Denk an unsere Hochzeitsreise, wie wir auf den Malediven im Sand gelegen haben und der leichte Wind uns erfrischte.« Dann schwieg Thomas, sah die grünen fleischblättrigen Pflanzen und herrlich duftenden Blüten auf Kuramathi Island. Er schlief tatsächlich wieder ein.

Morgens am Frühstückstisch wollte Berger seiner Frau die Bilder von Nils Boldt im Internet zeigen. Der Maler aus Wismar hatte ihn beeindruckt. Er gab seinen Namen bei Google ein, fand jedoch absolut nichts über ihn im Netz. »Komisch«, grübelte er. »Die jungen Leute sind wenigstens auf einem Social-Media-Kanal präsent. Das ist eigenartig.«

Lea hörte interessiert zu. »Dann fahren wir einfach mal hin. Er hat dich doch eingeladen und wenn du sagst, dass er malt und so talentiert ist, finde ich vielleicht etwas passendes für die Praxis.« Sie stellte ihrem Mann eine Tasse Kaffee auf den Tisch.

In dem Moment klingelte Bergers Handy und er hätte beim Rangehen fast die Kaffeetasse umgestoßen.

»Guten Morgen, Thomas. Hier ist Helena Kurth.«

»Hey, guten Morgen Schneewittchen«, antwortete Berger vertraulich und mit lustiger Stimme.

Lea sah ihren Mann fragend an.

»Erkläre ich dir gleich …«, flüsterte er ihr mit einem angedeuteten Kuss zwinkernd zu.

Dann hörte er Helena Kurth lachend antworten: »Ich möchte nicht Schneewittchen genannt werden, Thomas. Auch wenn dir mein Kuchen geschmeckt hat. Sonst nenne ich dich Rumpelstilzchen!«, flachste die nette Kollegin zurück.

»Na, was gibt es denn, Helena?«

»Lars Paulsen hat sich gerade telefonisch krankgemeldet. Er liegt mit Fieber im Bett. Vermutlich Sommergrippe.«

»Mist«, antwortete Berger ernst.

»Lars hatte mich gestern gebeten«, fuhr Helena fort, »den Sohn von Peter Lenz über das Einwohnermeldeamt ausfindig zu machen. Yvonne Lenz hatte mir Geburtsdatum und den Namen ihres Sohnes widerwillig genannt. Was für eine launische Person. Sie wüsste nicht, wo genau er in Süddeutschland leben würde.«

»Und? Hast du etwas rausfinden können?«

»Ja, von wegen Sohnemann Maik wohnt in Süddeutschland. Maik Lenz wohnt ganz in der Nähe! Die Mutter hat uns frech angelogen!«

»Wo wohnt der Sohn denn?«

»In Wismar!«, teilte Helena mit.

Berger stockte der Atem: »Hast du auch eine Anschrift?«

»Warte – gebe ich dir gleich durch.« Helenas Notizblock raschelte.

Berger stellte seine Kaffeetasse ab und kannte die Antwort schon. »Krämerstraße 17! Hab ich recht?«

»Genau. Krämerstraße 17. Woher weißt du das? Dann hätte ich doch gar nicht mit dem Einwohnermeldeamt telefonieren müssen«, antwortete Helena vorwurfsvoll.

»Ich war gestern mit Lars in der Krämerstraße 17. Dort wohnt ein Nils Boldt. Das LKA hatte doch einen Geldtransfer zwischen Peter Lenz und Nils Boldt in den Bankunterlagen von Lenz aufgedeckt. Danke dir, Helena. Ich kümmere mich um alles Weitere.«

Berger erklärte Lea kurz, warum er Helena Kurth als Schneewittchen bezeichnet hatte. Er erzählte beiläufig, dass Lars erkrankt ist und dass er dringend noch einmal nach Wismar müsse.

Berger ließ den gestrigen Besuch bei Nils Boldt noch einmal Revue passieren. Was hatte er übersehen? Boldt sagte doch, dass er allein in dem kleinen Haus mit seinem Atelier wohnte.

Berger schloss die Augen und konzentrierte sich. Er ging gedanklich den kleinen Flur entlang. Er sah die Schuhe auf dem Boden. Herrenschuhe in zwei unterschiedlichen Größen. Als nächstes erinnerte er sich an die Gemälde. Die Signatur unten rechts zeigte nicht die Buchstaben N und B für Nils Boldt. Es stand etwas anderes dort. Aber was? Dann erinnerte er sich an die Hände von Boldt, keine Spur von Ölfarbe an den gepflegten Händen. Irgendetwas stimmte bei dem Besuch nicht. Boldt wirkte so entspannt auf Berger. Der muss gewusst haben, dass die Polizei bei ihm auftaucht. Boldt war vorbereitet. So gelassen hatte noch niemand in einer Vernehmung zum Tod von Lenz reagiert.

Berger schickte eine Nachricht an Paulsen und wünschte ihm gute Besserung. Er schrieb »bis zur Hochzeit bist du wieder fit« und setzte drei Ausrufezeichen dahinter.

›Und bis zur Hochzeit habe ich auch den Mörder von Peter Lenz überführt.‹ Dessen war sich Berger jetzt absolut sicher.

Siebenundvierzig

Eine Stunde später saßen Thomas Berger und Lutz Hesse zusammen, um die weitere Strategie zu besprechen. Lutz Hesse, als ehemaliger Chef des Sondereinsatzkommandos, schlug vor, einen richterlichen Beschluss für eine Hausdurchsuchung bei Nils Boldt zu erwirken. Die polizeiliche Durchsuchung musste genauestens vorbereitet werden. Ob ein nächtlicher und überraschender Zugriff erfolgen sollte, war noch offen. Lag überhaupt eine Straftat vor? Bisher hatte Nils Boldt nur verschwiegen, dass er nicht allein in der der Krämerstraße 17 wohnte. Warum, gab er nicht zu, dass Maik Lenz bei ihm polizeilich gemeldet war? Oder wohnte Lenz dort gar nicht? Viele offene Fragen beschäftigten Hesse und Berger. Beide waren sich absolut sicher, mit äußerster Vorsicht vorgehen zu müssen. Sollte Boldt etwas mit dem Tod von Lenz zu tun haben, durfte die Chance, ihn zu überführen, nicht durch unüberlegtes Handeln zunichtegemacht werden.

»Ich schlage vor, dass wir die Durchsuchungsanordnung des Richters abwarten und einen Überraschungszugriff für morgen früh sechs Uhr planen«, schlug Hesse vor.

»Vielleicht sollten wir auch einen Drogenspürhund mitnehmen?« Berger kratze sich an seinem Kinn. Die morgendliche Rasur hatte er aufgrund der neuen Umstände ausfallen lassen. »Vielleicht ist Boldt auch in Drogengeschäfte involviert?«

»Kann gut sein. Zehntausend Euro sind eine Menge Geld und mir ist echt nicht bewusst, dass Lenz ein Kunstliebhaber war. Aber wir sind in der Causa Lenz schon auf diverse Dinge gestoßen, die wir ihm nicht zugetraut hätten.«

»Irgendetwas stimmt jedenfalls nicht. Drei Gemälde für zehntausend Euro von einem Künstler, den niemand kennt? Lenz war doch nicht blöd und schmiss sein Geld nicht aus dem Fenster raus! Hätte sich Willi gestern nicht das Handgelenk beim Fußball gebrochen hätte, wäre ich vielleicht noch vor Ort auf Ungereimtheiten gestoßen.«

»Wir planen den Zugriff für morgen früh sechs Uhr und nehmen Verstärkung mit. Ob SEK oder unsere eigenen Kollegen, das überlege ich mir in der nächsten Stunde. Der Boldt rechnet vielleicht auch damit, dass ihr irgendetwas mitbekommen habt und ihr nochmal auftaucht.«

»Ich könnte auch mit Lea hinfahren. Boldt hatte mir angeboten, dass ich mit ihr zusammen vorbeikommen und seine Gemälde anschauen könnte. Lea hat ihr Interesse schon bekundet. Sie plant Bilder für ihre Praxis zu kaufen.«

»Das kommt überhaupt nicht infrage. Deine Familie hältst du schön heraus. Wir planen einen offiziellen polizeilichen Zugriff. Ich möchte nicht, dass Lea in Gefahr gerät. Du sagtest selbst, dass es ihr psychisch nicht so gut geht. Wenn sie im Nachhinein erfährt, dass der Einsatz mit ihr geplant war und sie als Lockvogel herhalten musste, steht dir wieder eine Menge Ärger ins Haus. Meines Erachtens dann auch zurecht. Wir trennen das schön! Hast du mich verstanden,

Thomas? Keine eigenmächtigen Entscheidungen und unüberlegte Vorhaben.«

»Okay.«

»Das ziehen wir beide zusammen mit Verstärkung durch. Ein Anfangsverdacht liegt vor, dem müssen wir nachgehen. Es dürfen keine Fehler passieren. Wir haben bei allen anderen Tatverdächtigen – wie zum Beispiel Thalheim und Yvonne Lenz – nichts gefunden, was mit dem Mord an Lenz in Verbindung steht. Nils Boldt ist unsere neue Spur. Wir planen den offiziellen und rechtlich begründeten Zugriff und dann sehen wir weiter! Noch etwas anderes, Thomas. Ich habe gehört, Lars Paulsen ist krank. Er will doch nächste Woche heiraten, oder?«

»Ja, es ist endlich soweit. Am nächsten Freitag im Dom.«

»Wollen wir ihn nicht bei seiner Hochzeit überraschen?«, schlug Hesse vor.

»Ja, das wäre eine tolle Geste. Ich habe mir auch schon Gedanken gemacht.«

»Wir könnten mit ein paar Polizeifahrzeugen und eingeschaltetem Blaulicht am Dom stehen und das frisch vermählte Paar begrüßen.«

»Ja, das ist eine prima Idee. So machen wir es.«

»Und jetzt warten wir auf den richterlichen Beschluss und morgen früh ist Nils Boldt in Wismar fällig.«

Achtundvierzig

Berger ärgerte sich extrem und fluchte laut. Morgens um fünf Uhr musste das dunkelblaue Zivilfahrzeug der SoKo wegen seiner Vergesslichkeit am Rande von Schwerin noch einmal zurück zur Dienststelle fahren. Er hatte den richterlichen Durchsuchungsbeschluss auf seinem Schreibtisch liegen lassen. Das entscheidende Dokument für die Hausdurchsuchung.

Mit insgesamt sechs Personen fuhren sie dann im VW-Bus zur geplanten Hausdurchsuchung nach Wismar in die Krämerstraße.

Die Zeit in Wismar reichte gerade noch aus, um fix einen Kaffee an der Tankstelle am Ortseingang zu trinken. Dort wurde die Vorgehensweise für die angesetzte Hausdurchsuchung bei Nils Boldt noch einmal kurz erörtert.

Hesse, Berger und zwei Kollegen wollten die Durchsuchung der Räume des Hauses vornehmen. Eine Kollegin und ein Kollege sollten das Haus von außen sichern, falls Nils Boldt sich unerlaubt entfernen würde. Berger rechnete mit Widerstand oder vielleicht auch mit einer Panikreaktion von ihm. Alles war möglich.

Es war soweit. Die Außensicherung des Hauses im Hinterhof war geklärt. Der Kollege mit dem Drogensuchhund war auch vor Ort. Er sollte erst einmal abwarten. Berger würde ihn später hinzuziehen.

Hesse, Berger und zwei Beamte standen fünf Minuten vor sechs Uhr an der Haustür. Das Erste, was Berger bemerkte, war das neue Türschild. Als er mit Paulsen vor einem Tag bei Boldt war, stand auf dem Türschild nur der Name Boldt. Jetzt waren die Namen Boldt und Lenz an der Tür zu lesen.

Hesse klingelte. Es ertönte die klassische Musik, die Berger schon kannte. Berger klingelte gleich noch einmal, weil sie so melodisch und beruhigend auf ihn wirkte.

Es dauerte ein paar Minuten, bis das Licht im Haus eingeschaltet wurde. Dann wurde die Haustür geöffnet. Boldt stand barfuß in einer zerknitterten schwarzen Boxer-Short in der Tür. Er bekam die Augen kaum auf. Er begann mit seinem freien Oberkörper leicht zu frieren.

»Guten Morgen, Herr Boldt«, begrüßte ihn Thomas Berger mit einem aufgesetzten Lächeln.

»Herr Berger, jetzt erkenne ich Sie erst. Was wollen Sie denn hier? Um diese Zeit …«

Boldt musterte nacheinander die Personen vor seiner Tür und war von einer auf die andere Sekunde hellwach.

»Wir haben hier einen richterlichen Durchsuchungsbeschluss. Würden Sie bitte Platz machen, sodass wir eintreten können?«

»Warum das denn? Ich habe Ihnen doch alles zu den Bildern, die Peter Lenz kaufen wollte, gesagt!«

Bergers Gesichtszüge wurden ernst: »Sie haben mich angelogen, Herr Boldt. Heute stelle ich fest, dass an der Tür nicht nur *Ihr* Name, sondern auch der Name Lenz steht. Laut Einwohnermeldeamt ist Maik Lenz hier wohnhaft. Sie haben mir erzählt, dass Sie Maler sind und hier allein wohnen.«

»Ja, bis gestern Abend habe ich hier noch allein gewohnt. Jetzt wohnt Maik Lenz bei mir.«

»Ach, hören Sie doch auf. Sie haben gewusst, dass die Polizei hier auftaucht und haben uns in dem Glauben gelassen, dass Sie der Künstler sind und hier allein wohnen.«

Boldt schwieg einen Moment. Dann sagte er: »Und was wollen Sie jetzt von mir und Maik?«

»Jetzt durchkämmen wir erst einmal das ganze Haus und schauen dann, was wir so finden. Als erstes möchte ich einen Nachweis, mit dem Sie beweisen können, dass Peter Lenz die drei Gemälde, von denen Sie sprachen, kaufen wollte.«

»Das kann ich nicht beweisen. Das haben wir nur mündlich vereinbart.«

»Wie interessant. Stimmt das? Oder ist das wieder eine Lüge?«

Durch das laute Streitgespräch kam jetzt auch Maik Lenz mit einem verschlafenen Blick an die Tür.

Berger stellte sich und die Kollegen vor und beobachtete genau dessen Reaktion. »Sie sind Maik Lenz und der Sohn von Peter Lenz, nicht wahr?«

»Ja, der bin ich.« Maik Lenz zeigte keine Reaktion. Er war völlig perplex, als er die vielen Beamten sah.

»Maik, du gehst am besten hoch ins Wohnzimmer. Wir sagen gar nichts. Die Hausdurchsuchung ist richterlich festgelegt. Dagegen können wir uns nicht wehren. Wir äußern uns zu nichts und wir werden auch nicht mit Ihnen kooperieren. Ich habe einen Rechtsanwalt, den werde ich sofort einschalten.«

Dann verschwanden Nils Boldt und Maik Lenz in die zweite Etage. Zwei Beamte gingen direkt hinterher, um abzusichern, dass die beiden Männer nichts verschwinden ließen. Das Überraschungsmoment war aus polizeilicher Sicht gelungen.

Berger und Hesse sahen sich gemeinsam im Haus um. Nachdem beide das Schlafzimmer begutachtet hatten, war zweifelsohne klar, dass Lenz und Boldt miteinander liiert waren. Beide führten anscheinend nicht nur eine freundschaftliche, sondern auch eine sexuelle Beziehung.

Im Atelier sah Berger sich die Signatur der Gemälde genauer an. Die Gemälde wiesen die Buchstaben M und L aus und waren zudem mit den jeweiligen Jahreszahlen signiert. Die Bilder stammten demnach von Maik Lenz. Welchen Beruf Nils Boldt ausübte, war vorerst nicht feststellbar.

Die SoKo ging systematisch durch das ganze Haus. Jeder Winkel, jeder Schrank, alles wurde genauestens untersucht. Stundenlang wurde nach einem Beweis gesucht, der die beiden Männer in Verbindung zum Tod von Peter Lenz bringen könnte.

Berger wurde ungeduldig. Irgendetwas stimmte noch immer nicht. Die beiden mussten etwas mit dem Tod von Peter Lenz zu tun haben. Er bat Boldt und Lenz das Wohnzimmer zu verlassen, in dem sie schweigend und regungslos in Sportklamotten saßen. Widerwillig gingen beide ins Schlafzimmer. Berger setzte sich auf die kleine Couch und ließ das Zimmer auf sich wirken. Er brauchte Ruhe, um sich konzentrieren zu können. Er öffnete selbst noch einmal alle Schränke im Raum und untersuchte sie genauestens.

»Hier ist nichts«, gab ein Kollege der SoKo von sich, der zu Berger kam. »Wir haben alles durchsucht. Auch in den anderen Räumen ist nichts Besonders von den beiden Herzbuben zu finden!«

»Sag mal spinnst du! Das habe ich gerade überhört!«, ermahnte Berger seinen Kollegen scharf. »Lass mich hier sitzen. Irgendwas finde ich. Warum will Boldt denn einen Anwalt einschalten, wenn er nichts zu verbergen hat? Das macht doch keinen Sinn. Boldt oder auch Lenz, die beiden haben Dreck am Stecken. Das spüre ich bis in die kleinste Faser meines Körpers.«

»Wir brauchen aber Beweise, Thomas.« Hesse kam dazu und versuchte, Berger zu besänftigen. »Wir haben nichts in der Hand. Der Geldtransfer mit den Bildern ist das Einzige, was wir haben. Warum soll Lenz nicht Bilder von seinem Sohn gekauft haben, um ihn vielleicht finanziell zu unterstützen? Wir wissen doch gar nicht, was die beiden hauptberuflich machen. Von den Bildern können die beiden niemals ihren Lebensunterhalt bewältigen.«

»Das ist doch alles gelogen. Warum hat Boldt denn verschwiegen, dass er mit Maik Lenz anscheinend liiert ist? Warum hat er gelogen und mich in dem Glauben gelassen, er selbst habe die Bilder gemalt und an Lenz-Senior verkauft? Hier stimmt was nicht. Ich gehe nicht eher, bis ich etwas gefunden habe. Die beiden sind nicht sauber!« Berger schlug mit der flachen Hand auf den Wohnzimmertisch.

Hesse verließ das Wohnzimmer und ließ Berger allein zurück.

Berger wollte sich einen Moment ablenken und schaute sich ein Bücherregal an der Wand an. Ein Buch fiel Berger dabei direkt ins Auge, denn es stand nicht so geordnet wie die anderen in der Reihe. Es war ein dicker Schinken, ein Monumentalwerk, ein Kunstband über Rembrandt, den bekannten und bedeutenden niederländischen Künstler des Barock. Berger nahm das Buch interessehalber aus dem Regal und schlug es auf. Er glaubte nicht, was ihm dort offenbart wurde. Er legte das Buch langsam und vorsichtig wie einen wertvollen Schatz auf dem Wohnzimmertisch ab und zog seine Einweghandschuhe über. Der Buchinhalt, alle Seiten des Werkes, waren fein säuberlich entfernt worden. Ein großer Hohlraum war entstanden und in diesem lag jener Gegenstand, nachdem Berger schon lange suchte – ein Saufänger mit Hirschhorngriff. »Nein«, sagte Berger leise zu sich »es ist der Saufänger. Endlich. Ich habe ihn. So dumm von den beiden, das Teil hier in der Wohnung zu verstecken.«

»Lutz, komm mal bitte!«, rief Berger laut ins Treppenhaus. Lutz Hesse erschien und Berger zeigte ihm stolz seinen Fund. Er präsentierte ihn wie eine Jagdtrophäe. Dann öffnete er das Buch und sagte nur: »Waidmannsunheil – die Jagd war erfolgreich. Wir können abrücken. Und beide, Boldt und Lenz, zur Vernehmung nach Schwerin mitnehmen.«

Neunundvierzig

Nils Boldt und Maik Lenz wurde nacheinander erlaubt, sich anzuziehen. Dann wurden die beiden Tatverdächtigen in getrennten Fahrzeugen zur Polizeiinspektion Schwerin gefahren. Berger wies seine Kollegen mehrfach an, dass die beiden Männer keineswegs zusammenkommen und nicht miteinander kommunizieren dürften.

Der sichergestellte Saufänger wurde von Berger zur kriminaltechnischen Untersuchung gebracht.

Anschließend ging er in die Kantine. Sein Magen meldete sich. Er musste erst einmal etwas essen, bevor er sich an die Vernehmung der beiden Männer machen wollte. Er bestellte sich einen großen Pott Kaffee. Er saß allein in der Kantine, aß ein halbes Brötchen mit zwei Scheiben Gouda und dann sein Lieblingsbrötchen – ein Mettbrötchen mit Zwiebelringen. Er wollte gestärkt in die Vernehmungsrunde gehen. Die vielen Fragen, die in seinem Kopf herumschwirrten, musste er gedanklich in eine, für ihn logische, Reihenfolge bringen.

Der Pressesprecher der Polizeiinspektion kam mit zügigen Schritten auf ihn zu und setzte sich zu ihm.

»Guten Morgen, Thomas, ich suche dich schon überall.«

»Moin«, antwortete Berger mit vollem Mund.

»Ich habe gerade gehört, dass ihr erfolgreich wart und zwei Tatverdächtige im Mordfall Lenz festgenommen habt. Ist das richtig?«

Berger kaute noch. »Ja.« Dann wischte er sich die Mundwinkel ab. »Richtig, wir haben zwei Tatverdächtige in Wismar festgenommen und vermutlich auch die Tatwaffe sichergestellt. Die Waffe habe ich gerade in der KTU abgegeben.«

»Wollen wir schon eine Pressemitteilung rausschicken?«

»Lass uns noch ein paar Stunden abwarten. Ich möchte das Untersuchungsergebnis der KTU erst haben, obwohl ich mir absolut sicher bin, dass der Saufänger die Tatwaffe ist. Ich beginne gleich mit der Vernehmung des ersten Tatverdächtigen. Der zuständige Haftrichter ist schon informiert. Ich denke, dass der Rechtsbeistand der Herren in Kürze auch auftauchen wird. Dann gebe ich dir sofort Bescheid.«

»Okay. Dann warte ich auf ein Signal von dir, wann ich mit den wichtigsten Fakten an die Öffentlichkeit gehen kann. Du weißt, dass ich sehr gern offensiv mit den Medien umgehe. Die Hausdurchsuchung in Wismar haben bestimmt einige Menschen beobachtet und dann brodelt ja meistens sofort die Gerüchteküche.«

»Ja, das ist mir schon klar. Es ist aber so ein brisanter Fall, deshalb denke ich, dass Hesse selbst vor der Presse ein Statement abgeben wird. Ich möchte keine Falschmeldungen herausgeben, die wir dann wieder revidieren müssen.«

»Da stimme ich dir zu.«

Berger trank seinen Kaffee aus und verließ zusammen mit dem Pressesprecher die Kantine.

In seinem Büro kontaktierte Berger sofort die Staatsanwaltschaft in Schwerin. Er wollte sich erkundigen, ob jemand an der Vernehmung teilnehmen wolle oder er die

Vernehmung allein durchführen sollte. Aufgrund eines hohen Krankenstandes konnte so kurzfristig niemand von der Staatsanwaltschaft in die Polizeiinspektion kommen. Berger und sein Chef würden somit mit der Vernehmung in Kürze allein beginnen.

Berger lief in seinem Büro auf und ab. Er konnte es noch gar nicht so richtig begreifen, dass er mithilfe der SoKo, die den Geldtransfer zwischen Peter Lenz und Nils Boldt aufgedeckt hatte, jetzt zwei Tatverdächtige im Gebäude der Polizeiinspektion festgesetzt hatte. Er rief seinen Kollegen Paulsen zu Hause an, der sich immer noch mit einer Sommergrippe plagte. Berger wollte ihm zumindest gute Besserung wünschen und die erfolgreiche Nachricht mit der Festnahme überbringen.

Paulsen krächzte in die Leitung und bedankte sich bei Berger für dessen fürsorgliche Nachfrage. Das Fieber war deutlich gesunken. Nur Paulsens Stimme klang wie die des britischen Rock- und Pop-Sängers Rod Stewart.

»Wir sehen uns auf eurer Trauung!« Dann beendete Berger das Telefonat und schaltete gedanklich in seinen Dienstmodus zurück, gespannt darauf, was sich bei der Vernehmung von Nils Boldt offenbaren würde.

Fünfzig

Nils Boldt saß im Vernehmungsraum der Polizeiinspektion Schwerin und starrte Thomas Berger an, der im Raum erschien. Zuvor waren er und Maik Lenz erkennungsdienstlich erfasst und von beiden waren DNA-Proben genommen worden.

Berger nahm am Tisch gegenüber von Boldt Platz. Ein junger Polizeibeamter saß in der Ecke des Raumes und beobachtete den Tatverdächtigen. Hinter einer Spiegelglasscheibe saß Lutz Hesse, der die Vernehmung live verfolgen wollte.

»Herr Boldt, Sie hatten angekündigt, Ihren Rechtsbeistand informieren zu wollen. Bisher ist niemand eingetroffen, der Sie rechtlich beraten möchte.«

»Das ist korrekt, Ich verzichte auf rechtlichen Beistand!«

Berger sah ihn erstaunt an. Damit hatte er nicht gerechnet.

»Ich werde mich dafür verantworten, was ich getan habe, da kann mir auch kein Rechtsanwalt helfen.«

Die Aussage ließ Berger kommentarlos stehen. Er schaltete das Mikrofon ein und sah noch einmal zur Spiegelwand, so als wolle er seinen Chef informieren, dass er jetzt mit der Vernehmung beginnen würde.

Berger sprach Datum, Uhrzeit und Name des Tatverdächtigen ins Mikrofon und begann: »Herr Boldt, Sie werden verdächtigt, am Tod von Peter Lenz beteiligt zu sein.

Sagen Sie mir zunächst etwas zu Ihrer Person, Ihrem Familienstand und zu Ihrer Tätigkeit, die Sie beruflich ausüben. Anschließend möchte ich wissen, in welchem Verhältnis Sie zu Maik Lenz stehen und wie Sie ihn kennengelernt haben.«

»Hm, ganz schöne viele Fragen auf einmal«, antwortete Boldt und setzte sich in eine aufrechte Position.

Berger war überrascht, wie selbstbewusst Boldt auftrat. Boldt machte keinesfalls den Eindruck, als wenn er nicht mit Berger kooperieren würde.

»Meinen Namen muss ich nicht wiederholen, oder?«

»Doch, bitte. Das ist für das zu erstellende Protokoll wichtig.«

»Mein Name ist Nils Boldt, ich wurde am 28. März 1990 geboren, wohne in Wismar in der Krämerstraße und lebe dort mit meinem Lebensgefährten Maik Lenz zusammen. Ich arbeite für ein großes Fahrzeugunternehmen in der Marketingabteilung, schon seit Jahren im Homeoffice. Maik Lenz habe ich auf einer Messe, die *Sticks and Stones* heißt, kennengelernt.«

»Was ist das für eine Messe?«, unterbrach Berger ihn.

»Auf der Messe werben Konzerne wie Google, Amazon, Netflix oder BMW um Arbeitskräfte. Der Gründer der Messe heißt Stuart Cameron. Das ist eine Karrieremesse, die in Berlin speziell für LGBTIQ-Personen stattfindet. Ihr Kollege würde sicherlich sagen, eine Messe extra für *Herzbuben*.«

»Herr Boldt, ich versichere Ihnen, dass die Beleidigung meines Kollegen Ihnen und Maik Lenz gegenüber ein Nachspiel haben wird. Das lasse ich so nicht stehen, das können Sie mir wirklich glauben.«

»Na ja, *Herzbuben* ist eine vergleichsweise gelinde Bezeichnung, wenn man weiß, wie wir sonst genannt oder besser gesagt beschimpft werden. Wie gesagt, ich habe Maik auf der Messe, kennengelernt. *Sticks and Stones* ist einem englischen Kindergedicht entnommen, in dem es darum geht, dass man ruhig bleiben soll, selbst wenn man beschimpft wird. Das ist auch das Motto des Gründers.«

»Das ist ja eine tolle Idee von dem Cameron«, pflichtete Berger ihm ehrlich bei.

»Können Sie sich eigentlich vorstellen, wie schwierig es für mich war, überhaupt eine Ausbildungsstelle zu finden? Es ist leider immer noch ein Karrierehindernis, im Job offen mit der sexuellen Orientierung umzugehen. Daher bin ich glücklich, im Homeoffice arbeiten zu können. Ich habe schon zahlreiche negative Erfahrungen gemacht. Mobbing ist da noch die harmloseste.«

»Jetzt erzählen Sie mir noch einmal, und zwar wahrheitsgetreu, was es mit dem Geldtransfer auf sich hatte.«

»Maiks Vater wollte keine Bilder kaufen. Das haben wir uns ausgedacht.«

»Wofür war dann das Geld, das er ihnen überwiesen hat?«

»Das wollen Sie nicht wissen. Es ist so beschämend, was der Mann von mir verlangt hat.« Boldt senkte seinen Kopf und wirkte bedrückt. Er schwieg einen Augenblick.

»Sagen Sie es mirr, damit ich einzuschätzen kann, warum wir die vermutliche Tatwaffe bei Ihnen gefunden haben.«

Boldt räusperte sich: »Maiks Vater hat mich erpresst. Maik und ich wollen heiraten. Maik wollte sich mit seinem Vater versöhnen. Aber dem Herrn Polizeipräsidenten war sein homosexueller Sohn peinlich. Er hat mir Geld überwiesen – ich weiß bis heute nicht wie der Mann an meine Kontodaten gekommen ist –, damit ich seinen Sohn nicht heirate. Er sollte unter uns bleiben, still und heimlich, niemand sollte etwas erfahren. Maik war natürlich außer sich, als ich ihm davon berichtete.«

»Und dann haben Sie gemeinsam einen Plan ausgeheckt und Peter Lenz umgebracht?«

»Nein, so war es nicht. Wir haben uns mit ihm in Schwerin getroffen und wollten ihn zur Rede stellen. Maik wollte ihm gehörig die Meinung sagen und dann nie wieder etwas mit ihm zu tun haben. Ich kann es bis heute nicht verstehen, warum Maik immer wieder so um die Gunst seines Vaters und seiner Mutter gebettelt hat. Er hat ihn damals nach dem Abitur zu Hause rausgeschmissen, als er ihm gesagt hat, dass er homosexuell ist und keinesfalls Polizist werden wollte. Maik hat dann Kunst studiert. Nach ein paar Semestern hat er das Studium abgebrochen. Er wollte nur malen und als selbständiger Künstler Geld verdienen. Die Kunstgeschichte hat ihn nicht so sehr interessiert. Er ist eher der kreative Mensch.«

»Was ist an dem Tag passiert, als Sie beide sich mit Peter Lenz in Schwerin getroffen haben?«

»Dazu möchte ich nichts sagen. Ich gebe zu Protokoll, dass ich, Nils Boldt, Peter Lenz ermordet habe.«

Mit diesem Geständnis war für Nils Boldt die Vernehmung beendet. Er schwieg und beantwortete keine weiteren Fragen mehr.

Berger schaltete das Tonbandgerät ab und ließ Nils Boldt
kommentarlos abführen.

Einundfünfzig

»Das ging ja schnell!«, kommentierte Lutz Hesse die Vernehmung von Nils Boldt. »Ich denke, wir können gleich mit Maik Lenz fortsetzen. Was meinst du, Thomas? Ein Geständnis haben wir jetzt und zum Abgleich hören wir den Sohn an. Dann informieren wir die Staatsanwaltschaft und die Presse und alle weiteren Medien.«

Kurze Zeit später – das gleiche Prozedere – Hesse hinter der Spiegelwand zum Vernehmungsraum und Berger baute die Aufnahmetechnik für die Vernehmung von Maik Lenz, Sohn des ermordeten Polizeipräsidenten, auf. Wasser und zwei leere Gläser standen bereit.

Maik Lenz wirkte auf Berger äußerlich nicht so stark wie Nils Boldt. Lenz setzte sich. Sein Gesicht wirkte traurig, er war blass und hatte dunkle Augenränder. Er bat Berger sofort um ein Glas Wasser, das einen Moment später vor ihm gefüllt stand.

»So, wir beginnen mit der Vernehmung, Herr Lenz.« Berger schaltete die Aufnahmetechnik ein und bat auch Lenz, seine persönlichen Daten ins Mikrofon zu sprechen.

»Herr Lenz, gehe ich recht in der Annahme, dass Sie auf rechtlichen Beistand verzichten?«

»Ja.«

»Ihre Entscheidung. Wie haben Sie Nils Boldt kennengelernt?«

»Auf einer Messe in Berlin.« Lenz erzählte die gleiche Story wie Boldt vor einer Stunde.

»Jetzt erzählen Sie mir bitte etwas über Ihr Verhältnis zu Ihrem Vater Peter Lenz«, forderte Berger ihn auf. »Wichtig sind auch zeitliche Daten, wie zum Beispiel wann Sie ihn das letzte Mal gesehen haben.«

»Ich hatte eine beschissene Kindheit«, begann Lenz.

»Leider kann ich mich an keine schönen Ereignisse in meiner Kindheit zurückerinnern. Oft habe ich in letzter Zeit versucht, mit Literatur zum Thema Inneres Kind und so weiter meine Vergangenheit aufzuarbeiten. Ich wollte Frieden mit meiner Vergangenheit schließen, damit alte Wunden endlich heilen können … Aber es gelingt mir einfach nicht. Meine Kindheit holt mich immer wieder ein. Sie hat Spuren hinterlassen, die mich bis heute in meiner Verhaltensweise beeinflussen. Ich wollte das *Sonnenkind* in mir wecken. Ich weiß bis heute nicht, wo mein Sonnenkind schlummert, ob es jemals strahlen wird?«

Berger hörte zu und ließ den jungen Mann erzählen.

»Ich gebe meinen Eltern die Schuld daran, wie es in meinem Inneren aussieht. Der einzige Mensch, der mich versteht und aufgefangen hat, ist Nils. Erst kürzlich hatte ich ein Déjà-vu, das mich in meine Kindheitserinnerungen zurückgeworfen hat. Nils hat für uns ein neues Rezept ausprobiert. Es war eine serbische Bohnensuppe mit Möhren, Porree, Knoblauch und natürlich weißen Bohnen. Seit meiner Kindheit hatte ich keine weißen Bohnen mehr gegessen. Ich sollte sie einmal als Kind essen. Mir schmeckten sie nicht, weswegen mich meine Mutter stundenlang auf dem Dachboden eingesperrt hat. Dort sollte ich bleiben bis ich den Teller aufgegessen hatte. Ich habe die Dinger nicht gegessen. Aus den Bohnen habe ich eine große Kugel geformt und sie aus dem Dachfenster geworfen.«

Berger blickte Maik Lenz ernst an.

»Meinen Eltern ist schon frühzeitig aufgefallen, dass ich anders war als andere Kinder, als »normale« Jungs. Technik, Autos, Mopeds interessierten mich nicht sonderlich. Ich liebte malen, basteln, kreativ sein und ruhige – später auch klassische – Musik. Mit Machtausübungen haben beide versucht, mich auf eine – ich will es mal so nennen – männliche Spur zu bringen. Leider ohne Erfolg. Ich wurde durch den Druck, den meine Eltern auf mich ausübten, immer aggressiver und aufmüpfiger. Oft habe ich beide beleidigt. Dann gab es heftigen Streit.«

»Sind Ihre Eltern Ihnen gegenüber gewalttätig geworden?«

»Nein. Aber vielleicht wissen Sie, das Eltern auch durch verbale Attacken und Ablehnung gravierende Schäden anrichten, wenn es um die persönliche Entwicklung der Kinder geht. Ein Kind wird nicht nur durch Schläge verletzt, sondern auch durch Worte. Bei uns war das Schreien fester Bestandteil des Familienlebens. Narben oder Schläge sieht man. Emotionale Verletzungen spürt nur der, der sie selbst erfahren hat. Ich habe vor Kurzem gelesen: Verletzte Menschen verletzen Menschen!«

»Das ist wohl wahr!«, bestätigte Berger leise.

»Wenn sich meine Eltern nur einmal entschuldigt hätten, wäre vieles vielleicht anders verlaufen. Ich hatte mit der Zeit auch keinen Respekt mehr vor meinen Eltern. Habe die beiden nie als liebendes Paar empfunden. Keine Zärtlichkeiten, keine Nähe, keine Liebe. Im Gegenteil. Einmal kam ich unverhofft von der Schule nach Hause. Da musste ich sehen, wie meine Mutter nackt mit einem fremden Mann im Schlafzimmer ... Sie wissen, was ich meine. Sie brüllte mich an, ich möge ja meinen Mund halten und sagte dann, dass ein Ehering ja keine Handschelle sei.« Maik Lenz schluckte und hielt kurz inne.

Berger goss Lenz Wasser nach.

»Als ich mich dann geoutet hatte und nach dem Abitur nicht in die von meinem Vater gewünschte Polizeilaufbahn einschlug, sondern ein Kunststudium begann, brach der Kontakt zu meinen Eltern völlig ab. Aus Selbstschutz kann ich nicht wiederholen, was mein Vater mir alles an den Kopf geworfen hat.« Lenz schloss für einen kurzen Moment die Augen und drehte seinen Kopf weg. Tränen liefen ihm übers Gesicht.

»Wollen wir eine kurze Pause machen, Herr Lenz?«

»Nein, es geht gleich wieder.«

Berger war froh, denn Lenz war so im Redefluss, den wollte er keinesfalls unterbrechen.

»Ich brach mein Studium ab und lernte Nils kennen. Er ist der wichtigste Mensch in meinem Leben. Ich nahm dann wieder Kontakt mit meinem Vater auf. Ich weiß nicht warum, ob ich ihm wehtun wollte oder ob ich versuchen wollte, einfach normal mit ihm auszukommen. Ich kann es mir bis heute nicht erklären. Jedenfalls hatte ich mir so eine Familie gewünscht, wie Nils sie hat. Eltern, die ihn akzeptieren, respektieren und lieben, so wie er ist. Ich wollte meinem Vater eine Chance geben, vielleicht gutzumachen, was er getan hat. Vielleicht bereute er sein Verhalten von damals ja mittlerweile? Ich habe ihm einmal vor unserem Haus in der Schlossgartenallee abgepasst. Für den ersten Moment schien er glücklich zu sein, mich nach so vielen Jahren wiederzusehen. Fast hätte er mich umarmt. Dann erzählte ich ihm von meiner geplanten Hochzeit mit Nils und er tickte völlig aus. Er muss so gute Kontakte gehabt haben, dass er herausfand, wo Nils und ich leben. Und es war ihm zehntausend Euro wert, diese Hochzeit zu verhindern. Zehntausend Euro, das muss man sich mal vorstellen …« Lenz sackte auf dem Stuhl zusammen. Berger richtete ihn auf und überlegte, die Vernehmung an dieser Stelle zu unterbrechen.

»Lassen Sie, Herr Berger, ich will es einfach hinter mich bringen. Ich muss meinen Frieden finden und mein Gewissen erleichtern.« Lenz schluckte und zitterte. »Ich habe meinen Vater ermordet.«

Das Geständnis, Peter Lenz ermordet zu haben, hatten Berger und Hesse jetzt ein zweites Mal gehört. »Wer war denn nun der Mörder?«, fragten beide sich anschließend. Zuvor ließ Berger auch Maik Lenz abführen, der ebenfalls nicht gewillt war, genaue Angaben zur Mordnacht und der Tat zu machen.

Zweiundfünfzig

Der Ermittlungsrichter hatte Haftbefehl gegen Nils Boldt und Maik Lenz erlassen. Beide Tatverdächtigen wurden getrennt in die Justizvollzugsanstalt nach Waldeck gebracht. Die 1996 errichtete Anstalt verfügte über dreihundertzweiundachtzig Haftplätze und lag zehn Kilometer von Rostock, der größten Stadt Mecklenburg-Vorpommerns, entfernt.

Beide sollten in Kürze dem Haftrichter vorgeführt werden. Der vorläufige Haftgrund war eindeutig, es bestand Flucht- und Verdunkelungsgefahr. Mit der Anordnung der Untersuchungshaft wurde den Beschuldigten jeweils ein Pflichtverteidiger bestellt, da beide keinen Anwalt ihres Vertrauens benannten.

Nachdem Jürgen Lenz aus der Presse erfahren hatte, dass sein Neffe Maik, den er nur als kleinen Jungen kannte, beschuldigt wird, seinen Vater Peter umgebracht zu haben, setzte er alles in Bewegung, um einen Besuchstermin in der Justizvollzugsanstalt zu bekommen. Bis zum zuständigen Amtsgericht drang Jürgen Lenz vor und bat um einen Besuchstermin bei seinem Neffen. Dem wurde entsprochen. Es war für beide eine skurrile Situation. Maik dachte für einen Schreckmoment, sein Vater steht vor ihm. Und Jürgen wusste nicht so recht, wie er dem mutmaßlichen Mörder seines Bruders begegnen sollte. Mit Hass? Mit Vorwürfen? Sollte er ihn anhören? Eine schwierige Situation.

Aber Jürgen ließ nicht locker und wollte wissen, was geschehen war. Immer wieder und wieder bat er Maik ihm zu erklären, was passiert sei. Beim ersten Besuchstermin schwieg er. Schon beim zweiten Gespräch, nachdem beide – Jürgen und Maik – anscheinend in sich gegangen waren, erzählte Maik seinem Onkel, was sich an dem Freitag in Schwerin vor dem Innenministerium zugetragen hatte. Jürgen musste Maik schwören, dass er darüber mit niemandem sprechen würde. Das tat Jürgen dann auch – zumindest für eine Nacht.

Gleich am nächsten Morgen rief Jürgen Lenz Hauptkommissar Berger in der Dienststelle an.

»Hallo Herr Lenz, was gibt es denn so Dringendes, dass Sie schon ein paar Mal versucht haben, mich zu erreichen?«

»Herr Berger, ich habe die ganze Nacht nicht geschlafen und nur gegrübelt. Ich durfte meinen Neffen Maik in der JVA besuchen und habe mit ihm gesprochen. Er hat mir vertraulich erzählt, was in der Mordnacht passiert ist.«

»Herr Lenz, es hat keine Relevanz, was auch immer er Ihnen erzählt hat. Er muss das dem Haftrichter vortragen. Nur der kann, nach umfassender Prüfung, entscheiden, wie es mit Ihrem Neffen weitergeht.«

»Aber er ist unschuldig, Herr Berger. Maik nimmt die Tat auf sich, um seinen Freund Nils zu schützen. Er ist kein Mörder! Da müssen Sie doch etwas veranlassen!«

»Nein, es tut mir leid, Herr Lenz. Ich kann Ihnen – auch wenn ich es möchte – nicht helfen.«

»Dann möchte ich offiziell als Zeuge aussagen.«

»Sie können kein Zeuge sein, Herr Lenz. Sie waren an besagtem Freitag, an dem Ihr Bruder ermordet wurde, nicht dabei!«

»Ich muss dem Jungen doch irgendwie helfen können. Er ist unschuldig sitzt für etwas hinter Gitter, das er nicht getan hat.« Lenz flehte ihn um Hilfe an. »Bitte, Herr Berger. Ich flehe Sie an. Helfen Sie dem Jungen. Es darf in unserer Familie nicht erneut einen Justizirrtum geben. Er soll nicht wie ich damals eine Haftstrafe für das Verbrechen eines anderen verbüßen.«

»Herr Lenz, ich kann Ihrem Neffen nicht helfen. Sie, Herr Lenz, leiden an einem ausgeprägten Helfersyndrom. Woher wollen Sie denn definitiv wissen, ob Maik Ihnen tatsächlich die Wahrheit erzählt hat?«

»Danke, dass Sie mir wenigstens zugehört haben,« antwortete Jürgen Lenz leise und gab auf. Dann beendete Lenz das Telefonat, das ihn sehr aufgebracht hatte.

Dreiundfünfzig

Zwei Nachrichten erreichten Hauptkommissar Thomas Berger. Er hatte sich einen halben Tag frei genommen, und Überstunden abgebummelt, um sich ein neues Hemd für die Hochzeit seinen Kollegen Lars Paulsen zu kaufen. Im Schlossparkcenter am Marienplatz war er in einer Herrenboutique – die er eher selten betrat – fündig geworden. Fast hätte er sich noch einen neuen Anzug gekauft. Aber das fand er dann doch etwas übertrieben. Der alte Anzug passte noch sehr gut. Er öffnete die Nachrichten auf seinem Handy und las: *Innenminister vereidigt erstmals eine Frau im Amt als Polizeipräsidentin.* Die Gerüchte hatten sich also bestätigt. Eine erfahrene und kompetente Frau wurde Polizeipräsidentin. ›Ein hoffentlich guter Neuanfang für die Polizei‹, dachte Berger und war dennoch auf das Echo in der Landespolizei gespannt. Es konnte doch eigentlich nur besser werden und warum nicht durch eine Frau.

Die zweite Nachricht überraschte Berger. Die Kollegen der kriminaltechnischen Untersuchung teilten ihm mit, dass die DNA-Untersuchungen des Saufängers, der bei den zwei Tatverdächtigen sichergestellt wurde, Spuren von nur zwei Personen aufwies. Blutspuren von Peter Lenz und DNA-Spuren von Nils Boldt. Mit dieser Nachricht hatte Berger nicht gerechnet. Sollte Nils Boldt tatsächlich allein der Mörder sein?

Auf dem Gang im Schlossparkcenter wählte Berger die Nummer von Jürgen Lenz. Er musste wissen, was in der Mordnacht passiert war. Allerdings war Vorsicht geboten, denn eigenes polizeiliches Wissen durfte er keinesfalls weitergeben. Aber sich anhören, was Maik Lenz über den Mord wusste, das konnte ihm keiner verbieten.

»Mist, nur die Mailbox«, sprach Berger leise vor sich hin. Nach dem Ertönen des Signaltons sprach Berger auf die Box und bat um Rückruf.

Nicht einmal zwei Minuten später rief Jürgen Lenz an. »Hallo Herr Berger, Sie hatten mich angerufen. Ist etwas mit meinem Neffen passiert?«, fragte er ganz aufgeregt. »Ich bin dienstlich im Bus unterwegs. Ich kann daher schlecht telefonieren.«

»Nein. Ich wollte Ihnen nur mitteilen, dass Sie recht hatten, Herr Lenz.« Mehr wollte Berger vorerst nicht sagen.

»Mein Neffe ist unschuldig. Er hat mir die Wahrheit gesagt.« Berger hörte die Freude in der Stimme des Busfahrers.

»Haben Sie heute etwas Zeit? Wir könnten noch einmal einen Kaffee trinken gehen. Ich bin gerade in der Innenstadt. Wann haben Sie Feierabend?«, fragte Berger euphorisch und wusste, dass Jürgen Lenz zustimmen würde.

»Das passt. Ich werde in dreißig Minuten beim Nahverkehr abgelöst und fahre dann mit meinem Kollegen in die Innenstadt. Das Café Rothe am Markt ist doch schön. Wollen wir uns dort in einer Stunde treffen?« Lenz klang überglücklich.

»Gern. Bis später.«

Berger war gespannt, was Jürgen Lenz zu berichten hatte. ›Egal‹, dachte er, drehte um und ging in die Boutique zurück. Er kaufte sich doch den neuen Anzug. Lea würde sich freuen. Sie achtete immer sehr auf seine Kleidung. Die nette Verkäuferin schmunzelte, als Berger sie bat, den Anzug noch einmal hervorzuholen. »Manchmal muss man sich auch etwas Neues gönnen. Der Anzug steht Ihnen perfekt. Jetzt muss es dann aber auch noch eine neue Krawatte sein.« Sie zauberte eine farblich passende Krawatte aus einem Regal, die Berger auch noch mitnahm.

Mit zwei großen Papiertüten saß Berger im Café Rothe und wartete auf Jürgen Lenz. Er hatte sich vorab ein Wasser bestellt und schrieb seiner Frau Lea eine Nachricht: *Ich war shoppen, Liebling. Habe mich für die Hochzeit komplett neu eingekleidet. Ich liebe dich!*

Denk bitte auch an neue Schuhe. Deine Ausgeh-Schuhe sehen nicht mehr ganz so gut aus. Ich liebe dich auch, kam sofort von Lea zurück mit einem roten Herzchen und einem lachenden Smiley versehen.

»Hallo Herr Berger. Ich freue mich, dass Sie Zeit für mich haben«, so trat Jürgen Lenz an den kleinen Tisch im Café Rothe. »Ich nehme ein Stück Mohnkuchen mit dem leckeren Zuckerguss und einen Cappuccino. Der Kuchen hier ist fantastisch. Immer frisch gebacken. Den Mohnkuchen oder auch den Apfelkuchen mit Streuseln müssen Sie probieren, Herr Berger.«

»Ich nehme nur einen großen Milchkaffee, sonst passt mir mein neuer Anzug morgen nicht, wenn mein Kollege hier nebenan im Rathaus heiratet«, erwiderte Berger. »Ich lade Sie ein, Herr Lenz.«

»Danke schön. Das ist sehr nett von Ihnen.«

Nach der Bestellung nahm Berger das eigentliche Gesprächsthema auf. Er hatte jetzt wieder ein ernstes Gesicht: »Herr Lenz, ich kann Ihnen keine genauen Details nennen, aber Sie haben vermutlich recht, dass Ihr Neffe Maik unschuldig ist.«

»Er ist unschuldig! Maik hat mir erzählt, was passiert ist. Ich war danach gleich bei einem Rechtsanwalt für Strafrecht. Das erste Beratungsgespräch war kostenfrei. Ich habe ihm geschildert, was passiert ist und gefragt, ob mein Neffe eine Chance hat, schnell aus der Untersuchungshaft herauszukommen. Der Anwalt sagte mir, dass eine Chance bestünde, er müsse natürlich erst Akteneinsicht beantragen. Das Mandat von Maik sei hierfür erforderlich. Sonst könnte er gar nichts veranlassen.«

»Das hört sich doch vielversprechend an, Herr Lenz. Möchten Sie mir noch im Vertrauen erzählen, was Ihr Neffe Ihnen berichtet hat? Es ist nur für mich. Ich werde mit niemandem darüber sprechen. Der Fall ist jetzt eh bei der Staatsanwaltschaft zur weiteren Bearbeitung. Es wird nach Prüfung Anzeige erhoben.«

»Ja, ich hatte es Ihnen ja schon angeboten.« Lenz zog seine leichte Sommerjacke aus und begann zu erzählen: »Maik liebt diesen Nils sehr und lebt mit ihm in Wismar glücklich zusammen. Heiratspläne hatten die beiden auch. Und Maik wollte sich nach vielen Jahren mit seinem Vater versöhnen – von Yvonne, war aber nicht die Rede. Jedenfalls hat Peter anscheinend mit allen Mitteln versucht, die Hochzeit der beiden zu verhindern. Er hat Nils Geld überwiesen, um hinter dem Rücken seines Sohnes die Hochzeit zu verhindern. Zehntausend Euro war es ihm wert.«

»Ja, soweit kenne ich die Abläufe. Aber was war dann?« Berger rührte seinen Milchkaffee um und überlegte, ob er sich doch noch ein Stück Mohnkuchen bestellen sollte.

»An besagtem Tag waren Nils und Maik am Pfaffenteich. Sie saßen auf der Terrasse gegenüber dem Innenministerium. Durch Zufall sahen sie spät abends Peter aus dem Innenministerium kommen. Seinen angetrunkenen Zustand konnte er nicht verbergen. Er war dabei, in einen Volvo zu steigen, der neben dem Haupteingang am Innenministerium parkte. Maik sprang auf und rannte zu ihm, um ihn davon abzuhalten. Peter wollte sich daraufhin ein Taxi nehmen. Maik bot ihm an, ihn nach Hause zu fahren. Er wollte wirklich Frieden mit ihm schließen. Peter willigte ein und ging mit Nils und Maik zu dessen Auto. Maik saß am Lenkrad und Nils hinter Peter, der auf dem Beifahrersitz Platz genommen hatte. Im Auto ging dann eine laute Diskussion von Nils aus los. Er beschimpfte meinen Bruder bezüglich des Geldes und war außer sich, hatte auch schon einiges getrunken. Daraufhin wollte Peter aussteigen. Das verhinderte Nils und drohte ihm, ihn festzuhalten. Eine Entführung des Polizeipräsidenten schwebte ihm vor. Am nächsten Tag wollte Nils Peter dann auf dem Christopher-Street-Day in Schwerin vorführen. Ihn öffentlich, ausgestattet mit einer Regenbogenflagge, bloßstellen. Da stieg Panik in meinem Bruder auf, er zog ein Messer aus seiner Jackentasche und attackierte Maik damit, der links neben ihm saß. Nils konnte Jürgen das Messer von hinten wegnehmen und stach damit dann mehrfach auf meinen Bruder ein. Maik raste mit dem Wagen, seinem toten Vater und Nils, erst einmal davon. Völlig kopflos wussten beide nicht, was sie taten. Wohin mit der Leiche? Dann kam Maik auf die Idee, seinen Vater auf die kleine Petermännchen-Fähre am Innenministerium zu schleppen. Sie hatten den ganzen Abend eine laute Party auf der Fähre beobachtet. Noch im Dunkeln haben sie meinen Bruder auf das Boot geschleppt und sind dann abgehauen.«

Berger schluckte und sagte einen Moment lang gar nichts. Er war fassungslos.

»Mein Neffe ist kein Mörder. Er war mit dabei und ist mitschuldig. Aber getötet hat ihn Nils.« Jürgen Lenz war zutiefst traurig und bestellte sich ein Wasser. Er hatte durch die Aufregung einen ganz trockenen Mund bekommen.

Berger sah Lenz an: »Der Fall muss unbedingt durch den Strafrechtsanwalt aufgearbeitet werden. Es ist gegebenenfalls kein Mord. Ich sehe keinen geplanten Vorsatz der beiden. Vielleicht kommen sie mit Totschlag im Affekt davon?«

»Hoffentlich. Maik muss zustimmen, dass der Anwalt aktiv wird. Ich bin so enttäuscht von meinem Bruder. Das hätte ich ihm niemals zugetraut. Ich hätte gern einen Sohn und wenn der schwul wäre, na und? Was war Peter bloß für ein Mensch? Wir beiden unterscheiden uns so stark in unseren Werten und Ansichten. Manchmal denke ich, wir sind keine Zwillingsbrüder. Aber durch unser Aussehen lässt es sich nicht leugnen.«

»Da haben Sie recht. Was für eine Tragödie! Hoffentlich kann der Anwalt Ihrem Neffen helfen.«

»Maik hat ein gutes Herz, das spüre ich. Ich werde ihm mit allen Mitteln, die mir zur Verfügung stehen, helfen. Notfalls verkaufe ich das geerbte Haus in der Schlossgartenallee. Die Anwaltskosten werden bestimmt enorm hoch sein.«

»Warten Sie erst einmal ab mit dem Hausverkauf. Nichts überstürzen!«, riet Berger ihm. Er musste auch erst einmal begreifen, was er soeben gehört hatte. Warum waren die beiden nur so dumm, die Mordwaffe zu Hause zu verstecken? Hätte er den Fall ansonsten jemals aufgeklärt? Berger hatte so seine Bedenken. Gott sei Dank, hatte Peter Lenz seine Dienstwaffe in der Nacht nicht dabei. Dann wäre alles vermutlich noch dramatischer ausgegangen. Was für ein zwielichtiger Präsident, der mit einem Jagddolch unterwegs ist. In welchen Kreisen verkehrt man, wenn man ein Messer bei sich führt?

»Ich überstürze nichts. Am liebsten würde ich den beiden das Haus schenken. Was soll ich in meinem Alter mit dem Haus?«

»Meinen Sie, dass Maik in seinem Elternhaus leben möchte? Es ist ein Haus, das für ihn mit schmerzhaften Erinnerungen gefüllt ist.«

»Es könnte auch ein Neuanfang für ihn sein. Herr Berger, ich sehe aus wie Maiks Vater, bin aber nicht sein leiblicher Vater. Ich kann nur sein ideeller Vater sein. Und dafür werde ich jetzt leben! Vielleicht kann ich etwas wieder gut machen in Maiks Leben, was Peter nicht geschafft hat. Ich weiß nicht, ob ich das Verhalten meines Bruders jemals verzeihen kann. Ich werde jedenfalls für Maik da sein. Das habe ich ihm versprochen. Das Leben von Peter wäre anders verlaufen, wenn ich damals nicht für ihn in den Jugendknast gegangen wäre. Ich habe das so bereut. Aber es ist meine Vergangenheit und die lässt sich jetzt nicht mehr ändern.«

›Was für ein starker Charakter‹, dachte Berger und hielt Jürgen Lenz beim Verlassen des Cafés voller Respekt die Tür auf.

Vierundfünfzig

Sechs Polizeifahrzeuge standen hochglanzpoliert, versehen mit weißen Schleifen und eingeschaltetem Blaulicht, auf dem historischen Marktplatz der Schweriner Altstadt. Lars Paulsen und seine Frau Kirsten gaben sich im Beisein ihrer Trauzeugen, Thomas Berger und Dr. Lea Engel feierlich das Ja-Wort im Barockstil erbauten Rathaus.

Das Schweriner Stadtwappen, der symbolisierende goldene Reiter, glänzte im Sonnenlicht auf dem Dach des Rathauses als das frischvermählte Paar die Rathaustreppe stolz und überglücklich herunterschritt. Unter dem Jubel von Familie, Bekannten und Freunden sowie zahlreichen Polizeibeamtinnen und -beamten ließen sie sich feiern.

Passanten blieben stehen und bestaunten das elegante, lange champagnerfarbene Brautkleid. Kirstens Braustrauß unterschied sich von einem klassischen Blumenstrauß. Lars Paulsen hatte für seine Frau einen symbolischen Strauß – ganz im Sinne seiner esoterisch veranlagten Frau – binden lassen. Der Strauß bestand aus vielen duftenden Kräutern wie Lavendel, Thymian und Rosmarin. Darin waren zahlreiche Orangenblüten eingebunden. Im Mittelalter diente der Brautstrauß zum Schutz vor Unheil und bösen Geistern der Braut. Kirsten hatte Tränen in den Augen, als sie den schönen und natürlich gebundenen Strauß von ihrem Mann erhielt. Für sie war dieser Strauß viel mehr als nur ein Accessoire. Er bedeutet ihr viel. Und ihr war vom ersten Moment des Anblicks klar, dass es kein traditionelles Brautstrauß-Werfen bei der Hochzeitsfeier geben würde. Diesen herrlichen und liebevoll gebundenen Strauß würde sie niemals hergeben. Er sollte getrocknet und aufbewahrt werden.

Lutz Hesse, Leiter des Polizeireviers, ließ es sich nicht nehmen und übergab das Geschenk an das Brautpaar persönlich. Der symbolische kleine Flitterwochenkoffer beinhaltete fast fünfhundert Euro, die in der Dienststelle gesammelt und für die geplante Hochzeitsreise in die Karibik geschenkt wurde. Drei Musiker des Polizeiorchesters spielten auf Violine, Bratsche und Klarinette den Hochzeitsmarsch, der durch das schrille Ertönen des Martinshorns plötzlich unterbrochen wurde. Willi Berger hatte sich von seinen Eltern davongeschlichen und in einem der Polizeiautos das Martinshorn betätigt. Durch den Ausflug seiner Schulklasse in die Polizeiinspektion wusste er genau, wo er drücken musste. Lea und Thomas lachten und schüttelten den Kopf.

Nach einem gemeinsamen Hochzeitsfoto vor dem Rathaus ging die Hochzeitsgesellschaft zu Fuß am weißen Säulengebäude in Richtung Dom. Dort fand die kirchliche Trauung statt. Lars Paulsen und seine Frau wollten ihre Liebe unter den Segen Gottes stellen. Der wunderschön ausgeschmückte Dom, die weißen Kerzen, die mit weißen Rosen, die mit weißen Perlen dekoriert waren, und die Orgelmusik, die plötzlich erklang, stimmten alle Gäste auf die kirchliche Trauung ein. Es war keine klassische Musik, sondern es ertönte *Oh happy Day*. Bei dem Lied stimmten das Brautpaar und ihr Gefolge sofort mit ein.

»Mal was ganz anderes«, flüsterte Berger Lea beim Platznehmen zu. »Sonst wird meistens tragische und schwere Musik gespielt.«

Lea lächelte ihn und Willi an. Sie fühlte sich so glücklich, als ob sie selbst noch einmal ihren Thomas heiraten würde.

Berger strahlte und hielt Leas Hand ununterbrochen fest. Bei aussagekräftigen Worten des Pastors, drückte er ihre Hand noch fester zu und gab ihr damit ein Zeichen der Bestätigung der Worte, die ihm wichtig erschienen.

Der Pastor wendete sich an Lars Paulsen: »Ich frage Sie vor Gottes Angesicht: Nehmen Sie Kirsten Ahrens an als Ihre Frau und versprechen, ihr die Treue zu halten in guten und in schlechten Tagen, in Gesundheit und Krankheit und sie zu lieben, zu achten und zu ehren, bis der Tod sie scheidet?«

Thomas und Lea hörten keine Antwort.

Kirsten schaute ihren Mann verwundert und verunsichert von der Seite an.

Dann endlich kam ein krächzendes Ja von Lars Paulsen. Er musste sich aufgrund der noch nicht ganz ausgeheilten Erkältung mehrmals räuspern. Die Gäste atmeten erleichtert auf und Willi klatschte mit Begeisterung, so gut es mit seinem Handverband ging, dem Brautpaar zu.

Die Hochzeitsfeier fand abends im Strandpavillon am Zippendorfer Strand statt. Die Schweriner Band Blue Light spielte nach einem üppigen mehrgängigen Hochzeitsmenü, Musik, die niemanden der Gäste auf den Stühlen hielt. Es wurde nach Schlagern, Oldies und aktuellen Hits das Tanzbein geschwungen.

Zu später Stunde hatte Lea für ihren Mann einen Briefumschlag aus ihrer Handtasche geholt und Thomas in die Hand gedrückt.

»Was ist das?«, fragte Thomas neugierig und nahm dem Umschlag entgegen. Wie ein kleiner Junge öffnete Berger den Umschlag. Er hatte absolut keine Ahnung, was ihn jetzt erwartete.

»Nein, das gibt es doch nicht!« Berger lachte laut auf und schlug mehrfach mit der Hand auf die Tischplatte, sodass sein Glas vor ihm vibrierte. Er holte ein Päckchen Backpulver heraus. Auf der Packung war Original *Backin von Dr. Oetker* durchgestrichen und mit rotem Filzstift *Bergers Stimmungsaufheller* von Lea handschriftlich aufgeschrieben worden. Dann holte er noch ein Schriftstück heraus, dass ebenfalls im Umschlag lag und las: *Mein lieber Thomas, ich lade dich auf ein Wochenende nach Berlin ein. Wir zwei schauen uns im legendären Friedrichstadtpalast die Show Arise an. Arise kommt aus dem englischen und bedeutet aufstehen und sich erheben. Die Show handelt vom Fotografen Cameron, der nach seinem Schicksalsschlag das Leben und die Liebe neu umarmen muss. Jeder Mensch kennt den ewigen Kampf von Hell und Dunkel. Mal als Gesellschaft, mal hautnah um die, die wir lieben oder um uns selbst. Jede Veränderung zum Guten, jedes Happy End, beginnt mit dem Glauben daran, dass am Ende das Licht stärker ist als die Dunkelheit*, so stand es auf dem Flyer zur Show. Lea hatte dazu geschrieben, dass sie ihren Mann über alles liebe und auch sie beide sich immer wieder neu erheben und täglich ihre Liebe dem anderen gegenüber beweisen müssten.

Berger war sprachlos und hatte Tränen in den Augen. Mit so einer liebevollen Überraschung hatte er am Hochzeitsabend seines Freundes und Kollegen niemals gerechnet.

»Dreh, den Gutschein mal um!«, forderte Lea ihn auf.

Thomas drehte den Gutschein um und las: *Die Übernachtung im Hotel Adlon Berlin bezahlt Hauptkommissar Thomas Berger. Änderungen und Umtausch des Gutscheins sind ausgeschlossen!*

Danksagung

Ich möchte mich bei Ihnen, liebe Leserinnen und Leser, dafür bedanken, dass Sie meinen Krimi gelesen haben, und ich hoffe sehr, dass er Ihnen spannende Lesestunden beschert hat.

Herzlichen Dank an meine Familie, meine Mutti Hildegard Grünes, meinen Sohn Martin und ganz besonders an meinen Mann Steffen.

Ein großes Dankeschön geht vor allem aber an den Hinstorff Verlag und die vielen fleißigen Menschen in Rostock. Hier möchte ich Eva Maria Buchholz und meine Lektorin Andrea Struck unbedingt namentlich erwähnen.

Ganz herzlich möchte ich mich beim Rechtsmediziner Dr. Ulrich Hammer bedanken. Mit ihm bin ich immer auf der sicheren Seite, wenn es um das Thema Forensik geht.

Ich bin sehr stolz auf die Band »Sweet Vanilla« (Dr. Heike Thierfeld, Thomas Berger und Steffen Salow). Ihr Drei bereichert meine Lesungen mit eurer Musik und sorgt dafür, dass jede Lesung ausverkauft ist!

Liebe Leserinnen und Leser, bleiben Sie gesund und mir wohlgesonnen.
Bis zum nächsten Krimi verbleibe ich mit herzlichen Grüßen Ihre Diana Salow